非常人傳奇之
心變
倪匡 著

非常人傳奇

CONTENTS

心變

自序

《心變》，在打腹稿的時候，有一個副題：三個老朋友的故事。後來正式發表，並沒有採用，因為覺得加上這樣一個副題，好像太文藝腔了一些。不過事實上，《心變》確然是三個老朋友的故事。

三個人大半生的經歷，整篇中有許多交叉倒敘，通過三個不同性格的人，說明任何人的命運，其實是由每個人的性格來決定的。像寇克，如果不是他的性格仁厚優柔，當時不顧一切駕著飛機走了，也就不會有以後的事發生，是不是？

人的命運由自己的性格來決定，所以，怨天怨地是沒有用的，怨自己也沒有用，性格是與生俱來的，難以改變，至今為止，還未曾聽說過什麼人能改變自己的性格。像辛開林，他就毅然和甘甜奔向不可測的外太空，是因為他感到，他有甘甜，就有了一切，沒有甘甜，就等於什麼也沒有的緣故。

《心變》的故事相當曲折複雜，而且採用了印度、巴基斯坦分裂作為時代背景，這件事，到如今可能已沒有什麼人注意了，但不要緊，反正是一個動亂的時代背景而已。

希望大家喜歡《心變》。

倪匡

心變

「心變」不是變心，心變就是心變，與感情無關，然而，怎麼變？

國際商場上，都知道大富豪辛開林這個人。

這位東方富豪最著名的一點，是他答應過的事，一定遵守諾言，絕不改變主意。

高層商界人士最津津樂道的一宗有關辛開林這個人的事，是多年前，辛開林和美國杜邦機構的一宗大交易，牽涉到的金錢數字，超過五十億美元。

在進行了一連串的會議之後，杜邦機構的秘書人員，準備好了厚厚的合約，給他簽署。

辛開林連看也不看，就打開窗子，將合約拋了出去，在其他人驚呆得張大口、說不出話之際，辛開林道：「在會議中，我承諾過的一切，保證執行，還要簽什麼合同？」

西方人可能從來也沒有經歷過這樣的交易方式，足足擔心了兩年之後，他們才知道擔心是多餘的，辛開林給予對方的利益，比他當時所承諾的更多。

所以，如果辛開林先生進瑞士聯合銀行，要求見總經理，說出自己的名字，銀行方面，會毫不猶豫地立即提供他所需要的現金，數字絕無限制。

所以，國際著名的大商業機構，一聽到辛開林的名字，都會樂意和他合作做任何生意，生意額之大，有時連阿拉伯酋長聽了，都會皺眉頭。

所以，辛開林一直保留著那箱東西，並且遵守著諾言，絕不打開來看一看，那箱東西究竟是什麼東西。

本世紀著名的大混亂

那箱東西的外型，和辛開林的豪華巨宅相比較，簡直是不相稱到了極點。

它的體積不小，是一〇二公分乘五十七公分乘三十四公分——辛開林曾仔細地量度過它的體積。

事實上，多少年來，大富豪辛開林的唯一嗜好，就是看看那箱東西，猜測箱子之中，究竟是什麼。

他將自己每次猜的答案記下來，作為一種娛樂。

這可能是世界上，最奇怪的一種娛樂方式了，而辛開林總是一個人進行，不讓別人知道。

事實上，除了他知道有這麼一箱怪東西之外，世上唯一知道有這樣一箱東西的，怕只有把這箱東西交給辛開林保管的那個人了。

將這箱東西委託給辛開林的那個人是什麼樣人，下面自然會提到，先看看這箱東西的外型。

整箱東西的重量，和它的體積不十分相稱。

這樣體積的一只箱子，勉強可以藏得下一個身材矮小的人了，可是它的重量，只有四三五〇克，即四公斤多一點。

關於這個重量，辛開林也曾分析過，那決不是箱子內東西的重量。

箱子是一只木箱子，極普通的，一般用來裝運水果的那種，粗糙的木板，一塊木板和另一塊木板之間，有著十分寬闊的隙縫。

這樣的木箱，作用並不是用來裝物品，而是保護真正裝置物品的另一只箱子的。

辛開林可以在木板的隙縫之中，看到在木板箱裡面的，是一層，或者許多層麻袋。

木箱子的立方體的六面木板之間，都有隙縫，都可以看到麻袋。

麻袋是上等印度黃麻製成的。

至於在麻袋的下面是什麼，辛開林就不知道了。

這許多年來，他至多只是用手指穿過木板間的隙縫，去按按麻袋。

憑感覺，他可以感到，麻袋大約有三層到四層，而在麻袋之下，感覺上，是另一只相當堅硬的箱子。

他甚至連那只箱子是什麼質地都不知道，自然，箱子裡面是什麼，他只好猜測。

多年來，他把自己猜測到的物品名目，一項一項記下來，已經超過了一千項。這一千項東西之中，包括了許多平常人接觸不到的東西。例如有一次，他猜箱子裡的東西，是上佳的印度鼻煙絲。有一次，他甚至猜，箱子裡是滿滿一箱女人的頭髮。

或許，他早已猜中了箱子裡的東西是什麼，但是他卻也無法證實。對別人來說，要知道箱子裡的東西是什麼，再簡單也沒有，只要打開來看看就可以了，但是，辛開林卻十分重視自己的諾言，他答應過人家不打開來看，他一定要遵守諾言。

開始幾年，他還有強烈的好奇心，到後來，猜測箱子裡究竟有什麼，已成了他的娛樂，如果忽然讓他知道箱子裡究竟是什麼，他會失掉了一項極大的樂趣。近幾年來，他已經發現錢越多，樂趣好像越來越少，他不能失去這項樂趣。

所以，這只箱子一直放在他豪華住宅的一間秘密的房間之中。

這所豪華絕倫的巨宅中，有三十二名專司各種職務的僕人，但是這間秘密房間，辛開林自己打掃的，除了他和建築師之外，只怕也沒有什麼人知道有這樣一間密室。

密室在他宏大的書房之內，要通過一組按鈕，移開一個書櫃，才能進去。

當辛開林在密室中，面對著這只箱子之際，所有僕人都會接到通知，不論有什麼事，都不能打擾他。

有一次，法國商務部長就在客廳裡，等了他一小時。

這一天，和往常的無數次一樣，辛開林在處理了幾宗重要的業務之後回家，進了書房，揮手令僕人出去，打開了通向密室的門，進了密室。

密室中，除了正中間放著那只箱子之外，就是一張十分舒服的絲絨安樂椅，和一只小酒架。辛開林關好了門，開亮了燈。

燈是特別設計的，照射在那只箱子上，箱子放在一個可以轉動的轉盤上，由電控制轉盤的轉動。

那樣，辛開林就可以坐著不動，而從各個角度去觀察這只箱子。

他坐下來，斟了半杯陳年佳酒，又開始聚精會神觀察這只箱子。

事實上，這只箱子的外形，他已經再熟悉都沒有了，甚至每一塊木板都很熟悉，木板上有什麼裂縫，什麼木紋，他閉著眼睛也可以說得出來。

但是，他還是用心觀察著，心中在想著一個已經超過一萬遍的問題：「箱子裡面，究竟是什麼呢？是一箱子金絲猴的毛？不，已經猜過了。是一箱寶石，唉，也已經猜過了。」

時間就在這樣的猜想中，慢慢溜過去。

今天和往日不同的是，他多想了一點。

他想到的是：「那只箱子的主人，為什麼一直不曾出現？已經多少年了？超過了二十年。二十年，可以發生多少變化！那個人可能早就死了！他要是永遠不出現，那怎麼辦？」

辛開林又喝了一口酒。

多少重大的事務，都不曾令他這樣考慮過。

他繼續想：「這個人要是死了，那麼，是不是箱子中是什麼東西這個秘密，永遠也不能知道了？」

他一面想，一面搖著頭，然後，很快就有了決定：「不，在我臨死的時候，一定要把那只箱子打開來看看，多少年的謎，一旦有了答案，至少可以減少死亡的痛苦。啊！不對，死亡是隨時可以來臨的，如果死在一樁意外事件中，那就沒有機會，在臨死之前打開箱子了。算了吧，人都死了，箱子中是什麼，何必在乎？」

他自嘲似地笑著，站起身來，走到箱子旁邊，伸手在木箱上拍了兩下，把那只木箱，當作是有生命的老朋友一樣，然後，結束了他的「娛樂時間」，走出了密室。晚上還有一個重要的聚會在等著他。

而聚會之後，他還有一個秘密的約會，他的情婦，在他眼中——注意，以辛開林這樣地位的人，絕不是沒有見過世面的人——全世界最美麗可愛的一個小女人，正在等著他。

辛開林回到書房，來到他那張巨大的桃花心木書桌之前，還沒有坐下來，就看到桌面上，放著一樣他進來時沒有的東西。

那東西看來像是一只手鐲，已經很舊了，銀質發黑，但是雕刻精緻的花紋還很清楚，在約有三公分寬的鐲身上，雕刻著太陽、獅子的圖案。

辛開林陡然叫了起來，他很少那樣失去鎮定，可是這時候，他卻叫了又叫，視線一直盯在那只手鐲上。

直到他想起，他的書房有著最佳的隔音設備，在這裡發出的聲音，就算超過一百分貝，外面也聽不到，他才按下了對講機的掣鈕，叫道：「進來！」

不到五秒鐘，總管就衝了進來，在聽到了辛開林的大聲喊叫之後，總管已經嚇呆了，他衝進來的速度之快，如果去參加世運會一百公尺短跑的話，至少也可以得到一面銀牌。

總管進來之後，更嚇得張大了口，說不出話來。他從來也沒有見過辛開林先生，像如今這樣的神情過。

辛開林盯著桌子上的一只手鐲，眼珠像是要脫出眼眶一樣。可是臉上的神情，卻又決不是恐懼，而是興奮。異樣的興奮！

總管勉力定下神來，不由自主喘著氣，道：「什麼事，辛先生，什麼事？」

辛開林的視線，仍然沒有離開那只鐲子，他急吸了一口氣，才能開口說話：「這……鐲子是……」

總管面色發白，他不知道那只鐲子有什麼古怪，也不知道該如何回答才好。在他猶豫期間，辛開林已經吼叫了起來：「這是哪裡來的？」

總管挺直了身子，盡量使他的話聽來連貫，但事實上，他還是由於心悸，而把話說得斷斷續續：「是一個人……送來的！」

「人呢？」辛開林繼續吼叫。

總管吞下了一口口水，額上已經在冒汗，可是他卻不敢伸手去抹，為了要維持畢挺站立的姿勢：「人……我沒有見到，門房將東西……轉過來，對了，門房說，那人還留下了幾句話……」

辛開林盯著總管，總管急得幾乎哭了出來：「先生，請允許我叫門房來問？」

辛開林揮著手：「快！快！」

總管急忙轉過身，向外走去，他轉身轉得實在太急促了，以致他的身子多轉了一個圈，才能夠面向書房的門，向外奔出去。

辛開林並沒有注意到總管的狼狽，直到這時，他才緩過一口氣，伸手將那只鐲子取了起來。銀鐲子很厚，拿在手裡也相當沉重。

當然就是那只鐲子，當時那個人戴在手腕上的，一定是這一只，一定是那個人來了！

在等了那麼多年之後，這個把那只箱子交給他的人，終於來了，辛開林心中的興奮，真是難以形容。

這時，他的思緒十分紊亂，但是，他也立即想到了一點：「現在我有足夠的財富購買任何東西，這個人來了，只要他開價，我就接受，那怕箱子裡全是廢物，我也要將它買下來。買下來之後，箱子就是我的了，我就可以立刻將它打開來，看看箱子裡，究竟有什麼東西在！」

他急速地喘著氣，總管其實才跑開去，可是，辛開林像是等了一世紀那麼久。

他轉弄著那只銀鐲子，繼續想：「這個人，為什麼隔了那麼久才來？當時，他提著那只箱子奔過來的時候，情形是那麼紊亂，他居然沒有在混亂中死去，真是奇蹟……」

辛開林閉上了眼睛一會，回想著那一場混亂。

那一場大混亂，是本世紀，世界上著名的大混亂。辛開林所經歷的，只不過是這場大混亂中的一個小場景，可是當時可怕的情景，令得他畢生難忘。

公元一九四七年，英國公佈了「蒙巴頓方案」，把英屬印度按宗教信仰，分為印度和巴基斯坦兩個國家，這就是近代史上，著名的「印巴分裂」。

英國的方案，原則上很好，可是一塊長久由不同信仰的人居住的土地，猝然之間分裂成為兩個國家，所引起的混亂，真是任何人所想像不到的。

在印度和巴基斯坦接壤的旁遮普省，宗教信仰不同的人，立時為了爭奪土地、財產和權力，產生了血肉橫飛的大混亂，每天死在原始武器和現代武器之下的人，完全無法統計。

有的村莊，整個村的人全部被敵對者屠殺了，地方官員早就逃走，還有誰去統計究竟有多少人死了？

巴基斯坦在這一年的八月十四日宣布獨立，混亂在這時非但沒有停止，而且到達了最高潮。回教徒和印度教徒之間的衝突越來越擴大，其間還有眾多的錫克教徒。

凶悍善戰的錫克人，更趁機擴展自己的勢力，一隊由超過一千人組成的錫克人的軍隊，可以在一天之內，屠殺超過軍隊人數十倍以上的敵對者。

八月二十日，辛開林清楚地記得那一天。

那時候，辛開林當然不是世界知名的東方大富豪，他只是一個普通的年輕人。或者說，他並不普通，那是由於他的職業比較特殊。

辛開林是飛機駕駛員。

第二次世界大戰末期，他從航空學校轉入空軍，沒有多久，戰爭結束，辛開林離開了軍隊，開始的一年，無所是事。

一年之後，他創辦了只有兩架殘破飛機的「航空貨運公司」。

這家空運公司，是他和兩個退役空軍軍官組成的，兩架飛機，是盟軍撤離時，根本不想帶走的C－45型中型運輸機，當時已經不能飛行，他們用廢鐵的價錢將之買了下來，靠自己的經驗和技術及偷來的零件，總算使這兩架老爺飛機可以飛行了。

本來，他們打算用這兩架飛機來載客的，可是經過三個月的努力，任何人一看到了這兩架飛機，立刻掉頭就走，說什麼也拉不住。

那三個軍官無法可施，才只好將公司的名稱改為「貨運公司」。

據說，這間貨運公司只好載運從來就沒有生命的貨物，不然，就算載運的是木乃伊，木乃伊也會嚇得活過來，跳機逃走。

即使改成了貨運公司，生意也差到極點，貨物是有價值的，誰肯將有價值的東西，交給這樣七拼八湊裝起來的老爺飛機？

這家貨運公司在所有的保險公司檔案之中，都被列為黑名單：「在該公司的運輸工具未曾徹底改善之前，對該公司的任何投保，應毫無保留地予以拒絕。」

徹底改善，三個年輕人根本沒有能力，所以，他們只好做別家空運公司不願意做的生意，將貨物運到根本沒有人願意去的地方，混亂中的印度和巴基斯坦接壤地區，就是這種地區之一。他們還遭到另一個困難，就是請不到副駕駛員。

除了他們三人之外，別的駕駛人員在遠遠看到了這兩架飛機，就已經掉頭走了，所以他們每次飛行，實際上，都是違反國際航空規則的：只有一個人駕駛，這一個人，要負責機上的一切工作。

好在，這樣的小公司，也沒有什麼人注意。只要有人願意將貨物托給他們運，目的地就算沒有機場，他們也願意幹。

那一次，他們的目的地，是巴基斯坦的拉合爾。

拉合爾是一個出名的古城，曾經是莫臥兒王朝的首都，在南亞洲烜赫一時，曾經是回教文化的中心，南亞洲最大的清真寺，巴德沙希清真寺，就在拉合爾。

公司總共只有三個人，兩架飛機同時出動，一個人必須留下來處理「公司業務」，駕駛的是辛開林和寇克。

寇克是一個中西混血兒，有著鬈髮、碧眼，和不接近黃種人的白皙皮膚，是一個十分漂亮的小伙子，可惜就是個子稍為矮了一點，他自己也一直引以為憾。

才認識寇克的人，看見他那副八成像洋人的樣子，一定以為他的名字是譯音。寇克就一定十分正經地向人解釋：「我姓寇，單名克。什麼，你不知道中國人之中有姓寇的？太孤陋寡聞了。宋朝有一個宰相叫寇準，和契丹訂立過著名的澶淵之盟的那個！哼，你連『澶淵之盟』都沒聽說過？我看你多半是個假洋鬼子！」

寇克這樣的八成洋人，反罵人家是假洋鬼子，被罵的人，多半只是覺得好笑，而不會生氣。辛開林和寇克在出發之前，已經知道印、巴接壤處，正處在一場空前的混亂之中，要不然，這單生意也不會落在他們身上。

但他們並不放在心上，一則，他們年輕，天不怕地不怕，連這種拼湊起來的飛機都敢駕駛，還有什麼不敢做的？二則，拉合爾是大都市，有過百萬人居住，在他們天真的想法，總不會有事情的，而且他們的任務，只要飛抵拉合爾機場，卸下了貨物，立刻就可以回航，在拉合爾停留的時間，不會超過三小時。

當然，他們太年輕，不會想到別說三小時，就算只是三秒鐘，人的一生命運，也可能因此改變！

他們那次航程的結果，就徹底改變了他們兩個人的命運。

飛機載滿了貨物之後起飛，沿途，在可能停下來的機場加油，加油人員一看到他們的飛機，都行動小心，戰戰兢兢，唯恐一不小心，身子碰到了飛機，就會將飛機碰得散成碎片。

各地機場的地勤工作人員，對於辛開林和寇克這種「神風突擊隊」式的飛行，充滿了敬意，免費供應他們飲食，當他們登機之前，列隊和他們握手道別。

到了拉合爾機場，情形有點不對頭，降落時，完全接不到控制塔的指示，機場根本沒有控制人員，整個機場也沒有飛機。

他們降落之後，有一小隊回教士兵奔了過來，聲稱機上的貨物是他們的，那小隊長的手上，居然有著提貨單。

辛開林和寇克兩人打開了艙門，讓他們去卸貨，自顧自走向機場大廈。

就在那時候，辛開林第一次看到那個人，和那只木箱。

那個人的服裝極其華麗，一身黑緞子的緊身衣服，襯得他的身段高而挺拔。

戴著手鐲的人

那個人，黑緞子的衣服袖上，有著閃閃生光的金絲鑲邊，鈕扣看起來也是金質的，十分奪目。寬闊的皮帶上，懸著一柄短短的彎刀，刀柄和刀鞘上都鑲著寶石，給人以一種眩目的感覺。小刀旁邊，是一隻小小的、看來很精緻的皮袋。

那人的身邊，是一只木板釘出的箱子，看來很簡陋。

這個人的衣飾如此華麗，和這個已經沒有人管理的機場相比較，顯得十分突出，辛開林不免向他多看了一眼。

這個人站在機場大廈的出入口，注視著機場，看來像是正在等待著什麼，他的神情十分焦急。

那人是印度人，皮膚黝黑，高鼻深目，頦下的鬍子刮得十分光潔，而且，用一個黑色的網絡兜著。

當辛開林連看那個人兩眼之後，那個人開了口，說的是一口極其標準的英語，道：「天，你們駕來的……那是什麼東西？」

寇克比較沉不住氣，立即道：「那是飛機！你沒有見過飛機？飛機……」

他接著將「飛機」兩字的拼法，用字母一個個讀了出來。

那個人悶哼了一聲，並沒有什麼特別的反應，寇克看到對方沒有反應，雖然擺出了一副挑戰的神情，也變成了沒有著落，和辛開林一起走了過去。

辛開林走在較後面，所以他聽得那個人在喃喃自語：「要是沒有別的飛機來，只好將東西交給……那樣的飛機了！」

辛開林當時所想到的只是：真不壞，回程還有生意可以做！他一面這樣想，一面忍不住回頭，向那個人腳旁的那只木箱望了一眼。

那個人這樣說，他要托運的東西，自然就是這一只木箱子了。

辛開林不禁想：「這樣的一只破箱子之中，裝的不知是什麼東西？在這樣兵荒馬亂的情形下，等著要將之運出去！」

人生的歷程，有時真是很奇妙的。

當時，辛開林看著那個人腳旁的這只木箱子，自然而然這樣想。

他無論如何都想不到，同樣的問題，日後會萬千遍地反覆問自己。

辛開林和寇克進了機場大廈，整個大廈中沒有什麼人，顯得極空蕩，只有幾個清潔工人，懶洋洋地在無目的地走動。

他們進了原來應該是餐室的地方，除了看來十分骯髒的水之外，根本找不到可以進肚子的東西。

寇克踢著一張椅子，道：「真倒霉，看來，找不到人替我們加油了！」

辛開林想到這件事十分嚴重，忙問：「怎麼，你的飛機，油的儲量不足？」

寇克揮了揮手，道：「大概還夠飛到就近的另一個機場，就算油不夠了，還可以滑翔！」

辛開林笑了笑，拽過一張椅子坐了下來。

從餐室的玻璃中望出去，可以看到那一小隊士兵，還在忙碌地搬運著貨物，工作效率倒相當快，一箱一箱的貨物，已經搬得差不多了。

辛開林伸了一個懶腰，道：「這裡的情形很不好，我們還是快點走吧！」

寇克無可無不可地答應了一聲，本來是準備懶懶地站起來的，可是結果，他卻是整個人像兔子一樣跳起來的，就在這一剎那，外面陡然傳來了一陣密集的槍聲，和一陣驚天動地的呼喊聲。

那一陣槍聲並不可怕，可是那一陣呼喊聲，卻像是成千上萬的魔鬼，一起吶喊著從地獄中衝了出來一樣！

辛開林和寇克一起跳了起來，一時之間，他們全然無法知道發生了什麼事，只是木立著，錯愕地互望。

接著，他們又聽到在機場中的那幾個清潔工人，用盡了他們的氣力在叫著：「錫克族的戰士來了！錫克族的戰士來了！」

呼叫聲中，充滿了絕望和恐懼，慘厲無比，連辛開林和寇克兩人，也感到了除了駕駛他們自己拼湊成的飛機之外，還有更可怕的事情在！

錫克人的凶悍是著名的，他們也曾聽說過，要是錫克族的戰士衝進了機場來……

他們覺得一股寒意，不由自主各自發出了一下叫喊聲，向外衝去。

他們衝出了機場大廈，向飛機奔過去。

那時，那一小隊士兵，也不再搬運貨物了，而是向著機場大廈奔了過去。

辛開林回頭看了一下，看到那個人，仍然站在建築物前，守著他那只箱子。

辛開林忍不住揮著手，大聲叫道：「喂，錫克族的戰士來了，你——」

他一面叫，一面仍在向前奔著，因為轉過頭來望著那個人的原故，腳下一不留神，跌了一跤。寇克本來已經奔前了好幾步，一看到辛開林跌倒，連忙奔回來，抓住辛開林的手，將他拉了起來。

這一切，只不過是幾秒鐘之間的事，可是，就在那幾秒鐘之間，眼前的情形，完全變了！

那一小隊士兵，還未衝到機場大廈，淒厲無比的呼喊聲，已經像怒濤一樣湧了過來，自機場大廈中，至少有好幾百人亡命奔了出來。

奔出來的人，全是平民，男女老幼都有，他們一面叫著，一面向前狂奔，將那一小隊士兵完全衝散。

而在他們身後的，是一陣又一陣的槍聲，每一陣槍聲過後，就有一大批人倒下來，在血泊之中，有的一動不動，有的還在打滾。

陽光下的水泥地，本來泛著一片淺淺的灰白色，等到水泥地上濺了許多血跡之後，看起來觸目驚心之極。

這一大批平民，是錫克族戰士追逐殺戮的目標，眼前像地獄一般的情景，任何人都可以看得出這一點來了！

辛開林和寇克並沒有呆了多久，總不會超過三秒鐘。

這時，他們所在的位置，離他們的飛機大約有兩百公尺，而拚命向前奔來，想逃避殺戮的那批人，奔在最前面的，離他們也有兩百公尺左右。

他們兩人又不由自主發出了一下驚叫聲，轉身向飛機奔過去，一面奔，一面打著手勢，互相通知對方，一上機，立即發動引擎。

這時候，他們實在連十分之一秒的空隙都沒有了，不然，他們至少會跪下來，向任何神祈禱，保佑他們一下子就能將引擎發動。

也就在這時候，辛開林看到那個人，拖著那只木箱，也朝著飛機奔了過來。

那個人一面奔跑，一面還在叫著。

可是他的叫聲，卻完全淹沒在槍聲和那批被屠殺平民的那種悽慘得可以將人每一根神經給撕裂的呼叫聲中。

那個人奔得十分快，他雖然拖著一只木箱子，但是那木箱子看來，也不是十分沉重，他奔得極快，已經追上了本來奔在最前面的人。

辛開林和寇克兩人，這時已經奔到了飛機的旁邊，跳進了機艙。

辛開林在跳進機艙之際，回頭看了一下，看到那個人的臉色煞白，顯然是盡了他體內的每一分力氣，在向前奔著。

他依然拖著那只木箱子，離飛機只有三十公尺。

辛開林一時之間，真的無法決定自己是不是要等那個人奔過來，把他拉上機。

而就在這時，錫克族戰士已經出現了，至少有兩百人，一下子從機場大廈湧了出來。

看來，這一群戰士並不急於要屠殺他們的獵物，出來到了空地之後，還先列成了隊，然後再放槍，槍聲過處，又有幾十個人慘叫著倒了下來。

辛開林抬頭看一看遠方的那一剎間，那個人又奔近了十公尺，辛開林從來也沒有看到過一個人臉上的肌肉，作這樣劇烈的顫動的。

他在那一霎間，有了決定，儘管情勢危急之極，他還是將這個人拉上機來。

辛開林決定這樣做之後，身子向下垂，伸出一隻手去，叫道：「快點！快點！」

那個人實在不可能再奔得更加快了，他拚命在向前奔著，拖著那只木箱。

辛開林又叫道：「將那只鬼箱子扔掉！快點！」

那人不知是聽到了不依從，還是根本沒有聽到辛開林所叫的話，但是，他卻在迅速接近著。

二十多公尺的距離，以那個人奔跑的速度而言，實在要不了多久時間，可是情況變化得實在太快，令攀在機艙口的辛開林，覺得死亡和不幸正在迅速地接近。

寇克的飛機，和他的飛機相隔五、六十公尺左右，寇克已經上了飛機，他一定是立即發動了引擎的，因為四隻螺旋槳，已有三隻開始在緩緩轉動。

可是，也由於寇克的飛機停得離機場大廈比較近，那批拚命在逃避錫克族武士追殺的市民，已經奔到了寇克飛機的旁邊。

那時候，人看起來已經不像是人，只是一群可怕已極、為生命掙扎的生物。

那些人開始不顧一切地向飛機上面爬，有的攀上機身，有的爬上了機翼，更有的，不顧一切跳起來，抓住了開始轉動時轉動得十分緩慢的螺旋槳。

辛開林可以透過駕駛艙的玻璃窗，看到坐在駕駛位上的寇克，現出了一股極為徬徨無依的神情來。

螺旋槳的轉動在逐漸加快，攀住螺旋槳的人，發出悽慘無比的尖叫聲，在螺旋槳的轉動之中，向外摔出去，直挺挺的躺在水泥地上，一動不動。

可是，七、八個人摔了出去，又有更多的人，不顧一切地來抓螺旋槳。

同時，那隊錫克族士兵，也已經發現了機場上，居然有兩架可以飛行的飛機，他們一面發出吶喊聲，一面放著槍，也向前奔了過來。

辛開林看到，另外有一股平民，向著自己的飛機奔過來，他驚惶地大叫起來。

也就在這時，那個人已經奔到，他雙手托住了那只木箱，用力將木箱向機艙內一送，辛開林已經拉住了他的手，將他提了起來，兩個人一起滾跌在機艙內，辛開林甚至已沒有時間站起身來，他連滾帶爬，向駕駛艙爬過去，立刻發動了引擎。

引擎轉動著，他匆忙坐上了駕駛位，陡然之間，聽到無線電通訊儀傳來寇克充滿了絕望的聲音，道：「我不能！我不能起飛！」

百忙之中，辛開林向旁邊看了一眼，他立時明白了寇克所說「不能起飛」的意思，並不是他的飛機機件有什麼故障，而是他的飛機上，已經爬滿了人，至少超過一百個，令得他的飛機，看來像是爬滿了螞蟻的一隻昆蟲一樣。

爬在飛機上的那些人，或許以為，飛機起飛可以將他們帶走，逃過錫克族戰士的殺戮，但是寇克卻知道，飛機只要一移動，那些附在機身上、機翼上的人，非全部都摔死不可。

辛開林對著通訊儀大叫：「寇克，起飛！起飛！」

在他叫嚷的時候，他看到寇克的飛機螺旋槳，打中了兩個婦人的身子，那兩個婦人立即全身噴出鮮血，身子看來已不再像是一個人。同時，辛開林也聽得寇克的哭泣聲，寇克一面哭，一面叫：「我不能夠！我不能夠！」

辛開林的心在抽搐，全身的每一根神經都在抽搐，但是，他實在沒有法子去顧及寇克，他只好一面像發了狂似地大叫：「快起飛！快起飛！」一面迅速地按下許多儀表掣，令得他駕駛的飛機，開始在跑道上向前駛去。

當他的飛機開始在跑道上移動之後，那股追上來的平民已經追不上了。

辛開林看到他們頹然停步，不論是男女老幼，每一個人的臉上，都是一片茫然，反倒不是悲苦，只是茫然的絕望，那種像是無底深淵一樣的絕望，看起來比任何悲苦更甚。

接著，槍聲又響起，這些人一個接一個的倒了下來，屍體一個疊著一個。

而寇克的飛機始終停著不動，無線電通訊儀中傳出來的，是寇克的抽噎聲。

辛開林的飛機，速度越來越高，錫克族的士兵向飛機開槍，射中了機身，當辛開林終於拉高機首，使飛機離開跑道之際，他甚至可以聽到士兵步槍上的刺刀，劃過機腹時所發出的聲音！

辛開林絕對清楚，他這時所使用的操作方法，是極度危險的，根本不是那種殘破的飛機所能負擔的，飛機可能在下一秒鐘就在空中爆炸！但是無論如何，比起不能起飛來，要好得多了。

當飛機在急促上升之際，幾乎飛機上的每一部份，都在發出軋軋的怪異聲響，但是飛機終於在升高，等到辛開林認為已到了足夠的高度，拉平機身時，他才向下看，看到寇克的飛機還停在跑道上，而飛機旁，已經圍滿了錫克族的士兵。

在陽光下，錫克族士兵步槍上的刺刀閃閃生光，恰好在寇克的飛機旁，形成了一個光環。

辛開林一直通過無線電通訊儀，在呼叫著寇克，甚至到這時候，他仍然認為寇克是有機會起飛的，因為螺旋槳一直在轉動，只要飛機能開始在跑道上滑行，就有機會可以離開。

可是，辛開林可以聽到的，只是寇克的抽噎聲。

辛開林還在不斷地叫，當他聽到了兩下錫克語的吆喝聲之後，他知道完了，錫克族的士兵已經登上了飛機，接著，連寇克的抽噎聲也聽不到了，顯然，無線電通訊儀已經遭到了破壞。

這時，他的飛機在逐步升高，下面機場中的情形，已經被雲層所掩遮，看不見了。

辛開林感到心頭一陣抽搐，心直向下沉。

十分鐘之前，他還和寇克一起懶洋洋地坐在沒有人的機場餐廳中，但是現在……他真不能想像刺刀刺進寇克身子時的情形，寇克臨死之際，不知還講了一些什麼話？

寇克完全有機會起飛的，他連連叫著「不能」，是他不忍心由於他的起飛，而令得那些附在機身上的人摔死。

不知道他有沒有想到過，那些人根本逃脫不了錫克族士兵的屠殺，他自己的犧牲，實在是毫無意義的！

或許，他決定了這樣做，會使他的內心感到安慰，感到自己做得正確，那麼，在臨死之際，會覺得十分平靜，沒有痛苦。如果換了自己是他——辛開林想，如果自己的飛機上也爬滿了人，是不是也會和他一樣？

辛開林的思緒，紊亂到了極點，以致一時之間，忘記了那個人的存在，直到那個人忽然開了口，他才震動了一下，向那人望了一眼。

那人在拖著木箱奔過來之際，臉色是煞白的、可怕的。這時，他看來已回復了鎮定，但是臉上仍然還有許多細小的汗珠。那自然是由於剛才他將他生命之中最後一分力量，也迸了出來的原故。

那個人道：「你的朋友是一個好人，他……他是一個好人……」

辛開林又是一陣難過，向他看了一眼，並沒有說什麼。

那個人嘆了一聲，道：「人，本來應該是那樣的，可是不知道從什麼時候開始，人的心變了，變得像現在那樣，真……真可怕！」

那人的語音很低，也充滿了感慨。

在當時那樣的情形下，辛開林對於那個人的這種感慨，非但不起共鳴，而且，還有相當程度的反感。

他仍然沒有反應，那個人卻還在繼續道：「幸而不是所有的人全是那樣，還有極少數的人，保持著原來的心意，沒有變！」

辛開林有點忍無可忍的感覺，不客氣地叫道：「別再發揮你的哲學理論了！」

那個人急急地道：「不是理論，是事實，人心起了變化，我——」

辛開林一揮手，打斷了那人的話頭，道：「如果你有力氣講話，不如開始祈禱，祈禱我們能夠平安到達昌迪加爾！」

昌迪加爾在印度境內，是印度旁遮普省的首府，離拉合爾的直線距離，是兩百六十公里。

辛開林不知道昌迪加爾是不是平靜，他沒有別的選擇，因為飛機上的存油量，只能夠支持三百公里左右的近距飛行，那麼，昌迪加爾就是他唯一可以降落的地點。

那個人被辛開林呼喝了一下之後，就緊抿著嘴，不再出聲，也不知道他是不是真的在祈禱。

飛機的狀況很穩定，看來可以支持得到。

半小時之後，辛開林開始和昌迪加爾的機場聯絡，當他得到了回音之後，他才大大鬆了一口氣，道：「我才從拉合爾機場來，要求緊急降落！」

昌迪加爾機場控制塔的人員，發出了一下驚呼聲，道：「拉合爾機場，天！我們才接到消息，那邊發生了混戰！」

辛開林苦笑了一下道：「不是混戰，是大屠殺！」

他聽到了控制人員的喃喃自語：「唉，這種事，已經發生得太多了。」

辛開林伸了伸身子，那個人這時也已進了駕駛艙，在他的身邊坐了下來。

辛開林直到這時，才注意到那人的左手手腕上，戴著一只銀鐲子，看來很厚重，鐲子上的浮雕十分精緻，看得出圖案的結構，是太陽和獅子。

那個人也注意到辛開林在看他的手鐲，他將左手略揚了一下，好讓辛開林看得更清楚，道：「這是銀子的！」

辛開林早已看出那是一只銀手鐲，一只銀手鐲，並不是什麼了不起貴重的東西。

當時，辛開林只是隨便「嗯」地一聲，算是回答。

當然，後來，他知道這樣的銀手鐲，原來有著極其特殊的意義，但那已是好幾年之後的事情了。

飛機這時，已經飛臨昌迪加爾的上空，開始依照指示降落了。

木箱子的秘密

辛開林控制著飛機，降落在跑道，在輪胎接觸跑道之際，飛機震動得很厲害，但終於滑過了跑道，在機場上停了下來。

那個人吁了一口氣，道：「說真的，我認為你不會做得到的！」

辛開林苦笑了一下，飛機還沒有完全停定之前，連他自己也不認為可以做得到！

飛機停定之後，可以看到有一輛車子，向飛機駛過來。

那個人在這時，忽然一伸手，抓住了辛開林的手臂，道：「謝謝你，帶了那只木箱子出來！」

辛開林一時之間，弄不明白這個人那樣說是什麼意思，當他看到那個人一面說，一面指著在機艙中的那只木箱子之際，他才明白。

他不禁又是好氣，又是好笑，道：「我倒認為，把你帶了出來更值得感謝，可惜寇克——」

辛開林嘆了一聲，沒有再講下去。

他把那個人從拉合爾機場這樣的大混亂中帶了出來，在他想來，當然比那只木箱子重要得多，他等於是救了那個人的性命！

可是，那個人聽得辛開林這樣講，其神情極其嚴肅地搖著頭，道：「不，那只木箱子才重要，我還要立刻回拉合爾去！」

辛開林陡然一怔，盯著那個人，那個人的神情是如此之肅穆，以致令人看起來有一股肅然起敬之感，可知他不是在開玩笑。

辛開林看到這種情形，順口問了一句：「那箱子裡是什麼東西，那麼重要？」

那個人沒有回答，只是道：「我還要託你一件事，要請你代我保管這只箱子！」

辛開林不禁苦笑起來，今天他在昌迪加爾，明天在什麼地方，連他自己也不知道！那只木箱子的體積不算小，聽那個人的口氣，倒像是要託他保管一塊可以隨身攜帶的手帕一樣！

可是！辛開林還未曾來得及拒絕，那人又已急急地道：「你要一直保管它，絕對不能把它打開來看，絕對不能，你要答應我。」

辛開林真有點啼笑皆非，可是那個人的神情，卻焦切而又認真，抓住了辛開林的手臂用力搖著，雙眼之中，充滿了祈求的神色。

辛開林道：「如果我答應了，要保管多久？」

那個人道：「我不知道，可能幾天，可能……很久，不過，我一定會取回它的，一定會！就算我自己不來取它，也一定會派人來取！」

辛開林在那一剎間，只覺得事情十分滑稽、有趣，像是什麼愛情小說中的情節一樣。

他道：「你派人來取？那個人是不是要有什麼證明文件？」

辛開林這樣問，純粹是取笑性質的，可是，那個人卻極其認真，想了一想，指著他左手腕上的手鐲，道：「我這隻銀手鐲，是世上獨一無二的東西，就算是我自己來取回木箱，也必然以這只銀手鐲作為憑據。」

辛開林搖著頭，不知道是應該繼續開玩笑下去，還是就此算數。

這時，機場方面的車子，已經來到了飛機的旁邊，辛開林聽到有人在叫：「老天，機艙的門都沒有關好，這飛機是怎麼飛的！」

辛開林站了起來，那個人又握住了他的手臂，道：「請你答應我！無論如何，替我保管這只箱子，並且絕不要打開它！」

辛開林聽到他一再叮囑自己不要打開那只箱子，有點惱怒，道：「好，你放心，我絕不會打開它！」

他這句話才一出口，心中就「啊」地一聲，覺得不是很妙。

因為他答應了不打開那只箱子，那就等於是答應對方保管那只箱子了。

他是一個十分守信用的人，從小就是那樣，除非不答應，答應了，就一定要做到。

而當時的情形，要他帶著那麼大的一只木箱子到處走，事實上，的確有困難。

他一想到這一點，連忙想解釋兩句，可是那個人卻已大喜過望，連聲道：「謝謝你！謝謝你！」

那個人一面叫著，一面已向外衝出去，辛開林忙道：「等一等！」

可是那個人已經衝到了機艙門口，機艙門在這時打開，那人一躍而下，推開了機旁的一個人，向前奔了出去。

辛開林追到機艙門口，叫道：「等一等！」

那個人陡地停了下來，轉過身，叫道：「對了，我忘了答應你報酬！」

辛開林剛想說，自己叫他等一等，並不是這個意思，那個人已經給他腰際所懸著的那個小皮袋，解了下來，一揮手，用力向辛開林拋了過來，一面叫道：「接住它，它全部是你的。」

小皮袋向著辛開林飛了過來，辛開林一伸手接住。那個人拋出了小皮袋之後，立時轉身，向前奔出去，轉眼之間，一架飛機遮住了他，已經看不見他了。

從此以後，辛開林一直沒有再見過這個人。

他非但不知道那箱子之中，是什麼東西，而且，也全然不知道那個人是什麼人。

本來，那個人是什麼人，似乎是無關緊要的，但是後來又發生的一連串事情，使他知道那個人絕對不是普通人，他也曾花過不少時間去找尋那個人，可是卻一點結果也沒有。

本來，要將那麼大的一只大箱子帶來帶去，並不是容易的事，尤其通過海關的時候，能夠不被海關人員打開來檢查麼？但辛開林是飛機師，總有點職業上的方便之處。

當時，他將接在手中的那隻皮袋，順手塞進了上衣的口袋中，下了機，和圍在飛機旁邊，對他的飛機指指點點、發出種種聲音的機場地勤人員，證明了應該如何檢查他的飛機，如何加油，他就逕自到了機場的建築物，吃了一餐難以下嚥的晚餐。

他曾在機場附近找尋那個人，可是都沒有發現，那個人可能真如他所講的那樣，回拉合爾去了。

這真有點不可思議，這個人真的只是為了要使那只木箱子離開！

當他再回到飛機上的時候，他在經過那只木箱之際，用腳踢了那只木箱一下，心中開始想：「箱子中，究竟他媽的有什麼東西？」

油已經加足，飛機又可以起飛了，雖然機場方面一再勸告，說這架飛機絕對不適宜飛行，但這種勸告，辛開林聽得太多了，自然不放在心上。

辛開林本來想先用電話，和他的另一個留在公司「處理業務」的伙伴，聯絡一下，但是長途電話混亂不堪，根本沒有法子接得通，所以也只好作罷。

接下來的飛行，倒還算是順利，辛開林只是因為寇克的遭遇而難過，那只木箱子，他在這時，也只是偶而看上一眼。

他對那只木箱子另眼相看，是他在知道了那個人拋給他的那隻皮袋子之中，有著什麼之後的事。

而這時候，他根本沒將那隻皮袋子放在心上，連拿出來看一看的興趣都沒有。

兩天之後，辛開林回到了他那間「貨運公司」所在的城市，飛機才一停定，就看到他的另一個伙伴，飛快地向著飛機奔了過來。

那另一個伙伴，本來是空軍中的一個傳奇人物，人極好，可是脾氣壞到透頂。在軍隊的時候，沒有一個人或者軍官，看到了他不頭痛的，可是，也沒有一個人不承認，他是一個第一流的飛機工程技師。

在二次大戰結束之後，當時在中國，幫助中國對抗日軍侵略的美國陳納德將軍，曾建議他到美國去。可是，他卻瞪了陳納德將軍一眼，道：「我寧願到剛果去，也不要去美國。」

他的外號叫「刺蝟」，他的名字是李豪，個子很小，叫人單看他的外型，怎麼也想不到他的脾氣那麼暴烈，有不少人因此吃了大虧。

若干年之後，李豪也成了國際間著名的大亨，一直是辛開林生意上的助手，在國際商場上叱吒風雲。

照說，以辛開林和李豪之間的友情，他們是不會再有什麼爭吵的了，可是就在兩年前，李豪的壞脾氣發作，不但和辛開林大吵，而且，還揮拳相向。

當時，辛開林正在主持一個重要的國際商務會議，世界各地的大亨雲集，那些大亨看到兩個亞洲的超級大亨，居然像街邊的頑童一樣，打得拳來腳往，誰也不肯讓誰之際，真是目瞪口呆。有三個大亨心臟病當場發作，一個未送到醫院，就已經一命嗚呼了！

李豪的脾氣壞到這種程度，以致他在和辛開林吵架、打架之後，一怒而去，再也不理會他所擔任的重要責任，辛開林雖然好幾次想和這個老朋友修好，但李豪全都一口拒絕。

自從認識李豪開始，辛開林和李豪吵過不知多少次，也打過不少次架，但每一次，都是在吵完之後，幾乎立即和好如初的。

辛開林不知道為什麼，這一次李豪生氣的時間那麼長，因為事情的起因，實在是小到微不足道的。

當然，後來他明白了。

而且這次吵架，對整件神秘莫測的事，有著相當程度的關連，那是以後的事，現在先提一提，只不過想介紹一下李豪這個人。

辛開林看到李豪奔過來，他也忙著從機艙往下跳，迎向李豪。

兩個人都奔得那麼快，以致他們相遇時，幾乎是重重撞在一起的。

李豪連站都沒有站穩——他個子小，被辛開林一撞，搖搖晃晃地倒退了兩步，幾乎跌倒——就問：「怎麼只有你一個人回來？寇克呢？那邊說，根本沒有收到貨，是怎麼一回事？」

他發出了一連串的問題，辛開林只好瞪著他，不知道該如何回答他才好。

李豪又發起急來，道：「說啊，究竟是怎麼一回事？」

辛開林嘆了一口氣，拉著李豪走開了幾步，在一個貨箱上坐了下來，將事情的經過，揀最重要的部份，告訴了李豪。

李豪聽到了一半，臉就漲得通紅，等到聽完，他陡然哈哈大笑起來，他個子雖然小，可是聲音十分宏亮，他突如其來笑了起來，將辛開林嚇了一大跳。

李豪一面笑著，一面道：「好，我們破產了！徹底破產了！」接著，他又補充了一句：「全世界破產的人，沒有比我們破得更徹底的了！」

辛開林笑不出來，嘆了一聲。

李豪盯著他，道：「寇克為什麼不起飛？我真的從來不知道，他的心那麼軟。」

辛開林苦笑，道：「當時的情形實在太驚人，對方說沒有提到貨，是怎麼一回事？那一小隊士兵，手上有著提貨單！」

李蒙攤開雙手，道：「誰管他，反正我們已經破產了，走，喝酒去。」

辛開林已感到需要喝酒，他們離開了機場，在一家小酒吧中，喝得爛醉如泥。

小酒吧打烊之後，他們就躺在酒吧的長櫃上，好在酒吧中的人，和他們都很熟。

一直到第二天醒來，頭痛欲裂間，辛開林才想起，那個人千託萬託要他保管，並且千萬不可打開來的那只木箱，還在飛機上。

他推醒了李豪，兩個人一起回到機場，藉著他們機師職位的方便，將那只木箱，弄到了他們的住所。

他們三個人合租了一個小小的居住單位，三個年輕人的住所，當然凌亂得可以，那只木箱子放在凌亂的雜物之中，倒也不覺得礙眼。

李豪用力在那只箱子上踢了一腳，道：「裡面是什麼東西？我希望是一箱酒！」

他一面說，一面就要用手去掰那箱子上的木板，想將箱子打開來，辛開林忙叫道：「別開它！我答應過那個人，絕不打開它的。」

李豪的壞脾氣來了，怒道：「那個人算是什麼東西！為什麼不許人打開它！」

他說著，繼續用手去掰木板，辛開林一看情形不對，他也不是第一天認識李豪的了，知道除了一個辦法之外，沒有別的辦法可以停止李豪的動作了。

他將外套一脫，拋了開去，揚起拳來，道：「是不是要打架？」

李豪那時，還是彎著身子的，他聽了辛開林的話之後，連頭都不抬，道：「打就打！」

這一句話才出口，他整個人已經疾跳了起來，一拳揮出，來勢之快，簡直無可防禦，先挑戰的辛開林，已經重重挨中了一拳。

這一架打的時間並不長，當兩人喘著氣，停下來，各自抹著口角的血之際，互相在對方的肩頭上拍了一下，一起在那只木箱子上坐了下來。

辛開林道：「我不想再為這個原因打架，以後，再也別提要打開它來看看了。」

李豪悶哼道：「不提就不提，不看就不看！」

辛開林推開了李豪，將那只木箱子推到了他的床底下。

那只木箱，在這張床的下面，安靜地躺了三天。

這三天之中，辛開林和李豪兩人的日子，極不好過，他們四處奔走，向人告貸，希望他們的「貨運公司」，可以繼續維持下去。

可是三天來，到處碰壁，連李豪這樣鬥志昂揚的人，也變得垂頭喪氣起來。

三天的奔走毫無結果，他們回到住所，那時天色已黑了下來，可是他們兩個人托著頭、坐著，誰也不想開燈，誰也不想講話，心情沮喪到了極點。

李豪最先打破沉默，道：「開林，我看我們要各奔東西了！」

辛開林嘆了一聲，沒有回答。

李豪又道：「是我不好，不該接那單生意的，不但害了寇克，也累了公司！」

這三天來，他們也曾花了不少時間，打聽拉合爾方面的消息。可是印、巴分裂造成的混亂，使消息完全隔絕，什麼也打聽不出來。

辛開林搖頭道：「說這種話幹什麼！誰也不能怪誰，要怪，只能怪命運吧！」

他一面說著，一面順手拿起那隻皮袋子來，用手指繞著綁著皮袋口的帶子，轉動著皮袋。

那皮袋一直在他的上衣口袋中，不知什麼時候，辛開林將它從上衣袋中取了出來，順手放在一張几上，這時百般無聊，心情苦悶，順手取了過來揮著打轉，本來是沒有什麼意義的，是任何人在這種情形下，都會做的動作。

他大約揮了十幾下，李豪看著他，忽然不耐煩起來，叫道：「別將這袋子在我面前打轉好不好，頭都給你轉昏了，貪什麼好玩！」

辛開林苦笑了一下，停止了轉動，李豪忽然跳了起來，開亮了燈，盯著辛開林，道：「我雖然答應你不提，可是——」

辛開林知道他想提什麼，忙道：「不行，那是人家的東西，絕不能動！」

李豪在說話的時候，手已經指著床底下。

他聽得辛開林這樣說，道：「照你說，這個人那麼重視這只箱子，箱子裡，可能是相當貴重的東西，我們先借來用用，有什麼關係？等我們公司賺了錢再買回來，總比現在走投無路好！」

辛開林厲聲道：「不行，你再說，我要翻臉了！」

李豪十分惱怒，伸拳在桌上重重打了一下，打得桌上的幾個杯子，一起跳了起來，他粗聲粗氣地道：「難得你對那個人那麼忠心，這個人給你的報酬一定不少，這皮袋子裡，說不定是一袋金幣，哈哈！那是全屬於你的！」

那皮袋，李豪也曾拿起來過，份量很輕，當然不會是一袋金幣，李豪是故意那樣說的。

可是李豪的話，卻提醒了辛開林。

當他第一次見到那個人的時候，他就看到這皮袋懸在那人的腰際，旁邊是一柄短彎刀，短彎刀的鞘和柄上，都鑲滿了寶石，看來美麗非凡。

那麼，這小皮袋中的東西，也有可能相當值錢！

他奇怪自己怎麼一直未曾想到過這一點，連打開來看一看的好奇心都沒有！

他「哼」地一聲，道：「你怎麼知道袋子裡的東西不值錢？」

李豪站著，用十分誇張的手勢和語氣道：「是啊，可以把我們從絕境中挽救過來！」

辛開林不理會李豪的譏諷，將小皮袋放在桌上。

直到這時，他才真正看仔細了那小皮袋。

皮袋是羊皮的，手掌大小，袋中裝的東西並沒有裝滿，只是半袋。

皮袋是黑色的，上面本來有著燙金的圖案，可能由於經常使用之故，燙金的圖案已經剝落，只不過依稀還可以看得出，圖案是太陽和獅子。

皮袋的口，用相當結實的絲繩穿著，絲繩打了一個十分奇特、看來很複雜的結，那個結相當大，留在結外的絲繩，是兩個穗子。

辛開林一面看，一面試圖去解開那個結，可是解來解去，那個結連鬆一下的跡象也沒有。

李豪一直在旁冷言冷語，辛開林想將絲繩扯斷，偏偏繩子又十分牢，將他的手指勒得生痛。

李豪在一旁咯咯笑著，取出一柄小刀來，打開，將小刀用力插在桌上，道：「割開來看看吧，割破皮袋的損失，我賠你！」

辛開林悶哼一聲，拔下刀來，用力一劃，劃破了皮袋，皮袋中的東西跌了出來，剎那之間，兩個人都呆住了！

令人目眩的寶石

李豪的那柄小刀，十分鋒利，他知道自己脾氣不好，容易和人打架，而他的個子又小，在碰到強的對手時，很容易吃大虧，所以，一直把這柄小刀放在身邊，作防身之用。

辛開林用這柄小刀，在皮袋子上輕輕一劃，就劃開了一道口子，皮袋中的東西跌了出來。

那是一小包、一小包，用一種柔軟的紙包著的東西，在跌下來時，有兩個小紙包的紙散了開來，跌出了兩塊顏色紅得將他們兩個人的臉，都映得發紅的半透明、約和半塊方糖差不多大小的東西來。

辛開林和李豪兩個人都呆住了。

這種形狀、顏色的東西，任何人看了，立時會想到：啊，那是紅寶石！

如果稍有常識的話，就會更加想到：這紅寶石的顏色好紅！

如果是對珠寶有專長的話，會進一步想到：這紅寶石的質量是如此完美！

可是這時，辛開林和李豪卻只是發呆。

當然，他們也曾想到，那是紅寶石。

可是這時，他們正處於倒霉到了極點的境地之中，像紅寶石這樣貴重的珍寶，和他們的現實相距太遠了，達到了他們所不敢想像的地步！

他們呆了並沒有多久，辛開林就繼續將皮袋中的小紙包抖出來，一共有十八包，除了兩包的紙散了開來，可以看到紙內包著的東西之外，其他的紙包都很好。

他們互望了一眼，突然之間，各自發出了一下呼叫聲，將其餘的小紙包，全都拆了開來。

辛開林拆開的第一包，紙包裡面是一塊碧綠的、六角形的，發出誘人之極光澤和色彩的「石頭」，而李豪拆開的第一包，只有大拇指大小，長條形的，在暗淡的光芒下，也閃耀著眩目光彩，晶亮的另一塊「石頭」。

他們每拆開一個小紙包，就禁不住發出一下呻吟似的聲音來。

等到所有的小紙包全都拆開來之後，他們的身子，不由自主在微微發抖，而且在急速地喘著氣。

他們兩人的喘氣，令得那些被拆下來的柔軟的紙張，都一張一張被他們呼出來的氣，吹到了地上。

呈現在他們面前的，是十八塊形狀大小不一的「石頭」，那十八塊「石頭」所發出來的光彩，照映得他們兩人的臉上，都有著奇幻的彩色變幻，以致他們兩人抬頭互望時，發覺對方的臉上，乍一看起來，都像是塗滿了七彩的油彩一樣。

過了好一會，李豪的喉際，發出了一下怪異的聲響，道：「你……你……這個……」

他在開始講話的時候，聲音顯得異常乾澀，以致他在講了幾個字之後，要清一清喉嚨，才能繼續講得下去。

他道：「你這個朋友，真會開玩笑，弄這些漂亮的玻璃給你，有什麼用處？」

辛開林小心翼翼地道：「你看這些……只是漂亮的玻璃嗎？」

李豪暴躁起來，道：「那你以為這些是什麼？」

他一面說，一面指著桌上排列著的東西，急速地道：「你以為這是紅寶石？那是藍寶石，這是上佳的鑽石，那是翡翠和綠寶石？」

辛開林吞嚥了一口口水，他的確有這樣的想法，但是，他更加知道，那是不可能的。

如果桌上的那些東西，如它們的顏色和光彩所顯示的一樣，是紅寶石、藍寶石、鑽石或是翡翠的話，那麼，他們已經是富翁了。

辛開林對於珠寶並不在行，可是，那是極有金錢價值的東西，他總是知道的。

這時，他只感到悲哀，感到自己一定是因為經濟上面臨困境了，所以才希望那些東西，會不是漂亮的玻璃。

當然，那只是漂亮的玻璃，沒有人會將那麼許多價值非凡的珍寶，隨手扔給他人的。而他又沒有對那人做過什麼事——在辛開林而言，他是將那個人自死亡邊緣拉了出來。

可是，那個人卻始終只認為，辛開林所做的事，是將那只箱子帶了出來而已！

如果將那只箱子帶出來，就可以獲得那麼多的酬勞的話，那麼，這箱子裡的是什麼東西？難道是整箱的鑽石？辛開林一想到這裡，忍不住為了自己剛才有不同的想法，而哈哈大笑起來。

他一笑，李豪也笑著，兩個人一面笑，一面動手。

是李豪先動手的，他一揮手，就把桌上那十八塊「漂亮的玻璃」，掃了幾塊在地上。

辛開林也動手，抓起了幾塊來，用力拋了開去。

不消片刻，所有「漂亮的玻璃」就全到了地上，他們又用腳踢著、踏著，直到那些漂亮的玻璃，一起踢到了床底下，或是看不到的角落為止。

然後，他們又為了尋求發洩，將羊皮袋抓在手裡，兩人一起合力扯著，將之扯成了好幾片，又重重拋在地上，用力踐踏。

當他們靜了下來之後，李豪收起了那柄小刀，望向辛開林，道：「從明天起，我們分頭去想辦法。你人緣比我好一點，這個月的房租，或者拜託你了！」

辛開林還沒有回答，李豪已經打開門，直衝了出去。

辛開林嘆了一口氣，走過去將門關上，一個人回到房間，坐了下來。

他知道，李豪比他衝動，凡是性格衝動的人，都比較不在乎。

李豪連夜離開，可能是去找相熟的吧女，用劣質的酒去麻醉自己了，他可以醉倒在街頭好幾天都不在乎。可是自己該怎麼辦呢？看來已沒有路可走，是不是明天到其他的航空公司去求職呢？

他感到極度的徬徨，那種無依的茫茫之感，令得他的心直往下沉，他坐著不動好一會，然後站了起來，團團亂轉，最後，倒在床上。

幾乎整天沒有進食，他實在很餓了，但是身無分文，他只是躺著，懶得動，然而，卻一點睡意也沒有。

他只是睜著眼，望著天花板，心裡想，任何人在開創事業的時候，都一定會有困難和打擊，但是不是每一個人都和他一樣不幸呢？

他看了一會天花板，肚子餓得實在難受，那令得他半轉了個身，希望可以舒服一點，然而饑餓的感覺，絲毫也未曾減輕。

他開始用視線在房間中尋找，希望可以看到一塊、半塊幾天前吃剩的麵包，可是卻沒有發現。

辛開林嘆一口氣，垂下眼來。

也就在這時候，他看到在桌子下面的一個角落處，有著閃耀的精光。

當他的視線才一接觸到那一小團閃耀的精光之際，他呆了一呆，一時之間，還不明白那是什麼東西，但是他隨即想起來，那是許多漂亮的玻璃中其中的一塊。

辛開林苦笑了起來，不由自主搖了搖頭，告誡自己：別胡思亂想、異想天開了！

可是，他的視線卻無法離開那一小團光芒。

房中的光線太弱，桌子旁邊角落處的光線更暗，可是，那東西即使在微弱的光芒之下，反射出來的光彩，仍然是那樣奪目，形成一小團，在注視之下，有著各種變幻色彩的小光團，華貴而艷麗。

辛開林在不到兩分鐘的時間之內，告誡了自己一百多次：不要胡思亂想！可是在兩分鐘之後，他卻陡地跳了起來，推開桌子，在那角落處，將那閃亮的玻璃拾了起來，匆匆披上外衣，向外走去。

他一直向前走著，直來到了這個城市最繁華的一區，才放慢了腳步。鬧市之中，有許多珠寶店，櫥窗中陳列的珠寶，放著驕人的光彩。辛開林的手中捏著那塊東西，那東西有大拇指般大小，又硬又冷，捏在手心中，並不是很舒服的一件事。尤其，他捏得那麼緊，手心早已全是汗。

他走過了一家珠寶店又一家珠寶店，好幾次，幾乎已經要推門而入了，但終於沒有勇氣，又縮了回來。

他在街上不知溜了多久，看到了一家珠寶店打烊，又一家打烊，還沒有勇氣進去，攤開手來，問一問店裡的人：「你看看這個值不值錢！」

他有勇氣駕著殘舊不堪的飛機，飛到最危險的地方去，可就是沒有勇氣做這件事。

後來，在若干年之後，辛開林回憶起這件事來，說這一個多小時，是他的一生之中，最最徬徨的時刻，懷著一個不可測的，心中認為是絕無希望的希望，盼望著奇蹟的出現。

然而，他的結論是：奇蹟有時候是會出現的！只要你有能令奇蹟出現的條件。

如果你什麼也沒有，奇蹟當然也不會出現。

當時的情形是這樣，辛開林一直沒有勇氣走進珠寶店去問一問，當他來到當地一家最大的珠寶店門口之際，已經鼓起了最大的勇氣，深深地吸了一口氣，想要一下子就闖進去。

可是，就在這時，從店中走出了兩個店員，用一根有鉤子的桿子，鉤住了捲上去的鐵閘，將鐵閘拉向下。這家珠寶店也打烊了！

辛開林立時向後退，退得太急了些，以致他的背撞在一根路燈柱上。

他就靠著路燈柱站著不動，喘著氣。

珠寶店的鐵閘拉下之後，還有一道小門打開著。

辛開林苦笑了一下，直到這時，他才打開手掌。

在路燈的光芒下，他掌心上的那塊東西，光彩更是奪目，他盯著那眩目的光彩，喃喃地道：「你究竟是什麼？可惜你不能告訴我！」

辛開林並沒有注意到，這時珠寶店鐵閘的小門中，有一個胖子走了出來，還有兩個人，跟在胖子的後面送出來，對胖子十分恭敬。

那胖子一抬頭，看到了辛開林，也看到了辛開林手中那塊東西發出來的光芒。

那胖子——珠寶行業中的一個巨頭，在事後，對人敘述他那件得意之極的買賣時，對人這樣說：

「有時候，財運要是來了，真是擋也擋不住，那天我從店裡才一出來，就看到路燈下有一個人站著，看著他手中的東西，那東西在路燈照耀下發出的光芒，令我的呼吸也停止了。我幾乎不能再去打量那個人，但我是一個生意人，我必須令自己鎮定下來，於是，我努力使自己的視線移開，看到那是一個看來相當英俊，但看得出不是十分得意的年輕人，於是，我就向他走過去……」

胖子來到辛開林的身邊，道：「年輕人，可以讓我看一看你手中的東西？」

辛開林抬起頭來，他看出胖子是一個相當有地位的人，就將手伸過去。

胖子小心地將塊東西拈過來，瞇著眼，把它向著燈光，小心地看著，看了足有一分鐘之久，才道：「這是你的？」

辛開林的心怦怦跳著，這時，他已經從那胖子臉上的神情，看出自己認為不可能的夢幻，快要變成事實了，他道：「是的，你是——」

胖子反手指了一指，道：「我是這家珠寶店的老板，先生，如果你有意要出讓它的話，我會給你它應有的價錢，不知道你是不是——」

辛開林深深地吸了一口氣，點了點頭。

那胖子作了一個「請」的手勢，和辛開林一起從鐵閘的小門之中，走了進去。

胖子眉飛色舞的敘述著：

「我從事珠寶行業三十多年，從來也沒有見過那麼完美的鑽石，它的光度是九九點九，它的質量是完美的，二十六點四克拉的七大顆鑽石，而找不出絲毫瑕疵來的，當真是稀世之寶，絕世僅有。當時，我就懷疑這顆鑽石，就是歷史上著名的『女神的眼睛』，後來證明，果然就是！你們知道我用多少錢將它買進來的？哈哈，數字雖然不少，可是一年之後，我用十倍的價錢把它賣了出去，不但賺了錢，而且，還使我在世界珠寶業中，令所有同行刮目相看，哈哈！」

胖子每當說到這裡時，必然哈哈大笑，同時，向人再炫耀他的知識：

「你們知道這顆鑽石，為什麼叫『女神的眼睛』？因為它的形狀是長條形的，這顆鑽石的歷史，可以上溯很久，最早的紀錄，它是屬於印度莫臥兒王朝全盛時期的一個皇帝所有，作為王朝的至寶，一直傳下來，但是後來，卻突然失去了這顆稀世奇珍，不知道到哪裡去了，人們只好從記載之中，知道有這樣一顆完美、至極絕倫的鑽石在，直到我，它才又被發掘了出來！」

胖子的旁聽者，有時候會問：「那麼，如今『女神的眼睛』，是在誰的手中？」

胖子就一定搖著頭，道：「真可惜，不知道。我賣出去的時候，買主是通過一個律師來進行交易的，所以我不知道買主是誰。」

胖子發現他一轉手之間，就賺了十倍，可是當時，辛開林跟著胖子進入了他的辦公室，在胖子將那東西，用各種儀器檢查了大約半小時之後，聽那胖子開出了價錢之際，他只感到一陣目眩，幾乎昏了過去！那或許是由於過度的饑餓，也或許是由於過度的興奮。

胖子當時還很抱歉，道：「真對不起，我得花三天時間，去籌措現金來付給你，請你在三天之後，再來拿現金支票，好不好？」

辛開林當時的回答，他事後每次想起來，都覺得好笑：「可以！可以！不過，你能不能先給我一點現金？我今天到現在為止，還沒有吃過東西！」

胖子呵呵笑著，將口袋中所有的現金，全都給了辛開林。

當辛開林才跟著胖子進來的時候，他心中還在想，要是對方肯出價錢，那麼不妨告訴他，自己還有十七塊看來也很美麗的東西，可以一起賣給他。

但當他聽了那胖子開出來的價錢之後，他就不想再賣其餘的了。

因為他已經迅速盤算過，他得了那筆這時對他來說，簡直是天文數字的錢之後，他立時可以去買幾架新的飛機，不但可以開展貨運，而且，可以開展客運事業了。

辛開林拿了現金之後，第一件事，並不是立刻去吃東西，而是趕回家中，滿地亂爬，將兩小時之前，被他們自桌上掃落到地上，踢到屋角的其餘十七塊寶石，一起找了出來，小心藏好。

這時，他已經毫無疑問可以肯定，這些「漂亮的玻璃」，每一塊全是價值連城的珍寶。

自然，他心中的疑惑也到達了頂點：那個人究竟是什麼人？何以會將這樣一袋價值連城的珍寶，順手拋了給他，作為保管那木箱的酬勞？

酬勞已經是如此驚人，每一顆寶石，都可以抵得過這個城市之中，一幢超過二十層的現代化建築物，這受保管的箱子之中，應該是什麼東西？

這個人什麼時候，才會向自己來取回這只箱子？

那個人何以會一個人出現在兵荒馬亂的拉合爾？

這種種疑問，在以後的歲月之中，一直縈迴在他的腦際，也不論他日後變得如何財雄勢厚，這些疑問還是沒有答案，和他是一個窮小子的時候一樣。

辛開林一直沒有再出售其餘的十七顆寶石，他只靠了那筆錢起家，當晚，他花了一夜的時間，找到了李豪。李豪爛醉如泥，辛開林花了兩小時令他恢復神智，告訴他所發生的事。

李豪在開始的半小時之內，一直無法相信，只是說自己一定已經死了，在死了之後，才會那樣。

一直到三天之後，從胖子手裡接過了那張巨額的支票，並且由胖子介紹，和當地一家實力雄厚的銀行，建立了良好的關係，辛開林的事業發展之快，令他自己也有意外之感。

他先組織了一家航空公司，一口氣就訂了六架飛機，航空公司用他、李豪和寇克三人的姓氏為名，用以紀念在拉合爾遭了不幸的寇克。

航空公司的業務迅速發展，辛開林和李豪兩人的商業長才，在環境順利之下，得到了充分的發展，他們又向其他行業進軍。不到十年，他們的集團已經成了一個在亞洲地區，實力雄厚的大財團。

到了那時候，賺錢似乎更加容易，集團企業不斷擴大，終於到了今天，辛開林變成了亞洲著名的豪富。

想起昔日駕著殘舊的飛機去冒險，而如今，他的私人噴射機就有三架之多，真是什麼都不一樣了。

但是，只有一樣是沒有變的，就是那只木箱，仍然原封不動地由他保管著。辛開林遵守著他的諾言，絕沒有打開過它，也不知道裡面是什麼。

他有今日的地位，全是由於那個人給他的「酬勞」中的十八分之一而起家的，他心中對那個那麼多年來，再也未曾出現過的人，懷著極度的感激，感到絕不能做任何對不起那個人的事！所以，每次當他面對著那只木箱，猜著木箱中究竟是什麼之際，他還懷有一份崇敬的心情。

而如今，那個人的手鐲出現了！

在經過了那麼多年，人和事的變化不知凡幾，但是，他還是一看到那隻鐲子，就可以認出來，心中興奮莫名，三十多年前的事，一下子又來到了眼前。

辛開林一直握著那只鐲子，奉命去問司閽的總管又奔了回來，他奔得實在太急了，以致張開了口，只看到他呼氣，聽不到他發出別的聲音來。

過了足有一分鐘，辛開林已幾乎想拿起桌子上的裁紙刀，來向他當胸刺進去，他才算說出話來了。

踏上紅地氈的少女

總管極急促地道：「辛先生，司閽說，送這鐲子來的人，本來要求立刻見你的——」

辛開林怒道：「那為什麼——」

他只講了半句，就沒有再講下去，因為他想到，那時候，正是自己在密室中，對著那只木箱子的「娛樂時間」，是他訂下的規矩，在這時候，是不准任何人來打擾他的。

總管已經鎮定了許多，又道：「那人說，他會在一小時之後再來，辛先生，也就是說，是在二十三分鐘之後。他一到，我立即將他請進來！」

辛開林點頭道：「對，準備用最隆重的禮節，來歡迎這位先生！」

總管呆了一呆，道：「這位先生？」

辛開林不耐煩道：「你今天怎麼啦？我看你有點不適應你的職務！」

總管神情苦澀，道：「是！是！可是辛先生，送手鐲來的人，不是先生，是一位小姐！」

辛開林不禁「啊」地一聲：「一位小姐？」

總管道：「是，據司閽說，是一位小姐，年紀還很輕，個子很高，好像是混血兒！」

辛開林揮手說：「不管是誰，照我吩咐去做！」

總管又大聲答應著，恭敬地退了出去。

辛開林豪華大宅中，最隆重的歡迎儀式，曾經款待過兩個皇帝、超過十個以上的國家元首，所以，當一大捆紅地毯，從客廳的門口一直鋪向花園之際，幾十個僕人都在忙碌地準備著，並且猜測著這次要來的是什麼貴賓，因為，一切似乎都是突如其來的，顯得有特殊的不同。

辛開林在寬大的書桌後坐了下來，將那只鐲子放在面前，仔細地看著，心中在想：「一位小姐，怎麼會是一位小姐呢？」

那個人曾說過他一定會來的，也說過，如果他自己不能來的話，那麼，就會派人帶著那個鐲子來。

他派了一個女子來，辛開林在自己臉上伸手抹了一下，他早已決定過，他已有足夠的財力，可以購買任何東西，他要買下那只木箱子，然後通知李豪，讓李豪把箱子打開來，看看箱子裡究竟是什麼。

他和李豪，曾為了李豪要打開箱子，而打過兩次架！

想起李豪，辛開林又不禁嘆了一口氣。

老朋友的脾氣依然是如此暴烈，兩年前的那次衝突之後，他沒有再見過李豪，也知道從那次之後，李豪已經退出了一切社會活動和商業活動，隱居在郊外的一幢花園洋房之中。

辛開林曾經好幾次試圖和他接觸而不成功，李豪突然隱居了起來，辛開林想來想去，想不出原因來。

現在，有了這樣的大事發生，是不是應該通知一下這個老朋友呢？

辛開林皺了皺眉，想起這位老朋友，就有點頭痛。

從他的事業展開以來，李豪一直是他的好朋友，他們和年輕時一樣，也不斷地爭吵，甚至打架。

那一次衝突究竟是為了什麼，辛開林真的不是很想得起來，好像是為了決定要不要在巴基斯坦境內，投資興建一座水壩？

對了，辛開林直了直身子，是為了那座水壩。

巴基斯坦政府通過國際銀行，要求外國商人投資承建一座大水壩，估計工程費用，在二十億美元左右。當然，這是一項相當龐大的工程，但二十億美元的生意額，對當時的辛氏機構來說，並不算是什麼。

可是自從計劃一提出，李豪就劇烈地反對，他幾乎是不講理地反對，一直到了在決定性的會議之中，當著許多重要的人物，李豪甚至用粗言罵辛開林，一面罵，一面還揮拳向辛開林打了過去。

辛開林的左頰上中了一拳，口角有血流出來，他並沒有還手。有兩個參加會議的人，因為刺激過甚，當場心臟病發作。

李豪是破口大罵著離去的，想起李豪罵他的話，辛開林仍不免生氣，這種罵人話，足以使得任何交情再好的老朋友決裂。可是，辛開林一直不明白，李豪何以會用這樣的言詞罵他。

他們開會時，是使用極佳的錄音設備，來記錄會議上的一切發言的，所以，李豪的「罵詞」，也如實地被記錄了下來。

辛開林在事後，曾聽過好多次，想弄明白李豪為什麼會這樣罵他，但一直都沒有結果。

他可以背出李豪罵他的話來：「辛開林，你這忘恩負義的畜牲！你的性命，是犧牲了朋友換來的，你不想一想，這些年來，你在事業上的成就，是從哪裡開始的？要是你決定去造那個混蛋水壩的話，你就不是人，看你會有什麼好下場！」

辛開林自始至終，不明白李豪何以那麼憎恨去造那個大水壩。

從計劃來看，這個大水霸和它附帶而來的各種建設，不但會給巴基斯坦這個國家，帶來巨大的利益，改善水壩附近地區的人民生活，也可以給投資興建的財團，帶來巨額的利潤。

辛開林私下也曾和李豪談過幾次，可是李豪這個個子矮小，滿頭白髮的老人——歲月催人老，李豪再也不是壞脾氣的小伙子，而是壞脾氣的老人了——卻一直只是反對，頑固地反對，卻不肯說出反對的理由來。

辛開林基於多年來的商業活動，有著十分敏銳的感覺。他可以肯定，李豪的心中，一定是隱藏著某種極度的秘密。這個秘密，甚至在他唯一的老朋友面前都不肯透露，那真可以說是極度的秘密了。

辛開林對這件事，一直耿耿於懷，這時，他在想：「是不是可以藉這次，當年那個人派了人來處理那只木箱子的機會，可以和老朋友重修舊好呢？」

他想到了這一點，將手按在電話上，又考慮了半分鐘，終於按下了一個按鈕。

他的電話機上，有著自動接駁線路的裝置。

不一會，電話鈴聲響，他拿起電話來，聽到了他屬下一個機構的總經理的聲音。

那位總經理，在社會上，也算是一個著名的人物了，但即使是在電話中，也可以聽出他是在用極恭敬的語氣在說話：「辛先生，有什麼吩咐？」

辛開林想了一想，道：「你替我去找一次李豪。他的住處你知道？」

對方回答：「是！」

辛開林知道，對方答應得雖然快，但是要找到李豪，絕不是一件容易的事，所以他又道：「就算你見不到他，有一句話，一定要交代下來！」

對方又道：「是，請說！」

辛開林又想了一想，才道：「告訴李豪，當年在拉合爾機場上，給了我一皮袋東西的那個人，派了一個代表，帶著他的手鐲來了！那木箱子很快就可以打開來了！」

對方一定全神貫注地在聽著辛開林的吩咐，所以當辛開林說完了之後，對方重覆了一遍，一字不差。

辛開林感到很滿意，道：「立即行動！」

他掛上了電話，有點滿足地揉著手，心想：「李豪若是連這點好奇心也沒有，那麼，他可以說和一個死人沒有多大差別了！」

辛開林和李豪，在得了出賣「女神的眼睛」之後，曾多次討論過那個人的身分而沒有結果。如今雖然不是那個人親自前來，但總可以設法和那個人取得聯絡了吧？

對於那個人派來的代表，辛開林也不免有點緊張。

任何人，對於期待了那麼多年的事發生，總會有一點緊張的，辛開林自然也不例外。

他站了起來，整理了一下衣服，看了看時間，估計時間已經差不多了，就走出了書房。

他一出書房，總管立時跟在他的身邊，一起走向大客廳的門口。

所有的僕人，都已經服飾鮮明地侍立著，從客廳上舖出去的紅地毯，經過石階、花園中的繁花，一直舖出去很遠。

辛開林站在客廳門口，總管和兩個僕人快步向前奔跑著，穿過花園，來到了花園的門口，鐵門已徐徐打開，一小隊樂隊開始演奏音樂。所有的人，都等待著貴賓的來到。

以往，凡是有這樣的排場，貴賓總是乘坐著巨大的黑色房車駛進來的，這一次來的是什麼樣的客人，連辛開林自己也不知道，所有的人都在焦急地等待。

預期貴賓來到的時間到了，大門口並沒有人出現。

辛開林有點不耐煩，開始來回踱步。

又過去了十分鐘，大門口還是沒有人出現。

辛開林做了一個手勢，立時有人將司閽召了來。

司閽在辛開林面前，顯得十分緊張，當他弄明白，這種最隆重的歡迎儀式，是要來歡迎那個「送手鐲來的小姐」之際，他張大了口，合不攏來。

他的口吃更甚，道：「那位送手鐲……手鐲來的……小姐，她……她……她……」

辛開林皺了皺眉，道：「她是不是說過，一小時之後再來？」

司閽道：「是，她說過——」他陡然一抬頭，「啊，辛先生，她來了！」他一面說，一面伸手向前指了一指。

辛開林在那一剎間，以為來客的車子已到了紅地毯的盡頭處，可是當他向前看去之際，只看到在他的兩個僕人和總管的陪伴下，一個女孩子——雖然相隔得還相當遠，但是辛開林已經可以強烈地感到，在向前走來的，是一個年紀很輕的女孩子，大約不會超過二十二歲。恐怕那是因為只有小女孩走起路來，才有那樣彈跳力的緣故。

這個年輕的女郎在向前走來之際，不住地在向兩邊看著，顯然對於這種排場，感到了極度的訝異。

辛開林還不十分可以看得清楚她臉上的神情，只看到她垂著的、看來有點零散的一條大辮子，在隨著她頭部的轉動而晃動，看來活潑又俏皮。

而列隊在紅地毯旁的僕人，雖然曾受過訓練，可是臉上神情之訝異，仍然難以形容，每個人都繃緊了臉，盡量掩飾自己的訝異。

跟在後面走過來的那一隊樂隊，辛開林可以輕而易舉地聽出他們演奏上的錯誤，錯得只怕連原來的作曲家也認不出那是他的作品了。當然，那也是由於樂隊的成員，心中充滿了訝異之故。

辛開林也有點怔呆，來的那個女孩，看起來實在太普通了。她只不過穿著一條時下年輕人愛穿的驢布褲，一件淺灰色的毛衣。這樣的女孩，街頭上有成千上萬，無論如何，也不會在辛家的大宅中，被當作特級的貴賓！

辛開林向司閽望了一眼，司閽不住點頭，道：「就是她！就是她！」

這時候，那女孩已經開始踏上紅地毯了。

在踏上紅地毯之前，她略為猶豫了一下，像是在訝異這麼漂亮的東西，竟然是供人踐踏用的。當她走上紅毯之際，辛開林已經可以看清楚那女孩的輪廓了，他陡然怔呆了一下，不知道為什麼，有一種口渴的感覺。

那女孩昂著頭，看來像是十分自信向前走著，她的臉型略有點方形，襯著比較尖的下頦，挺直的鼻子，眼睛看來大而明亮，即使還隔著相當的距離，也可以感到她在顧盼之間，眼中所放出來的那種光彩。

辛開林和他的老夥伴李豪，在私生活方面，截然不同。

他們在事業成功之後，李豪一共結了四次婚，也離了四次婚，但是，辛開林卻一直沒有結過婚。當然，那並不是說他的私人生活之中沒有女性，相反地，有極多的女性，但是，他和異性卻都只維持著情婦的關係，而絕不踏上婚姻之途。

可以想像的是，像辛開林這樣的人物，他的情婦，全是世界各地出色的美人，辛開林並不是沒見過年輕貌美的美女。

然而，當他也踏上紅地毯，迎向他要歡迎的那個女孩之際，他那種口渴的感覺，卻越來越甚。他離那女孩越來越近了，那女孩的臉孔、體態，在他的眼中，也越來越清晰。

那女孩比他第一眼看到時還要年輕，膚色是一種異樣的黑和紅的揉合，那是南亞人特有的膚色。她那對大眼睛和濃密的睫毛，也是南亞人的特色。

那女孩甚至不算是出色的美麗，可是，卻充滿了一種純真的、原始的野性。

當他們終於面對面站定之際，辛開林先吸了一口氣。

在他的記憶之中，他已經不知有多久，未曾面對著一個人而感到緊張的了，但這時，他的確感到緊張。

他伸出手來，道：「我是辛開林，我想，我大概就是妳要見的人！」

辛開林在伸出手去的同時，右手所持的那只銀手鐲，也伸到了那女孩的面前。

他伸出手去，當然是準備和那女孩握手的，可是，那女孩卻只是直視著他，並不伸出手來。

她望向辛開林的眼光，直率而毫無顧忌，完全不當辛開林是一個大人物，在這樣望著辛開林之際，忽然，她笑了起來，現出整齊而潔白的牙齒，飽滿的胸脯，隨著她的笑而起伏，看得出她的衣著，十分隨便。

她笑著，仍然不和辛開林去握手，只是一伸手，將辛開林手中的鐲子取了過來，套在自己的手腕上，再將手舉起來，令鐲子在她的臉頰上輕貼了一下，喃喃地講了一句辛開林所聽不懂的話。

然後，在辛開林有點尷尬地縮回手來之際，她用生硬的英語道：「伊鐵爾叔叔說，他有一只木箱子在你這裡，他要拿回去。」

辛開林吸了一口氣，道：「伊鐵爾叔叔？」

那女孩又道：「伊鐵爾叔叔——」她一面說，一面用一種相當稚氣的動作，轉動著手腕。

那鐲子相當大，當她這樣轉動手腕之際，鐲子就打著轉：「就是這只鐲子的主人！」

她在說那幾句話之際，神情嚴肅而認真，像是小學生在背書一樣。

辛開林這時，已可以肯定，那女孩便是那個人所派來的了。

隔了那麼多年，他才知道，使得他整個人生起了變化的那個人的名字，是伊鐵爾。

那女孩不但有這只鐲子，而且，一見面就說出了那只木箱的事。

辛開林道：「哦，伊鐵爾，他好嗎？我們好久沒見面了！」

那女孩卻並不回答，只是道：「那木箱子呢？伊鐵爾叔叔叫我把它帶回去。」

辛開林笑道：「不必急，妳既然是他派來的，我應該好好招待妳！」

那女孩像是不很聽得懂辛開林所說的「好好招待」是什麼意思，側著頭，想了一想。

在那一剎間，辛開林憑他那敏感的觀察力，隱隱感到這女孩的智力程度，和她的年齡不是很相稱。

她有幾個幼稚的動作，看起來，只是十一、二歲的小女孩，然而，她分明是一個已成長了的女性，至少超過二十歲了。

她在想了一想之後，又重覆了一句，道：「那木箱呢？我要把它帶走！」

辛開林一時之間，不知道如何才好，只好道：「好，請先進來！」

女孩看來有點不太願意，但是，辛開林是這樣的一個成功人物，自然有一股令人不得不遵照他意思去做的氣勢。所以那女孩笑了笑，還是跟著辛開林，走進了大客廳。

大客廳中，本來已經準備好了歡迎貴賓的一切，可是，貴賓是這樣的一個女孩，一切準備好的全都用不上了。辛開林揮了揮手，令僕人後退，然後對總管道：「準備一些適合客人吃的東西，送到書房來！」

他帶著那女孩，一直來到書房中，那女孩一下子就坐在他書桌後的那張高背轉椅上，很感興趣地來回轉動著，辛開林一直站著看她。

總管進來時，看見這種情形，那輛銀製的小餐車，幾乎沒撞在辛開林的身上。

辛開林本來盤算過千百遍，那個人——伊鐵爾來的時候，如何向他提條件，把那只木箱子買下來。他也曾想過，伊鐵爾如果不來，他該如何向他派來的代表交涉。可是，他從來未曾想到過，來的人會是這樣一個年輕的女孩！

他應該如何向對方開口呢？不論怎樣，先討好一下對方，總是不會有錯的。他向總管做了一個手勢，總管將餐車推到那女孩面前，打開了車蓋來。

那女孩看到餐車上精美的食品，向辛開林笑了笑，現出極高興的神色來。然後，在總管還未曾來得及抖開餐巾時，她已經伸手挖起了一手指的奶油，送進了口中。

辛開林揮手令總管退出去，他又一次感到，那女孩的智力是有問題的。

這更令得辛開林大惑不解。那只木箱子，無論從哪一個角度來看，都是重要之極的東西，在隔了那麼多年之後，伊鐵爾還沒有忘記，他為何會叫了一個智力程度低微的人，來辦一件這樣重要的事？

這時候，那女孩已經狼吞虎嚥地在吃著，辛開林並不阻止她，也不說話，等她自己停了手，伸手要在她自己的衣服上抹手之際，辛開林才將雪白的純麻餐巾遞給她，示意她用餐巾來抹手。

可是那女孩搖了搖頭，道：「別弄髒了那麼漂亮的白布！」她還是在她的驢布褲上抹著手，現出極滿足的神情來，笑著道：「真好吃！」

她笑得那麼高興，這種高興的情緒感染了辛開林，辛開林也笑了起來，那女孩立時又道：「伊鐵爾叔叔要的那木箱子呢？伊鐵爾叔叔說，我一定要將它帶走，不論你說什麼，也不換那木箱子！」

甘甜所散發的誘惑力

辛開林陡然一呆，以他在波詭雲譎的商場中的豐富經驗，面對著這個年輕女孩，他一點狡詐的方法也用不出來。

即使他原來就沒有準備使用狡詐的方法，他準備提出一筆大數字的金錢，來交換這只木箱，但是他立時想到，自己提出來的數字，可能會引誘得普通人去殺人，但對一個智力程度低的人來說，還是不起作用的。

看來，伊鐵爾一定知道他目前的環境，也知道了他在那麼多年來，儘管遵守著諾言，但是希望得到那只箱子的願望，也強烈到了極點，所以，才故意派了這樣一個人來，使他無法與之達成任何協議。

辛開林不禁苦笑，他無法和這個年輕女孩打交道，雖然他已經想到，和她在一起，會有一種無憂無慮的快樂。

他來到桌前，道：「伊鐵爾叔叔在哪裡？我要見他！」

那女孩發起急來，眼睛眨著，道：「不！不！伊鐵爾叔叔說，你一見了我，見了那只手鐲，就應該將箱子給我的，你為什麼還不給我？」

辛開林不禁有點手忙腳亂起來，道：「給，我一定給！可是那箱子很大，你拿不動，我是不是可以幫妳忙？妳拿到了箱子，一定要送到伊鐵爾叔叔那裡去的，是不是？我可以和妳一起去！」

儘管在眼前的，是一個發育完全成熟的女郎，可是，辛開林卻用著對小孩子說話的語氣。

那女孩突然很狡獪地笑了一下，眼睛閃著光，道：「我不告訴你！」

辛開林雖然心煩意亂，可是這時，他卻忍不住哈哈大笑了起來。

他已經有好久沒有笑得這樣無憂無慮了。

那女孩剛才看來很狡獪地笑了一下，然而，那完全是屬於小孩子的狡獪，而不是成年人的。辛開林突然之間感到，他和這個女孩在一起，實在不必使用任何心機，一切在成人社會中，人際關係的法則，全都用不上，他只要心中想什麼就說什麼好了！

這對於辛開林來說，真是愉快之極的一件事，像是使他在心理上，突然回復到了少年時代一樣。

他高興地搓著手，笑著道：「其實，我一點也不關心伊鐵爾的下落，請問，妳叫什麼名字？」

他這句話才一出口，就立即發現，自己加上「請問」兩字，實在是多餘的。和那個女孩在一起，完全不需要日常應酬的一切，也不必提防什麼，辛開林不但感到了一種前所未有的快樂，而且，還感到了前所未有的輕鬆，他不由自主抖了一下身子，像是一直在他身上的種種壓力，都已不再存在。

他那種抖動身子的動作，看起來相當有趣，那女孩笑了起來，笑著那麼純真，道：「我叫甘甜。」

辛開林怔了一怔，甘甜！這是什麼樣的一個名字！

女孩子說出了自己的名字之後，看到辛開林在發怔，有點失望地問：「這名字很怪？」

辛開林忙道：「不！不！很好，甘也就是甜，甘甜，太好了，看到了妳，就使人想到甜！」

辛開林說著，伸出了舌頭，做了一個要去舔甘甜臉頰的姿勢，甘甜嚇得立時一縮頭，嬌聲叫了起來。

這時候的這種情景，如果被人拍攝了下來而公開的話，只怕會引起辛氏財團和與之有關企業的股票，在市場上大幅下跌，造成世界性的金融危機！

辛開林看到甘甜躲藏的樣子，又高興得大笑起來，甘甜也跟著笑，書房之中，霎時間充滿了歡樂，辛開林將自己鬆弛的精神傳給身子，再將身子舒服地埋在安樂椅中，視線一刻也不離開甘甜。

甘甜四面看著，像是突然想起來什麼似的，彈了起來，奔到辛開林的面前，伸手指著辛開林的鼻子，道：「你——」

辛開林突然起了一陣極頑皮的衝動，陡然之間，一張口，向甘甜的手指咬去。他的這個動作來得極其突然，甘甜想縮回手指，已經被辛開林咬中了。

辛開林咬得並不重，甘甜先是震動了一下，鬆了鬆手，辛開林將她的手指咬得更緊了些，甘甜也不再掙扎，只是怔怔地望著辛開林，神情像是在沉思著什麼，接著，她本來已明澈澄靜的眼睛，看來更加明澈。

她像是突然之間，想起了屬於她記憶範圍之外的事。

辛開林看到她這樣的情形，突然感到心跳加劇，他的心臟，用力在撞著他的胸膛。

辛開林很清楚地知道，甘甜的智力雖然有問題，但是她的身體，是完全成熟的。任何成熟的身體，都會有正常的反應，當一個成熟的女性，被男人輕輕地咬住她的指尖之際，她是在接受著極大的挑逗，那麼，自己是不是正在挑逗她呢？

在那一剎間，辛開林感到了極度的猶豫，他也只是怔怔地望著甘甜。

一切全都靜了下來，然後，甘甜的呼吸急促了起來，豐滿的胸脯起伏著，雙頰上，泛起了兩團紅色的紅暈，辛開林的心跳也更劇烈，他慢慢地揚起手來，握住了甘甜的手腕，輕輕一拉，甘甜發出了一下如同呻吟般的聲音，就向他的懷中跌來。

辛開林輕輕地擁著她，聽著她的心跳，也聽著自己的心跳。

兩顆心臟跳動的聲音本來是不一致的，聽來很雜亂，但是靜靜地，心跳的韻律變得一致了，像是只有一顆心在跳。

辛開林一動也不動，唯恐自己略為一動，就會將心跳的韻律打亂，這一份寧謐和快樂就會消失。

他垂下眼，看著閉著眼的甘甜，甘甜的睫毛很長，正在輕輕地抖動，像是才破繭而出的蝴蝶，正在撲打著它還濡濕的雙翼，看來色彩繽紛。

不知過了多久，甘甜才陡地震動了一下，直起身子來，用她那對大眼睛望著辛開林。

辛開林一開始，在她的注視下，不知該如何才好。但是他隨即知道，自己根本不必表示什麼。甘甜伸出手來，在辛開林的臉上撫摸著，像是在撫摸一個嬰兒一樣。

辛開林當她的手經過口角之際，用唇去輕吻她的手，甘甜深深地吸著氣，側著頭，讓她的長髮完全垂向一邊，道：「那只木箱子呢？」

辛開林「呵呵」笑著，輕輕推開甘甜，一躍而起，出奇的輕鬆，令得他的腳步都變得靈巧起來。

他來到書架前，熟練地按著鈕，書架移開，現出密室的暗門來。

甘甜極有興趣地看著這一切，辛開林又打開了密室的門，指著那只放在密室中心的木箱，道：「就是這只木箱！」

甘甜睜大了眼，道：「那麼大！重不重？我是不是拿得動？」

辛開林笑道：「當然不會要妳自己拿！」

他讓甘甜走進密室，就在這時候，電話鈴響了起來，辛開林走過去，拿起電話來，道：「別來打擾我！什麼？天娜小姐一定要對我講話？」

一時之間，辛開林甚至想不起誰是天娜小姐來了。

當然，那不會很久，一會兒他就記起了，天娜是他這半年來的情婦，他和她今天有一個約會，可是在看到了那只銀手鐲之後，他早已經將她忘記了。

辛開林極快地有了決定：「告訴她，我不會聽她的電話，也不會再去見她，而她會收到我的一張空白支票，你立刻替我送去！」

辛開林一講完，就迫不及待地轉過身去，去看甘甜。

他轉身轉得這樣急，連電話都來不及放下，以致電話線在他轉身之際，在他的身上繞了一圈。

辛開林反手向後面拋出電話聽筒，也不理會它是不是落在電話座上。

他看到甘甜十分有興趣地繞著那只木箱在打轉，並且問：「這箱子裡，放的是什麼東西？」

辛開林笑著道：「這個問題，我已經問過自己一萬多遍了！」

甘甜笑著道：「問了一萬多遍？那你一定是一個笨人，是不是？」

辛開林來到了她的身邊，道：「不能算是聰明！」

他一來到甘甜的身旁，就可以感到甘甜那成熟豐滿的女性身體，所散發出來的誘惑力。

他將手輕輕地按向甘甜的腰，甘甜的身子向後仰來，辛開林又感到口唇有點發乾。

他深深吸了一口氣，道：「伊鐵爾叔叔是不是會等急了？」

甘甜「啊」地一聲，道：「對啊！他一定等急了！」

辛開林道：「我們一起把這只木箱子給他送去？」

■心　變■

甘甜猶豫了一下，辛開林作這樣的提議，已經不是第一次了，以前，她連想都不想就拒絕，但是這一次情形不同，她正在作考慮。

她想了一會，突然又向辛開林笑了一下，講了一句聽來和辛開林的提議全然不相干的話，道：「靠著你，好舒服！」

辛開林的心頭又狂跳了起來，像是一個初戀的少年人一樣。

甘甜又想了一會，才道：「好，我們一起帶著這只箱子，去見伊鐵爾叔叔！」

辛開林這時心緒十分紊亂。本來，他最關注的事，是這只木箱子裡面所放的究竟是什麼東西，可是甘甜突如其來的出現，似乎令得事情有了改變。

當甘甜答應了他的要求之後，他勉力定了定神，迅速地想了一想，已經決定，在見了伊鐵爾之後，不但要向他購買那只木箱子，也要向伊鐵爾要求，讓甘甜留下來，留在他的身邊。

他和甘甜嘻嘻哈哈笑著，將那只木箱子自密室之中拖了出來，拖到了書房中，辛開林先關上了密室的門，移好了書架，才按下對講機的掣，叫總管進來。

總管進來之後，看到書房中，忽然多了一只木箱子，而甘甜卻倚著辛開林的肩頭，將下頦抵在辛開林的肩上，向後翹起了小腿，一副頑皮的樣子，總管臉上的神情，變得十分古怪，但是，他又不敢表示驚詫，強忍著的那種樣子，看來十分滑稽，令得甘甜指著他，哈哈大笑起來。

總管的神情更狼狽，辛開林也覺得好笑，一面笑著，一面吩咐道：「準備一輛車子！」

總管答應了一聲，辛開林又向甘甜道：「來，我們一起抬箱子出去！」

當辛開林這樣講的時候，總管已經幾乎不相信自己的耳朵了，但是接下來，他卻看到辛開林真的彎下腰，一臉歡欣，和甘甜兩人一起抬起箱子來。

總管不斷地眨著眼，直到眼睛生痛，才急急跟著他們走出去。

辛開林和甘甜抬著木箱子出書房，甘甜的個子比較矮，所以，辛開林要略為彎下身來遷就她，甘甜還頑皮地左右搖動著那箱子，令得辛開林更加吃力，辛開林一面笑，一面叫：「小頑皮，妳再不老實，小心我打妳！」

甘甜高聲笑著，搖擺得更激烈，他們鬧著、笑著向外走，總管的臉色，看來已泛起了一片青綠。然而，總管的臉色，比起站在走廊轉角處，一個衣飾華麗的中年人來，還是好得多了。

那中年人，叫人一看就知道，他是上流社會的人物。他本來就是，他是辛氏財團機構中一個單位的總經理。

這時，他盯著辛開林和甘甜兩人，就像是盯著兩具七彩的殭屍一樣，張大了口，卻一點聲音也發不出來。

兩個人抬著箱子向前走，必須有一個人是倒退著走的，辛開林就是倒退著走的那個，所以，他沒有看到他的屬下。一直當他經過了那總經理，才看到他，辛開林笑著道：「你好，什麼時候來的？」

甘甜卻就在這時候，用力向前一推木箱子，辛開林後退了一步，背靠在牆上，腹際已被木箱子頂住，甘甜因為自己的惡作劇，而肆無忌憚地笑著，辛開林也一面笑著，一面掙扎。

總經理忍受奇異現象的能力，到這時達到了極限，他發出了一下慘叫聲，身子搖搖晃晃的向下倒去。跟在後面走出來的總管，連忙將他扶住。辛開林也忙叫著總經理的名字，甘甜也看出了樣子有點不對，停止了胡鬧。

總經理喘著氣，眼睛仍然瞪得老大，道：「辛先生，你……沒有什麼不對吧？」

辛開林笑道：「這個問題，你應該問你自己！」他停了一下，又道：「是不是你不喜歡看到我快樂？認為我如果快樂，就是有什麼不對了？」

總經理不知道如何回答才好，他從來也未曾看到這個大富豪這樣快樂過，這種情形，他連想也不敢想，他只是喃喃地道：「不！不！」

辛開林笑著道：「別太緊張，我叫你去找李豪，你見到他了沒有？」

總經理這才想起，自己是為什麼來的，這時，他也已經可以不需扶持而站立了。他道：「我去找了，李豪先生的管家說，他在兩個月之前，已經到巴基斯坦去了，巴基斯坦的拉合爾。」

辛開林一聽，陡地呆了一呆，巴基斯坦的拉合爾，這個能夠惹起那麼多回憶的地方！

李豪到那裡去幹什麼？

當他在這樣想的時候，他不由自主皺起了眉，而也就在這時，甘甜的手指伸過來，在他打結的眉心上輕輕揉著，一本正經地道：「不要這樣子，這樣子，不好看！」

總經理和總管都有站不穩的趨勢，不知道誰更該扶住誰。

辛開林輕握住了甘甜的手，道：「不會，要是能和妳常在一起，我就不會！」甘甜滿足地笑了起來，辛開林也笑了起來，眉心的結消失，他立即吩咐：「去調查李豪的詳細行蹤，儘快！」

總經理大聲答應著，辛開林和甘甜又抬起了剛才放在地上的木箱，向外走去。

辛開林的心中在想：「真怪，李豪到拉合爾去幹什麼？他沒有任何理由到那地方去的！」

箱子抬到了門口，車子早就準備好了。

先把木箱子放進行李箱，然後，甘甜搶著要先進車子，辛開林就和她在車門前搶了一分鐘之久，還是搶不過她，甘甜笑著，喘著氣，先進了車子，辛開林跟著鑽了進去，兩個人就在車子裡笑成了一團，以致司機在開車子離開的時候，雖然沒有撞向圍牆，但是也輾壞了一畦羅馬尼亞黃玫瑰。

車子駛出了大門才靜下來的甘甜，忽然又直跳了起來，又尖聲叫著，司機嚇得立時緊急剎車。

甘甜指著前面路邊，道：「我忘記了，我是坐那輛車子來的，他還在等我……」

辛開林循著她所指的地方看去，看到一輛十分殘舊的小貨車正停在路邊，有一個人正咬著煙，低著頭，用手遮住風在點煙。

辛開林向司機道：「駛近那輛車子。」

司機吁了一口氣，駛到了小貨車的旁邊，甘甜隔著窗子叫道：「我回來了！」

那站在貨車旁邊的人，已點著了煙，正面對著貨車在抽煙，甘甜一叫，他才轉過身來。

那人才轉過身來，辛開林一看到他，就像是遭到了雷擊一樣！

辛開林的一生之間，不知經過了多少大風大浪，但是，卻從來也沒有比這時更加震驚的了！那真是不可能的事，但是卻發生了！

那個在小貨車旁邊，口中咬著一根香煙的人，辛開林忙閉上了眼睛，再睜開眼來，一點也不錯，是有一個人在。那個人，唉，那個人，辛開林在這剎那間，只覺得天旋地轉！

那個人，辛開林看出來，那個人竟然是寇克！

辛開林在剎那間，除了瞪著眼，張大口之外，什麼也不能做，他感到甘甜已經打開了車門，向小貨車奔過去，由於他身子僵硬，他要等到甘甜出現在那個人的身邊時，才看得到她。

辛開林的心中，絕不願意承認這個人是寇克。那是不可能的事！

寇克早在三十多年前，在拉合爾機場上出了事，就一直沒有他的信息，這時怎麼可能出現在這裡？如果這是寇克，他，辛開林，如今是大名鼎鼎的富豪，寇克為什麼不來找他？

辛開林看到甘甜和那個人在講話，還指著他，那個人彎下身來看辛開林。

由於才一看到那個人的時候，辛開林的震撼實在太甚，所以，他根本沒有機會去想別的事。直到這時，那人彎著身子來看他，他和那人相距不會超過三公尺，他才陡然對自己說：那不是寇克！

那個人看來不過三十歲左右，而寇克如果還活著的話，早就應該有六十歲了。

那個人只是像寇克，真像。

也由於他和寇克是這樣相似，所以才令得辛開林在一見到他的時候，根本沒有考慮到年齡的問題，直覺地以為他就是寇克。

辛開林迅速地轉著念：這個人是什麼人？何以他和寇克這樣相似？

他腦中還一片紊亂之際，那人已向前走來，來到他的車前，輕拍著車身，道：「辛先生？請你開一開行李箱，甘甜說，那只木箱子在行李箱中。」

辛開林深深吸了一口氣，這個人不但外形像寇克，連聲音都像。

和寇克分手時，寇克也正是這個年紀。

辛開林的手在發顫，開了幾次車門，都沒有成功，司機下車替他打開了車門。

辛開林下了車，那個人站在他的面前，甘甜一看到辛開林下了車，就來到他的身邊，靠著他，指著那個人道：「他是伊鐵爾叔叔的朋友。」

辛開林考慮了一下，向那個人伸出手來，那個人先將自己的手在褲上抹了一下，才和辛開林握手，很有點受寵若驚的樣子。

一起去見伊鐵爾

辛開林實在按捺不住心頭的好奇，道：「你的名字叫什麼？」

那人道：「我叫道格拉斯。」

那完全是一個西方人的名字，可是，他看起來卻像亞洲人多於像西方人。

他和寇克是那麼相像，唯一的不同處，是看仔細些之後，可以發現他多點像亞洲人。

辛開林吸了一口氣，道：「你的姓，是——」

道格拉斯攤了攤手，道：「我不知道，我是一個孤兒，在拉合爾的一家孤兒院中長大，不知道自已姓什麼。其實，大家都叫我阿道，辛先生，你也可以這樣叫我。」

辛開林已經可以感到，對方是一個十分樂觀、開朗的小伙子，他點了點頭，道：「阿道，你今年多大年紀？」

阿道立時道：「二十八歲。」

辛開林又吸了一口氣，二十八歲，那麼，阿道就不可能和寇克有任何關係了。

寇克在拉合爾機場出事，距離如今已經有三十多年了！

當辛開林想到這一點的時候，他腦際突然閃電也似閃過一個念頭：會不會那次在拉合爾機場，寇克沒有死？

一想到了這一點，辛開林心頭不禁劇烈跳動起來。他自己問自己：有這個可能嗎？

可能是極少的，辛開林又迅速地將當時的情形想了一遍。

錫克族士兵的凶悍是出了名的，當時，他們已經開始了屠殺，就沒有什麼力量可以阻止他們繼續殺下去。當年在拉合爾機場之中，除了錫克族士兵之外，實在不可能還有什麼人生還。

但是，極少的可能，不等於沒有可能。至少，辛開林當時急於駕著他那破舊的飛機飛走，他最後看到的是，錫克族士兵蜂湧而來，但是，並未曾看到寇克的死亡。

寇克一定死了，那是他的推想，是他根據常識的推想。

辛開林也不是一下子就相信了自己的推想的，他也曾存著萬一的希望，寇克還沒有死。

尤其是李豪，因為他未曾經歷過拉合爾機場慘劇，所以，更相信寇克沒有死。

當他們賣出了「女神的眼睛」之後，也曾想盡辦法，派人到拉合爾去打聽。

不但派人去，李豪還曾親自去過好幾次，去找尋寇克，並且還在印度和巴基斯坦分裂的局面已完成之後，在印、巴兩地的報章上，刊登過長期的、大幅的尋人廣告，可是，一點反應也沒有。

當李豪第一次從拉合爾回來的時候，他曾在拉合爾機場中，找到了機場中的一個老年清潔工人，在那場規模不大不小的機場屠殺進行時，機場大廈中，有幾個清潔工人在，當時，辛開林和寇克走進機場大廈找尋食物時，也曾見過他們。

當錫克族士兵吶喊著，趕著人群衝進來的時候，那幾個清潔工人，由於對機場大廈的地形熟稔，所以，他們都能及時找到隱蔽的地方躲了起來，逃過了錫克族士兵的殘酷殺戮。

當李豪去找那幾個清潔工人，詢問當時的情形之際，沒有人肯告訴他什麼，因為那些人堅決相信，如果洩漏了錫克族士兵的殘暴行為，就會遭到報復。

只有一個老年清潔工人，李豪和他刻意結交，幾天之後，在酒後，他終於說出了一些情形。

李豪當時將那老年工人的話，一字不漏地記了下來，當他回來之後，曾和辛開林一起研究過。辛開林也同樣關心寇克的下落，所以那老年清潔工人的話，他還記得十分清楚。

那老工人這樣說：「真是可怕極了，我躲在一隻鐵桶之中，聽到的只是槍聲、慘叫聲，大人小孩、男人女人的慘叫聲，和錫克族士兵的吶喊聲。那些錫克族人，他們在殺人的時候，都叫著一句十分怪異的話。」

（李豪問：「他們叫什麼？」）

（老工人的回答是：「誰知道，或許是他們宗教中的一句咒語，可以使他們在殺人時覺得有勇氣，不致於因為自己的殘暴而感到內疚。我不是錫克人，所以不知道。這種咒語，也不是每一個錫克人都知道的。」）

老工人繼續當時的情景：「在像是人間地獄交織的種種聲音之中，我又聽到了轟然巨響，像是幾千個雷併在一起打下來一樣。過了沒有多久，只剩下錫克士兵的吶喊聲了，而且，吶喊聲在漸漸遠去，我才敢出來。由於我實在太害怕了，以致我出來的時候，連人帶鐵桶一起翻跌，在地上滾出了好遠，我才能爬出來。」

（李豪不耐煩地問：「別說你自己了，你出來之後，看到了什麼？」）

老工人的聲音發顫：「我看到了地獄，我看到的絕不是人間，烈焰衝天，遍地全是死人，男人、女人、老人、小孩，一個死人疊著一個死人，濃煙自烈焰中升起，直上天空，映著地上的鮮血。轟然的震動聲，不斷自烈焰中發出來。」

（李豪迫切地問：「燃燒的是什麼？」）

老工人吸了一口氣：「當時也看不清燃燒的是什麼，等到火熄了，才看清楚，那是一架飛機，飛機已被燒成了一堆廢鐵。對了，在錫克族士兵衝進來之前，有兩架飛機降落，也不知道是從哪裡來的，我還曾見過兩個自飛機上下來的人，進入機場建築物。」

（李豪更迫切地問：「對了，我就是來找那兩個人中的一個的，那個人個子不高，看起來像是西方人，皮膚很白，樣子很英俊。」）

老工人自顧自說著當時的情形：「沒有一個活人，整個機場上，像是地獄一樣，這是神在懲罰世人，人變得那麼壞，神要懲罰世人！我沒有見到任何活著的人，那架飛機，簡直已是一堆扭曲了的廢鐵！」

老年清潔工人的敘述就是那樣。

而當李豪去到拉合爾機場之際，「扭曲了的廢鐵」已經被移走了。

寇克的飛機被縱火焚燒，除非他能在事先離開飛機，否則，他絕無生還的機會。

李豪回來之後，曾和辛開林研究過，在當時情形之下，寇克可能生還的機會。他們已經很有錢，有錢，做起事來就方便得多，他們通過各種各樣的方法找尋寇克，一直到李豪到巴基斯坦去了好幾次，事情過去了將近十年之後，他們才絕望。

因為十年來不斷的尋找，寇克如果還在人世的話，一定可以知道有人在找他的，而竟然音訊全無，那就是他已經不在人世的證明了。

可是，如今忽然有這樣酷肖寇克的一個年輕人出現在眼前！

辛開林只覺得今天一天之中，經歷的事實在太多了。

先是那銀鐲子突然出現，再是甘甜的來到，然後，又是這個自稱是孤兒的阿道。

辛開林真想也叫李豪來看看阿道，可是，李豪卻到拉合爾去了。

辛開林在那一剎間，又想到李豪前後一共去了好多次拉合爾，他似乎對那地方有特別的感情，而且最後的幾次，他去了之後回來，見到了辛開林，也沒有向他提起在那裡做了些什麼。直到集團準備在拉合爾附近，協助巴基斯坦政府建立一座大水壩，李豪才開始瘋狂地反對。

辛開林始終覺得，李豪的態度十分神秘，可是，他卻全然無法設想其中的原因。

或許是因為辛開林在那一剎間，只是在回憶著往事，所以他的臉上神情，在威嚴之中，看來有點陰沉。

阿道站在這個大富豪面前，本來已經要竭力鎮定，才不致失態，這時，也不免有點手足無措起來。甘甜卻側著頭，一副十分有趣的樣子，打量著辛開林，在辛開林剛從回憶之中醒過來時，她陡然「哈哈」一笑，指著辛開林的鼻尖道：「你剛才的樣子，像是廟裡的神像！」

辛開林略抬起頭來，看到了甘甜明媚的眼睛，因為在高興地笑著，而露出來的雪白的牙齒和俏皮輕盈的笑容，他也不禁笑了起來，心情登時輕鬆了不少，道：「是麼？像什麼神？支配命運的大神？」

甘甜搖著頭，神情也變得一本正經，道：「不是，像是主宰憂鬱和傷感的神！」

辛開林怔了一怔，甘甜的這個回答，聽起來倒是出奇的成熟。

辛開林趁機握住了她的手，轉向阿道，問：「你也是伊鐵爾派來的？」

阿道的神態已不再那麼拘謹，他道：「是，伊鐵爾叔叔是我的恩人，是他將我從拉合爾的孤兒院中帶出來的！」

辛開林心中陡地一動，向甘甜望去，卻問著阿道：「她也是伊鐵爾從孤兒院中帶出來的？」

阿道點頭：「是，甘甜是可愛的姑娘，我們每一個人都喜歡她，可惜她的智力很低，醫生說，她是中等程度的白癡，智力大概只有六歲左右。」

辛開林心中很亂，他有許多問題要問阿道，但一時之間，不知從何問起才好。

阿道在提及甘甜的智力程度之際，將聲音壓得十分低，辛開林向甘甜望過去，甘甜一副無憂無慮的樣子，使得辛開林的心情也受到了感染。他想到，不論有多少疑問，首先要解決的，就是先見到了伊鐵爾再說！

伊鐵爾這個神奇地改變了他一生命運的人物，直到甘甜出現之後，辛開林才知道他的名字。辛開林在想了一想之後，道：「阿道，我們一起去見伊鐵爾先生去！」

阿道對辛開林的神態一直十分恭謹，這時，他聽得辛開林這樣說，卻皺著眉，一聲不響。

辛開林問：「怎麼，有什麼困難？」

阿道仍然一言不發，神情躊躇而帶有幾分倔強。

辛開林拍著他的肩，道：「帶我去見他，我有很多事要問他，你一定要帶我去見他！」

阿道後退了一步，搖著頭道：「我不能帶你去見伊鐵爾叔叔，辛先生。伊鐵爾叔叔吩咐的是，我和甘甜將那只木箱子取到之後，將木箱帶去給他！」

辛開林有點惱怒，提高了聲音。經常，當他提高聲音之際，是十分威嚴，可以使人立即照他的話去辦事的。多年來的這種經驗，使他自己認為自己的話，一定可以得到實現。

他十分肯定地道：「我一定要見伊鐵爾，我要向他買那只木箱子，不論代價是多少！」

他說得如此肯定，而且，語調是那樣有權威性。看來，這個恭謹的小伙子，非屈服在他這個大亨的威嚴之下不可了。

可是，阿道卻仍然搖著頭，道：「辛先生，關於這一點，伊鐵爾叔叔也早就吩咐過了。」

辛開林怔了一怔，道：「什麼意思？」

阿道做著手勢，加強他的語氣，道：「我們來的時候，伊鐵爾叔叔就吩咐說：讓甘甜去找辛開林——對不起，他是這樣直呼你的名字——向他拿那只木箱子。當時我就問：為什麼要甘甜去？只怕她講不明白！伊鐵爾叔叔說：就是要她去，只有這一句話，將木箱子帶走，甘甜去比你去還好，如果是你去，辛開林一定會向你說很多其他的話，目的是要得到那只箱子。」

阿道在敘述過了他和伊鐵爾兩人當時的對話之後，頓了一頓，又道：「我沒有想到我會見到你！」

辛開林「哼」了一聲，道：「現在你已經見到我了！」

阿道攤了攤手：「是，伊鐵爾叔叔曾經料到，我可能和你見面，所以，他又教了我幾句話！」

辛開林把雙眉皺得更緊，甘甜在一旁，仍然十分有興趣地打量著他，一副覺得有趣好笑的神情。

辛開林的心中十分懊喪，他見不著伊鐵爾，心中的疑問得不到解答。可是神秘的伊鐵爾，好像主宰著事態的進行，什麼都在他的意料之中！

辛開林十分不高興地問：「他又說了什麼？」

阿道側頭想了一想，才道：「他說，如果我見到了你，你一定要我帶你去見他，他就要我拒絕。」

辛開林的口角牽動了一下，現出一種自信的神態來。這時，他的心中已經在想：「小伙子，我有辦法令你改變主意的！」

阿道繼續道：「他又說，你一定會說到，要用金錢購買那只木箱，他就要我說，你應該知道，他當年送給你作為保管那只木箱的酬勞的那袋東西的價值，由此也可知，再大數字的金錢，對他來說，也不起作用。」

辛開林呆了片刻，說不出話來。

那是真的，伊鐵爾當年可以將一袋價值連城的珠寶拋給了他，金錢對他來說，真是不會有作用！

那袋珍寶之中的一粒，十八分之一，已經奠定了他這個大富豪一生事業的基礎。他如今要掉過頭來，再用金錢去對付伊鐵爾，這不是很可笑的事情麼？

在辛開林心情紊亂、思索著應付的辦法之際，甘甜覺得不耐煩起來，嚷道：「我們怎麼還不走？」

阿道指著車子，道：「妳可以先上車！」

甘甜向車子走去，可是才走了一步，又轉過身來，拉接了辛開林的手，道：「你也來！」

辛開林真的想跟甘甜上車，和她靠在一起，不再去想其他的任何事。可是在如今這樣的情形下，他卻不能做到這一點。

他像哄小孩子一樣地放軟了語調，道：「聽話，妳先上車，我和阿道講幾句話。」

甘甜的樣子很不願意，嘟著嘴，她的那種神情，叫辛開林有忍不住想在她豐滿誘人的紅唇上吻一下的衝動。他自然不想在阿道面前那樣做，所以，他有點僵硬地轉過了頭去。

甘甜仍然嘟著嘴，神情委屈，嘰嘰咕咕，也不知道她在說些什麼，向那輛殘舊的小貨車走去，攀上了貨車的車頭，打開了門。

這時候，她忽然又高興起來，拉著車門，身子吊懸在空中，搖動著車門，身子也隨著晃動，叫道：「快將那木箱子搬上車來，快！快！」

辛開林的司機不知所措地向辛開林望去，辛開林向他做了一個手勢，示意他照甘甜的吩咐去做，司機下了車，打開行李箱，甘甜大叫一聲，又從貨車車頭上跳了下來，和司機一起興高采烈地將木箱子搬出來，又叫著道：「你也來！喂！你究竟叫什麼名字？」

她是向著辛開林在嚷叫的，這樣詢問名字的方式，對辛開林來說，真是太陌生了，是以一時之間，他不知道甘甜是在問誰。他呆了一呆，才道：「我？我叫辛開林！」

這是一個對世界整個經濟大局都可以發生影響的名字，但是甘甜在聽了之後，側著頭唸了兩遍，搖頭道：「這名字不好！」

辛開林有點無可奈何，道：「那怎麼辦呢？」

甘甜陡地向上跳了一跳，高興地道：「我叫你開心好了，開心，過來幫幫忙！」

辛開林「哈哈」笑了起來，和阿道一起走了過去，四個人一起將木箱搬到了貨車上。

那只木箱並不重，也不需要四個人一起合力來搬，但是辛開林覺得，能和甘甜一起胡鬧一下，真的開心。

木箱搬上了貨車，辛開林望著那只木箱，沉聲道：「阿道！」

阿道恭敬地答應了一聲，辛開林仍然不轉過頭去望他，道：「伊鐵爾的吩咐，對你來說，是不可違背的，是不是？」

阿道的回答十分堅決，道：「是！」

辛開林緩緩轉過身子來，道：「他只是吩咐你不可以帶我去見他，並沒有說，你不可以告訴我他在什麼地方，是不是？」

阿道點著頭，表示辛開林的話是對的。

辛開林伸手直指著阿道：「告訴我他在什麼地方，我自己去找他。不論你要什麼代價，我都可以答應！」

辛開林在這樣說的時候，十分肯定地知道，這樣的話，出自他這樣身分的人的口中，世界上真是沒有什麼人可以加以拒絕的了。

阿道看來有點傻氣地笑了一下，道：「辛先生，你其實不需要付出任何代價。伊鐵爾叔叔說過，如果你問起他在什麼地方，我可以告訴你！」

辛開林像是心口忽然之間被人打了一拳一樣，不由自主雙手握緊了拳。這個伊鐵爾究竟是什麼人，何以我的每一樁心事，都早在他意料之中？

辛開林深深吸了一口氣，道：「好，那麼，他在什麼地方？」

由於心情實在緊張，這樣簡單的一句話，他分了三次才能講完。

阿道立時道：「他在拉合爾，只要你到了拉合爾，他會讓你見他。」

辛開林道：「這也是他說的？」

阿道點著頭，辛開林又向那只已放在貨車上的木箱子望了一下，道：「是不是可以先將木箱子留下來，等我見了伊鐵爾再說？」

阿道十分堅決地搖頭，辛開林忽然笑了起來，笑自己多此一問，他又道：「你和甘甜準備立刻回到拉合爾，即將木箱子交給伊鐵爾？」

阿道又點了點頭，辛開林笑得更高興，向甘甜招了招手，甘甜跳跳蹦蹦向他走了過來，辛開林道：「我也要到拉合爾去，妳是不是肯和我一起去？阿道一個人也可以將那只箱子送回去的！」

甘甜十分高興，立時道：「好！好！」她在連說了兩聲之後，又有點膽怯地向阿道望去，一副唯恐阿道不答應的神情。

阿道的神情看來很躊躇，不知道是不是要阻止，也不知道用什麼方法可以阻止。

太陽和獅子的圖案

辛開林不讓阿道有考慮的機會，已經拉著甘甜，向他的車子走過去，阿道陡然高叫：「甘甜！」

甘甜站定，轉過身來，阿道的聲音很嚴肅，帶著責難的意味：「甘甜，妳要和我一起回去，伊鐵爾叔叔在等妳！」

甘甜一副極不願意的神情，求助地望著辛開林。

辛開林沉聲道：「阿道，你可以放心，只要我見到伊鐵爾，甘甜一樣會回去。」

甘甜陡然挨過去，摟住了辛開林，在他的臉頰上親著，道：「開心，你真好。」

阿道向前走來，道：「辛先生，你一定要這樣，我也沒有辦法，不過，我要提醒一下，甘甜其實只是一個小孩子，不是一個大人。」

辛開林的神情和阿道一樣嚴肅，道：「你錯了，她是一個大人，不過比一般大人單純，懂得直接追尋她認為快樂的事。」

阿道吸了一口氣：「我不和你爭辯這一點，辛先生，我告辭了！」

他說著，就轉過身，向貨車走去。

辛開林望著他的背影。他的背影，看來更像寇克，連那種為了強調自己有自信心，因此看來有點生硬的步法，都是一樣的。

這時，辛開林已經有了行動的計劃，所以他並不怕阿道帶了木箱離去。當阿道上了貨車，發動了車子，自貨車的駕駛位上伸出頭，向甘甜望來，和揮著手之際，甘甜也向阿道揮著手。

那時，辛開林已經進了車子，用車上的無線電話下達了幾個命令。

他的第一個命令，是立即派人跟蹤阿道駕駛的那輛貨車。他相信阿道駕著車，在駛到下一個十字路口之際，就會有車子跟在他的後面了。

他的第二個命令，是去調查阿道用什麼交通工具離開這裡，到拉合爾去。

辛開林想，不是空路就是海路。不論阿道坐飛機還是搭船，辛開林都知道自己絕對可以趕在他的前面，先到拉合爾去。阿道未曾見到伊鐵爾之前，他可能已經和伊鐵爾見面了。

這時，辛開林所不明白的是，不論阿道用什麼方法到拉合爾，他隨身所帶的這只箱子，有什麼辦法可以逃過海關的檢查？

當然，他可以肯定，伊鐵爾一定有安排。伊鐵爾不讓他打開那只木箱子，也絕不會允許海關的檢查人員打開它來的。

辛開林的第三個命令，是下給總管的，他要總管立即去購買一切可以買得到的，適合十歲左右女孩子，可以令到這個年齡的女孩子感到快樂和高興的玩具。

在車旁的甘甜，看著阿道駕車離去，神情很有點依依不捨。阿道在才駛開去的時候，車子也開得很慢，不斷探頭出來看著甘甜。

阿道的貨車終於駛遠，甘甜仍然站著，辛開林已打完了電話，他看到兩輛車子由他的司機駕駛，車上還有他手下的人在，迅速地駛過去。他知道，那就是去跟蹤阿道的車子。

他感到很放心，向車外叫道：「妳喜歡玩什麼？我們一起去玩！」

有點因為阿道的離去而發怔的甘甜，立時高興起來，道：「你說玩什麼好？」

辛開林彎著身，從車中探頭出去，道：「坐飛機！妳坐過飛機沒有？」

甘甜高興得張大了口，合不攏來，指著天上，道：「飛機，那種大大的飛機？我沒有坐過，沒有！」

辛開林問：「那麼，妳和阿道是怎麼從拉合爾來的？」

對辛開林來說，這個問題的答案相當重要，他們是怎麼來的，自然也會用同樣的方法回去！

甘甜側著頭，一面進入車子，坐在辛開林的身邊，一面在思索著道：「車子！坐車子！那車子不舒服，沒有這車子舒服！」

辛開林一面示意司機開車，一面道：「甘甜，只是坐車子，不能從拉合爾來到這裡！」

甘甜反問道：「為什麼？」

辛開林「哈哈」笑了起來，甘甜的反問實在是太幼稚了！可是，他只笑到一半，就陡然停了下來。

他在剎那間想到，雖然荒謬些，但也並不是不可能的，整個亞洲是一片大陸，理論上來說，車子可以自印度的南端，直駛到西伯利亞去！只不過因為現代交通工具之中，比車子進步的很多，所以一直坐車子由拉合爾來到這裡，聽來才有點匪夷所思。

辛開林停住了笑，道：「只是車子？」

甘甜點著頭，道：「是的，換了很多車子。都沒有這車子舒服！」

她一面說著，一面將雙腿翹了起來，就擱在辛開林的腿上，可以令她自己坐得更舒服些。

辛開林感到喉嚨有點發乾，他覺得自己無法向甘甜說任何挑逗性的話，雖然他如果要向女性挑逗，百分之一百可以成功。

他要花費一番功夫，才可以使自己的精神集中，他又問：「一直是車子，那要坐好多天才行，是不是？」

甘甜道：「是，好多天——」她伸出了手指來，「一天，兩天……」然後，她抱歉似地搖了搖頭，道：「我記不清是多少天了！」

辛開林的思緒更加紊亂，從拉合爾到這裡，竟然是從陸路來的！真有點難以想像！

那麼，是不是仍然由陸路回去呢？為什麼看來對一切事情都早有預算的伊鐵爾，要採取陸路交通？那實在是絕不會有人採用的辦法！但是，甘甜又絕不是會撒謊的人！

辛開林的思緒十分紊亂，他甚至在考慮，是不是自己也要坐車子，一直由陸路上去追蹤阿道。多少年來，他經歷過不少大風大浪，都未曾有過如今的這樣紊亂過。而如今，一切事實在太神秘了，他真有點後悔，早該不遵守諾言，把那只木箱子打開來看看，看看裡面究竟有什麼東西，只須依樣復原之後，伊鐵爾絕不會知道！

他一面雜亂地想著，一面嘆了一口氣。坐在他旁邊的甘甜學著他的樣子，也一本正經地嘆了一口氣。

辛開林轉過頭望向甘甜，道：「我們立刻坐飛機去！」

甘甜在車座上上下跳著，令得行進中的車子顛簸起來，辛開林像是欣賞什麼極其珍貴的寶物一樣，欣賞著動個不停的甘甜，心中又泛起了種種聯想，那種聯想，又不免令得他的口唇發乾。

要帶甘甜搭飛機，對辛開林來說，自然是輕而易舉的事。但是，要帶著甘甜一起到拉合爾去，卻又不是那麼容易！當辛開林問及甘甜，她的旅行證件在什麼地方之際，甘甜全然不知回答。

但是，辛開林畢竟是有辦法的人，第二天，他就用特殊的辦法，為甘甜取得了一張當地的護照，而且，立刻辦好了簽證。

不過，甘甜可沒有耐性等上一天才坐飛機，所以，辛開林只好命令他的私人飛機，不斷在當地的上空盤旋，讓甘甜開懷大笑。

辛開林真想自己和甘甜一起坐飛機在上空盤旋，但是，他卻有太多的事要處理。尤其，他將有遠行，不知有多少事要預作安排，也不知有多少早已排定了的約會要取消或者改期。

當辛開林在他豪華絕倫的辦公室中，直了直身子，感到腰瘦背痛之際，他有著一股極度的茫然之感，他這個大富豪，忙來忙去，究竟得到了什麼？

一個人，當財富對他來說，已經沒有什麼特殊意義之際，是不是應該再另外追求些什麼才對？辛開林這樣自己問自己。

他曾吩咐過，把甘甜在飛機上的活動情形，全記錄下來，並且也吩咐了他派去陪甘甜的人：「不論甘甜小姐想做什麼，都不要違抗她的意思。」

（辛開林派去陪甘甜的人，真的做到了這一點！只是除了一樣！那一樣未能如甘甜之意的事是：甘甜曾經要跳出機艙去躺在雲上，看看雲是不是可以載著她，在空中自在飄浮。）

（當甘甜堅持要這樣做的時候，陪她的兩個人，是拆下了機上的座椅墊子，和甘甜在機艙中玩「拋枕頭」遊戲，來引開她的注意力的。）

辛開林抬頭向上面望了望，他希望甘甜在空中玩得高興，他要盡自己的一切可能，來給這個秀麗出眾的少女快樂，讓她的臉上一直帶著笑容！

他深深地吸了一口氣，準備再處理一些事務之際，一具無線電話機響了起來，那是跟蹤阿道行蹤的專線。辛開林拿起了電話來，他聽到十分急促的聲音，道：

「辛先生，我們跟蹤那輛小貨車到了海邊——」

辛開林有點不耐煩，道：「繼續跟下去！」

報告的聲音更惶急，道：「貨車停在海邊，一架直升飛機飛了過來，將一個年輕人，就是我們要跟蹤的那個人載走了。」

辛開林在一時之間，幾乎不能相信自己的耳朵，大聲問道：「什麼？」

報告又重覆了一遍，辛開林道：「那麼，貨車呢？那貨車上有一只箱子，是不是還在？」

「是的，有一只木箱，那年輕人是帶著木箱上直升機的。直升機上沒有任何標誌，載了人之後，就向南方飛走，我們……我們……」

辛開林憤怒地叫了起來：「你們不會設法阻止它？你們不會也衝上直升機去？」

電話中的聲音，聽來極其可憐，道：「辛先生，你只吩咐我們跟蹤，而且，事實上，我們也曾試圖衝上去，可是有兩個人從直升機上下來，其中一個……其中一個……」

從直升機上下來的兩個人，其中一個將辛開林派去跟蹤阿道的四個人，看得目瞪口呆。

那四個人都是極能幹的人，可以完成辛開林派給他們的許多任務，再加上兩個司機，一共是六個人，如此，當他們跟蹤了幾小時；在夕陽西下時分，看到貨車停在海邊之際，以為自己的跟蹤，已經告一段落了。

但接著，直升機突然自天而降，他們看到阿道下了車，自車上取下了木箱，拖著木箱，向停在海邊的直升機奔了過去之際，他們覺得不妙了。阿道只要一上直升機，他們就無法再知道他的行蹤，無法向辛開林交代了！

所以，那四個人幾乎是立刻打開車門，向前奔去的。當他們在向前奔去之際，還一起在大叫著：「等一等，等一等再上機！」

阿道只是略停了一停，回頭看了一下，就繼續奔向前，那四個人繼續向前奔去。他們看著阿道上了直升機，他們繼續向前奔。四個人的力量固然不足以阻止直升機的起飛，但是他們四個人都懷著一樣的想法，只要有一個人可以攀住直升機的話，事情至少可以有點轉機。

四個人幾乎是同時奔到直升機邊上的，當他們來到直升機面前之際，自直升機中發出了一下怒吼聲，一個人自機艙中直跳了出來。

那個人一落地，四人只覺眼前閃起了一道又冷又亮的光芒，寒風逼人，他們還沒有弄清楚發生了什麼事時，寒光已斂，在他們面前的，是一個身高至少有兩百二十公分以上的巨人。

那巨人赤著上身，穿著一條黑色的、式樣十分奇特的褲子，繫著金色的寬腰帶，頭上光得一點頭髮也沒有，赤著上身。

在他赤裸的胸、背、手臂上，全是跳動的肌肉。在他的左耳，有一枚極大的金色耳環，手背上，套著一只巨大的銀鐲子。

這一些還不可怕，最可怕的，是巨人手中的那柄又長又大的利刀！夕陽映在那柄形狀怪異的利刀上，反射出奪目的光輝來。

四個人直到這時，才知道剛才在眼前陡然閃起來的那股亮光，那股寒風是怎麼一回事。那是這個巨人剛才一跳下直升機時，就在他們面前揮動著這柄看起來鋒利之極的長刀所造成的！

四個人同時明白了這一點，也同時一起向後退了幾步。

那巨人仍然像兇神惡煞一樣，站著不動，他恰好面對著夕陽，夕陽在他的瞳孔之中，反射出金紅色的光芒，令得那巨人看來更加可怕。那四個人感到自己像是回到了「天方夜譚」的時代，忽然有一個妖魔從空而降一樣！

再精明能幹的人，在這樣的情形下，除了目瞪口呆之外，也沒有別的辦法可想。這四個人當然也不能例外。

而就在他們發呆之際——他們發呆的時候，並不是僵立不動，而是在努力發抖——直升機上，又出來了一個人。那個人的身形也夠高的了，可是當他向前走來，來到了那巨人的身邊之際，看來，他也成了矮個子。

巨人對這個人十分恭敬，一看到他走出來，立刻後退了一步，把手中的長刀，刀尖向下，抵在地上，雙手按在刀柄之上。

那人有著一頭白得發亮的頭髮，但是他的白髮並不令他看來蒼老，雖然他看來已有六十歲左右。那人穿著一套極其精緻的衣服，純黑色的緞子，有著閃閃生光的金絲鑲邊，腰際有寬闊的皮帶，懸著一柄短刀，皮帶和短刀的皮鞘上都鑲著寶石，看來閃閃生光，華麗非凡。

那人一出來，就有一股懾人的氣派，他的氣派，絕不是來自他華麗的衣服，而是他那種神情。他望著辛開林派去的四個人，沉聲道：「是辛開林派你們來的？」

那人一開口，是極其純正的英語，令得四人鬆了一口氣，感到自己至少是在現代，而不是突然之間回到了幾千年之前的神話時代之中。

他們點頭，表示答應，那人「哼」了一聲，道：「好，你們等一會，我會寫一封信，讓你們帶回去給辛開林先生。」

他說著，轉身又向直升機走回去，四人中有兩個想跟上去，可是才一提腳，巨人手中的刀已橫了起來，滿臉煞氣地對著他們，嚇得那兩個人連忙將提起來的腳，慢慢放了下來。

他們等了並沒有多久，那人沒有再露面，而是由阿道將信拿下來，交給那四個人的。

然後，阿道和巨人又一起登上了直升機。

那四個人雖然心中千不願萬不願，可是面面相覷，將大發雷霆的辛開林和巨人手中的鋒利長刀作了一下比較，都不約而同，選擇了發怒的辛開林。

他們看著直升機的機艙門關上，起飛。直升機上沒有任何標誌，起飛之後，向南飛去。

他們又商議了幾分鐘，才退到車子中，用無線電話向辛開林報告。

那封信放到辛開林的辦公桌上時，已經天色全黑了。

來自飛機上的報告說，甘甜小姐十分喜歡城市夜景，所以，飛機還在上空盤旋。

辛開林盯著那封信，信封相當大，用很厚的一種紙製成，那種紙，看來是一種土紙，粗糙不堪。信封的一角上，有著一個圖案徽號，那是一隻獅子和太陽的混合圖案。

其實根本不必看到這個徽號，一聽到他手下形容那個人的衣著時，辛開林就可以知道，那個繼巨人之後，自直升機上下來的人，正是伊鐵爾！

辛開林心中暗罵了一聲阿道：「可惡的小子！」，看來很誠實的外貌，竟然臉不改容地欺騙了他！

辛開林吸了一口氣之後，才拆開了信封。

信紙同樣是相當粗糙的手製紙，信寫得很簡短：

「辛先生，世上只怕很少有你這樣守信用的人了，很感謝你多年來一直遵守諾言，保管著我託你保管的東西。由於你是這樣的人，所以，甘甜如果能蒙你喜歡，那是她的幸運，我不會干涉。但是，有一件重大的事，一定要她去做，不論你和她之間的關係，發展到何種程度，我要告訴你，你要等她在做完了這件事之後，才能使她成為你的妻子。」

「這不是請求，也不是委託，更不是命令，只是必須如此！我想，你一定會到拉合爾來找我，把甘甜帶來，你一到拉合爾，阿道就會來和你接頭。任何事可以面談。」

「拉合爾機場，和三十多年前，大不相同了！」

信的最後，並沒有署名，只是用簡單而生動的筆觸，畫著那太陽和獅子的圖案。

信是用十分美麗的英文字寫成的，辛開林一個字一個字仔細地看著。

當他看到「才能使她成為你的妻子」之際，他心跳得十分劇烈。

他曾經這樣想嗎？一直維持獨身的他，會想到把甘甜成為他的妻子？然而，他無法否認自己沒有這樣想過，甘甜成熟豐滿的胴體，已經多次令他口唇發乾。

伊鐵爾是怎麼知道，他是為了這個秘密的願望而將甘甜留下來的？

伊鐵爾說有一件重要的事，一定要甘甜去做，甘甜能做什麼事？她的智力，只是一個六歲的小孩，有什麼重要的事，非她去做不可？

疑問更多，事情也更神秘。

辛開林將手按在信上，霍然站起。

立即到拉合爾去，實在不必要再考慮了。

他不知道自己如果沾上了那麼多神秘的事後，會有什麼結果，但至少，他要得到甘甜，也要得到那只木箱！

錫克教的「祖師」

辛開林和甘甜再登上飛機時，是第二天的早上。

當晚，辛開林試著在甘甜口中，得知多一些有關伊鐵爾的事情，但是，甘甜只是興高采烈，不斷地講著在飛機上好玩的事情。

等到她講完了那些好玩的事，使辛開林在感覺上，覺得整架飛機已經被拆散了似的，她又在一分鐘之內，就睡得像嬰兒一樣。

辛開林只好嘆一口氣，在她的臉頰上，輕輕吻了一下。

當接觸到她柔潤的臉頰之際，辛開林心中告訴自己：甘甜是世界上最可愛的女人，但是，先要使她明白自己是一個女人，一個可愛的女人，這可能要花費不少時間！

辛開林一個隨員也沒帶，機艙中只有他和甘甜，以及兩個侍應生。

當飛機起飛，甘甜開始在機艙中奔跑蹦跳之際，辛開林還不覺得怎樣，當甘甜要拉著他一起活動時，辛開林有點勉強，而到了再一次「枕頭大戰」時，辛開林索性豁了出去，嫌參加的人不夠多，將在駕駛艙中的副駕駛也拉了來。

除了在童年、少年時候，辛開林在記憶之中，從來也沒有玩得這樣酣暢淋漓過，當他喘著氣，想停一停時，甘甜又叫著向他撲了過來，緊緊抱住了他，辛開林心跳得極其激烈，也緊緊抱住了甘甜。

機艙內突然靜了下來，其餘的人互望著，在幾秒鐘之內，都識趣地逃了開去。

辛開林取出了手帕來，輕抹著甘甜鼻尖上滲出來的細小汗珠，甘甜一副滿足的神情望著他。辛開林的聲音聽來很柔和，但是，也帶著急欲知道答案的那份焦躁，他問：「伊鐵爾叔叔要妳做一件事？」

甘甜搖著頭，和辛開林一起擠在座位中，晃著腿，道：「伊鐵爾叔叔常叫別人做事，從來也不叫我做事。」

辛開林的神情很認真，每當他神情認真之際，他的眉心就打著結，甘甜伸手去按他的眉心。辛開林又道：「這件事十分重要，伊鐵爾說，只有妳一個人能做。他有沒有向妳提過，那是什麼事？」

甘甜側著頭，很認真地在想著。

辛開林焦切地等待著，他感到，甘甜可能想起一些什麼來，那對於解決他心中的疑問，會有很大的幫助。

可是，甘甜突然又俏皮地笑了起來，眨著眼睛，一副不願意再想下去的樣子。

辛開林其實很有耐心，但還是嚴厲地瞪了她一眼。

甘甜現出了害怕的神情來，辛開林輕拍著她的臉頰，道：「想一想，好好想一想！」

甘甜忙道：「我想，我想！」

她坐直了身子，雙眼有點發直，辛開林看到她這種樣子，心中軟了一軟，幾乎已經不想要她再想下去了，但就在這時候，甘甜突然道：「對了，我想起來了，有一天，好像是很久了，去年，前年？」

她一面說，一面神情猶豫不決地向辛開林望來。

她記不清那是什麼時候的事情了，想要辛開林來幫她決定，那是去年還是前年的事。

辛開林忙道：「別理會是哪一年的事，妳只管說下去，怎麼了？」

甘甜挪動了一下身子，道：「那一天，伊鐵爾叔叔帶著我，走了好多路，又坐了好一會車子，見了很多人，然後帶著我，走進了一個很陰暗、很大的地方，那地方，那地方……」

她接連重複了兩次「那地方」，不由自主喘息起來，同時，現出了十分害怕的神情望著辛開林，一副哀求不要再讓她講下去的神情。

辛開林一面輕撫著她的頭髮，一面道：「別怕，別怕，說下去！」

甘甜吞了一口口水，乖乖地答應了一聲，道：「在那地方，我……我看到了——」

她講到這裡，陡然之間尖叫起來，叫聲充滿了恐懼，同時一低頭，將臉緊緊地靠在辛開林的懷中。

她和辛開林擠在一個座位之中，所以，辛開林可以清楚地感到她的身子在劇烈地發著抖，那當然是因為恐懼而生出來的自然反應。

辛開林也可以肯定，那一次，伊鐵爾不知將她帶到了一個什麼地方去，在那個地方，甘甜一定有著極其可怕的經歷，所以到現在回想起來，她還是禁不住地發抖。

辛開林知道甘甜的身體成熟，但是，思想卻完全是一個小孩子。強要小孩子去覆述一件他認為可怕之極的經歷，是十分殘忍的事。

如果甘甜根本和辛開林沒有任何感情上的牽連，辛開林一定會強迫她再說下去，但是辛開林如今對甘甜的感情，已經如此微妙，他實在不忍心看到甘甜為了以往可怕的經歷而害怕。

雖然，他心中的好奇心越來越甚。伊鐵爾這個人，好像越來越神秘了！他究竟是怎樣的一個人？他要甘甜去做的事是什麼？他為什麼要使甘甜有那麼可怕的經歷？

所有神秘而不可思議的事，似乎全是從伊鐵爾身上開始的，包括了辛開林自己一生命運的改變在內！

但是，對甘甜的愛護，卻勝過了他強烈的好奇。

辛開林一面將甘甜抱得更緊些，一面道：「別說了，既然那麼可怕，別說了！」

在辛開林的安慰之下，甘甜漸漸鎮定了下來，她在深深吸了一口氣之後，抬起頭來道：「真可怕，我看到了一個極可怕的人！」

甘甜在說到她「看到一個極可怕的人」之際，眼神之中，所流露出來的那種可怕的神色，真叫人看了心酸。所以辛開林轉過頭去，避免和她的眼神接觸。

甘甜又道：「這個可怕的人，好高，有好高的個子，真高！」

當甘甜才這樣說的時候，辛開林立時聯想到他手下所說的，那個在直升機上跳下來的「巨人」，那是一個「個子好高的人」。可是他聽下去，就覺得自己想得不對了。

因為甘甜一面在說「這個人好高」，她的頭就一直在向上仰，同時，臉上也越來越現出害怕的神情來。她顯然是在模擬當時看那個「好高的人」的情形。

辛開林心中不禁駭然，這個人究竟有多高？甘甜的頭一直在向上仰，仰到了幾乎後腦和頸子，成了九十度角。如果看一個「很高的人」，需要把頭仰得這樣高，那麼，這個人的高度若干？

辛開林感到有點不可想像，但是，他卻沒有問什麼，由得甘甜說下去。因為他知道甘甜的智力有問題，如果他一打岔，甘甜的敘述，可能就接不下去了。

甘甜的頭終於不再向上仰，她吁了一口氣，道：「那人好可怕，又高又大，扳著臉，一動也不動坐在那裡。」

辛開林又吃了一驚：原來這個人還只是坐在那裡的，他要是站起來的話，那豈不是更高！

甘甜忽然用雙手掩住了臉，道：「我不敢看那人的臉，只覺得那人的兩隻眼睛，一直瞪著我，我想逃走，可是伊鐵爾叔叔卻拉住了我，叫我不要怕！」

甘甜放下手，又向辛開林望來，辛開林安慰了她一句，道：「這個人，既然一動也不動，妳當然不必怕他！」

甘甜側著頭，道：「是，伊鐵爾叔叔說，這個人睡著了，已經睡了好久。」

辛開林不禁一怔，不明白甘甜的話是什麼意思。

她剛才還說這個人是坐著的，而且還睜大雙眼望著她，怎麼一下子又變成睡著了呢？

甘甜又道：「我就說，那我們不要吵醒他吧。伊鐵爾叔叔說，他也該醒了，到了應該醒的時候了，他又說，到時候，要我去叫醒他。」

甘甜說到這裡停了下來，很害怕地道：「我不要再去見這個可怕的人，我不要見，我不要去叫醒他！」

辛開林遲疑了一下，道：「妳可以不去。」

甘甜高興了一下，可是，隨即又一副想哭的神情，道：「可是，伊鐵爾叔叔說，只有我一個人可以叫醒他，一定要我叫醒他！」

辛開林心中陡然一動，道：「他還說了什麼？」

甘甜道：「他說得很認真，說是只有我一個人可以叫醒他。」

辛開林是一個思緒十分縝密的人，他已經從甘甜聽來雜亂無章的話中，理出了一個頭緒來。他可以說已經知道伊鐵爾在給他的信中所說的，一定要甘甜去做的事，是什麼事了。

可是，理出了一個頭緒來，卻等於仍然是什麼頭緒也沒有。

他可以知道，甘甜要去做的事，是去「叫醒一個睡著的人」。而這個人，「已經睡了很久」，那是一個「十分可怕」、「身子十分高大」的人。他所知道的，就是這些而已。

這個人是什麼人？睡了多久？為什麼只有甘甜才能叫得醒他？

在知道這些之前，辛開林可以設想伊鐵爾要甘甜去做的事，稀奇古怪到了極點，但是，卻再也不會比一定要甘甜去叫醒一個人更稀奇古怪了！

辛開林在迅速地轉著念，感到一件接一件發生的事，已經將他完全拉入了迷霧之中，再也走不出來。

可是，甘甜卻全然不理會那些，只是很關心地問：「我是不是可以不去叫醒那個可怕的人？」

辛開林吸了一口氣，道：「妳放心，我會和伊鐵爾叔叔說，叫他派別的人去！」

甘甜高興起來，一本正經地道：「讓別人去好了。這個人，就算他醒了，我也不要見他，太可怕了！」

她又重覆了一遍「太可怕了」。

辛開林也只能知道這個人真是可怕，至於是怎麼樣的可怕，他也無法想像，因為，甘甜對他並沒有任何的描述。

甘甜講完了之後，好像有點疲累，在辛開林旁邊的座位上躺了下來，舒適地晃著腿。

辛開林用欣賞藝術珍品的眼光，從頭到腳地欣賞著她美麗成熟的胴體，心中仍在想著種種疑團。

這時候，他是不喜歡有人來打擾的，而他又身處在高空之中，也沒有期待會有任何的打擾。可是，一個侍應生，就在這時走了過來，彎下腰，低聲道：「辛先生，你的電話！」

辛開林只是揮了揮手，令侍應生走開，視線仍然停留在甘甜的身上。

侍應生將聲音略提高了一些，又講了一遍。

辛開林並沒有發脾氣，甘甜美麗的身體，令得他感到心平氣和，他只是有點不耐煩，道：「我已經吩咐過了，不接聽任何電話！」

侍應生道：「是，可是，電話是總公司打來的，說是有極其重要的事情，一定要報告。」

辛開林嘆了一聲，任何事，一定是極其重要，一定要他來處理，無論在哪裡，他都可以被人找到。他有時很認真地想過，要是自己死了，那怎麼辦？再重要的事，也與他無干了吧！

辛開林雖然老大不願意，但是，還是從侍應生的手中，接過了電話來。

他一把電話聽筒湊近耳朵，就聽得一個相當急切的聲音道：「辛先生，真抱歉要打擾你！」

辛開林悶哼了一聲，他認出那是他一個得力助手的聲音，這個助手，在社會上的地位也已十分高，能力也很強，可以處理許多大事的了。

辛開林道：「別說廢話了！」

那助手的聲音聽來更急促，道：「巴基斯坦政府，取消了和我們合作建造水壩的計劃！」

辛開林怔了一怔，這個計劃已經在進行中，不但規劃工作、設計工作全已就緒，大批工程用的器材，包括數以萬噸的水泥、鋼筋，也都已經運到了工地附近，或正在運輸途中！

要是忽然取消了這個計劃，那麼，他經營的財團所受的損失，他只需花半秒鐘時間就可以算出來，至少超過一億美金！

辛開林又皺起眉來，道：「理由是什麼？」

那助手道：「真是混帳之極——」

那助手平時是一個十分斯文的人，可是這時，也發急得罵起人來：「說是有無法預料而不可控制的理由，所以，巴基斯坦政府將不負責任何損失！」

辛開林道：「他們不肯說真正的理由，我想，你一定已經查明白了吧？」

那助手道：「是，我已經查明了。主要的原因是，那座水壩如果建造完成，開始儲水的時候，會把一座古廟淹沒。那座古廟，恰好在水壩儲水庫的中心位置，水壩造成之後，古廟就會沉在八十公尺深的水底！」

辛開林「嗯」地一聲，道：「宗教上的理由？有多少教徒在反對？」

那助手道：「超過二十萬人，那地方，不知道怎麼會有那麼多人！辛先生，我們的損失會超過兩億美金，還不包括要賠償中止合約的損失在內！」

辛開林笑了一下，那助手倒吹了一口涼氣，顯然不明白，辛開林何以在這時候還笑得出來。

辛開林笑著道：「真巧，我很快就可以到達拉合爾，我會處理這件事。你知道，群眾是盲目的，他們一定有領袖，只要使他們的領袖不再堅持，事情就算是解決了！」

那助手道：「辛先生，你是準備和反對建造水壩運動的領導人去談？」

辛開林有點怪對方問出了這樣愚蠢的問題來，道：「當然是，我總不能去對二十萬個人談，說服他們每一個人！」

那助手嘟囔了一句，辛開林還是可以聽得出，助手是在說：「那樣還比較容易些！」

辛開林呆了一呆，道：「領導人是誰？」

助手的聲音之中，充滿了無可奈何，一字一頓地道：「是李豪先生，辛先生，是李豪先生！」

辛開林真的呆住了！

李豪！

辛開林可以設想是任何人，卻絕對想不到李豪頭上。

不錯，李豪在拉合爾，他是知道的，但是，李豪為什麼要反對這個水壩的建造呢？

李豪是一直反對這個計劃的，他和李豪，因此從最親密的朋友而反目成仇。

辛開林也一直不知道，李豪為什麼會反對這項計劃，他曾懇切地和李豪談過而不得要領。

如今看來，李豪是為了要保留這座古廟，所以才反對這項計劃的。

然而，有了答案，等於沒有答案，因為新的問題又來了：李豪為什麼要千方百計保留這座古廟？遠在巴基斯坦的一座古廟，和飛機工程師出身，後來成為成功富商的李豪，又有什麼關係？

不論辛開林的想像力多麼豐富，他都無法想出其中的原由來。

他喃喃地道：「是他，那事情的確有點麻煩——這個消息，巴基斯坦政府公佈了沒有？」

他的助手喘著氣，道：「我要求至少延遲一個月才公佈，可是那該死的官員，卻只答應十天。」

辛開林道：「別失了自己的風度，十天就十天吧！你一方面準備作損失的清單和一切賠償的準備，我在這十天之中，設法盡最大的努力！」

那助手道：「辛先生，你一定要努力！」

辛開林笑了起來，這一次，他真的笑著，道：「做生意，總有賺有蝕的，不必那麼緊張！」

那助手的聲音之中帶著哭聲，道：「可是，這關係著整個集團的信譽！」

辛開林道：「放心，全世界都會知道那不是我們的錯，李豪在哪裡，你可知道？」

「只知道他在拉合爾，和一個錫克教中地位很高的人在一起，不知道那錫克教徒的名字，只知道他是錫克教中，地位極高的一個『祖師』。」

辛開林重複了一句，道：「祖師？」

他不是很了解錫克教中的情形，對「祖師」這個稱呼，覺得很陌生，所以才重複了一句。

坐在他身邊的甘甜，卻陡然震動了一下，睜大了眼睛，道：「伊鐵爾叔叔也來了嗎？」

甘甜的問話，聽來全然是突如其來的，但是，辛開林心中卻陡然一動，向甘甜望去，道：「伊鐵爾叔叔，是錫克教中的祖師？」

甘甜搖頭道：「我不知道，不過我聽得很多人都這樣叫他，還向他這樣行禮！」

甘甜一面說，一面就離座而起，伏了下來，擺出一個很怪異的姿勢來。

辛開林吸了一口氣，李豪是和伊鐵爾在一起嗎？

索回十八顆寶石

辛開林心中的疑惑越來越甚，他向著電話吩咐道：「替我準備一些有關錫克教的簡單資料，送到拉合爾來，我一到，就會和我們駐拉合爾的人聯絡。同時，通知他們不要慌亂，一切等我來處理！」

電話中，助手連聲答應。

辛開林放下電話，心中的疑團既然一點頭緒也沒有，他想：最好的方法，就是不再去想它們，等到了拉合爾再說。

接下來的航程，辛開林和甘甜都過得很愉快，除了心中有太多的疑團之外，這可以說是辛開林一生無數次空中航行之中，最愉快的一次。

等到飛機飛臨拉合爾機場的上空之際，辛開林吩咐機師先在低空打一個轉，好讓他仔細看看拉合爾的機場。

整個機場實在沒有什麼改變，要說有改變，只是停在機場上的飛機完全變了，全由螺旋槳變成了噴射機。除此之外，和三十多年之前，完全一樣。

飛機降落，艙門打開，辛開林和甘甜一起走下飛機，已經有一個巴基斯坦政府的官員在等著他，辛開林認得他，是水利部的一個高級官員。辛開林曾和他簽署過一些水壩工程上的合同。

辛開林皺了皺眉，他來拉合爾，並不是為了那水壩工程而來的，事先也沒有人知道，自然是那個助手多事，通知了巴基斯坦政府，他才會來到。

那政府官員一見到辛開林，就迫不及待地道：「辛先生，並不是政府方面想毀約，實在是情況不受控制！」

對於對方那種急於推卸責任的態度，辛開林感到相當厭惡。

他按捺著怒意，道：「據我所知，反對建造水壩這件事，群眾是受了少數人的鼓動，給我幾天時間，我或者可以處理！」

那官員連聲道：「那就太好！太好了！」

政府官員雖然囉嗦，但是也有他的好處，在他的陪同下，辛開林和甘甜在進了機場的建築物之後，經由一條特別安排的途運，不需和普通人一樣排隊輪候，就出了機場大廈。

在機場大廈的門口，一堆一堆衣衫襤褸的人，聚集在一起，一看到有外國人走出來，就一窩蜂地走過去乞討。這是貧窮地區的特徵。

辛開林才一步出機場建築物，就看到幾個人向他走了過來，最前面的，是一個紅光滿面的西方人，那是一個荷蘭水利工程師，本來是負責整個水壩的建造工程的。

工程師見了辛開林，先將一只大信封交給了他，然後道：「這是總公司方面，利用無線電傳真送過來的資料。辛先生，我勸你別到工地去，那裡聚集著上萬名凶悍的錫克人，我們已經有三個工程師遇害了，而且，根本找不到工人！」

辛開林皺了皺眉，道：「吩咐所有工程有關人員，準備撤退！」

工程師現出十分悲哀而無可奈何的神情來，嘆了一聲，又向辛開林介紹著和他一起來的那幾個人。可是，辛開林只是心不在焉地敷衍著，四面張望。

伊鐵爾的那封信上說，只要他一來拉合爾，阿道就會來接他，如今，他已經到了，阿道在哪裡？他在機場外的人叢中找不到阿道。

那工程師又在問：「辛先生，你還有什麼指示？」

辛開林道：「李豪先生在拉合爾，設法找到他，我有事和他商談！」

總工程師答應了一聲，就在這時，辛開林看到了阿道。

阿道還是那身打扮，正騎著一輛自行車，穿過一堆人，向前駛來。

不但辛開林看到了阿道，甘甜也看到了他，陡然叫著、跳著，向前迎了上去，將在辛開林身邊的所有人，都嚇了一跳。

當甘甜跟在辛開林身邊，不動不出聲的時候，看來是那麼艷光逼人，美麗脫俗。

所有的人心中在想：這個女郎，多半是大富豪的情婦，看來是多麼有教養，多麼動人！

可是突然之間，她卻像是一個頑童一樣，向前奔了出去，而且，一面奔著，一面還嫌穿著鞋子奔得太慢，踢著腳，將她所穿的一隻名貴的高跟鞋，踢得遠遠飛了出去，引起了一陣輕微的騷動。

而她，就赤著腳，長髮飛拂著，直衝向阿道，不等阿道下車，就撞了上去，撞得阿道連人帶車跌在地上，她才哈哈大笑著停了下來。

辛開林向他身邊的總工程師擺了擺手，道：「我會和你保持聯絡，你先去找李豪先生！」

他說著，也大踏步向前走了開去。

當他來到近前之際，阿道已掙扎著站了起來，拍打著身上的污泥，望向辛開林，看來仍然是一副老實人的模樣。

辛開林悶哼了一聲，道：「你是不是立刻帶我去見伊鐵爾？」

阿道點頭：「是，車子就在那邊！」阿道一面說著，一面瞪了甘甜一眼。

甘甜忙躲到了辛開林的身後，向阿道做著鬼臉。

阿道的聲音變得很嚴肅，道：「甘甜，伊鐵爾叔叔也等著要見妳！」

甘甜害怕起來，靠得辛開林更緊，挨著辛開林的身子，道：「你答應過我，不會讓伊鐵爾叔叔叫我去叫醒那個可怕的大個子的！」

辛開林點著頭，甘甜看來像是放心了些，但仍然咕噥了一句：「那人好可怕！」

她也不是第一次說那個人「可怕」，而這時，多半是由於離她那次可怕的經歷發生的地點更接近之故，她一面在說那個人可怕，一面不由自主打了一個冷顫！

辛開林握住了甘甜的手，在阿道的帶領下，向前走了過去。

有不少人要圍上來乞討，全被阿道呼喝著，趕了開去。

走出了不到一百公尺，在一株樹下，停著一輛很殘舊的吉普車。

阿道指著那輛車子，道：「對不起，交通工具不是十分好。要委屈一下！」

辛開林皺著眉，顯得不高興道：「伊鐵爾可以用直升機載你離開，為什麼不派來接我？」

阿道的面目平板，道：「我不知道。」

■心　變■

辛開林回頭看了一下，總工程師和那政府官員還站著沒有走開。

辛開林道：「如果是遠途的話，我可以安排直升機。」

阿道沉聲道：「是，但只是怕伊鐵爾叔叔會不喜歡！」

辛開林有點惱怒，道：「我為什麼要他喜歡？」

阿道搖著手，看來是一副手足無措、不知道如何應付的樣子，但是出自他口中的話，卻尖銳得連辛開林這樣的人物也無法招架，他道：「我以為，辛先生，你是有事求伊鐵爾叔叔，才到拉合爾來的！」

辛開林怔了一怔，他對眼前這個小伙子，開始另眼相看了。

這小伙子的機靈精明，遠在他的想像之上！的確，他是有求而來的。

他要請求伊鐵爾，把那只木箱出讓給他！

自然，以他今天的財富、地位而言，他可以完全不需要去請求任何人，他可以根本不理會伊鐵爾和那只木箱。

甘甜又不成問題，伊鐵爾不能在他的身邊把甘甜搶回去，他已經替甘甜弄妥了護照，來歷不明的甘甜，不會離他而去。

可是，那只要命的木箱！

多少年來，辛開林一直想知道木箱中放著的究竟是什麼東西，這種願望之強烈，已經到了他不惜付出任何代價的地步！

如今，他更可以肯定，和那只木箱有關的事和人，都充滿了神秘色彩，那種神秘的疑團，將他緊緊裹在中間，如果他不能衝出去的話，他真有點難以想像，以後還是不是能集中精神去思考別的事。

當他想到這一點的時候，他不再堅持下去，只是笑了笑，道：「好，看來也不錯，總比步行或是騎驢子好得多了，是不是？」

阿道看來很純真地笑了笑，辛開林向那吉普車走去。

這時，那政府官員和總工程師急步來到了近前，兩人一起問：「辛先生，你到哪裡去？」

辛開林的回答很簡單：「去看一個老朋友。」

官員有點發急，道：「辛先生，我們要對你的安全負責，你……是不是可以告訴我們，到哪裡去？」

辛開林望著阿道，他也想知道目的地何在。能回答這個問題的，當然只有阿道。可是阿道卻轉過了頭去，假裝全然看不見辛開林詢問的眼色。

辛開林只好道：「我也不知道，但我會盡快趕回來和你們聯絡！」

總工程師和政府官員還想說什麼，辛開林已上了車，甘甜也跳了上去，阿道上了駕駛位，發動了車子。

車子實在太殘舊了，當機器發動之後，發出一陣驚人的嘈雜聲來。

辛開林這時，已經全然不將自己當作是養尊處優的大富豪，在那陣機器聲中，他像是又回到了往年，駕著殘破的飛機過生活的日子。

這種熟悉的聲音，和一駛向前就搖擺震動不停的車身，反倒使他充滿了活力，使他覺得自己變得年輕了。

跟在他身邊的甘甜，也發出高叫聲。

阿道駕著車駛向前，半小時後，就轉上了一條路面高低不平的公路。

車子顛簸得更厲害，坐在車上的辛開林和甘甜，幾乎不斷地因為震動而身體上下彈跳。

甘甜高興地笑著，辛開林也投入到這種樂趣之中，他甚至和甘甜一起推來推去，在快要把對方推下車去之際，又將對方拉上來。

公路上的塵土十分大，不多久，身上和頭臉上就全是沙土。

當三小時後，車子在一個十分簡陋的小村莊中停下來之際，阿道弄來了水和粗糙的食物，辛開林一樣吃得津津有味，當甘甜在他耳際低聲說：「這些東西，沒有你給我吃的東西好吃」之際，他還哈哈大笑起來。

阿道仍然是一副馴良的神情，不作任何表示。

那小村莊中的衣不蔽體的兒童，遠遠聚在一起，用好奇的眼光打量著他們。

休息了一會再啟程，一直向西北方向駛著。

辛開林在車子駛上公路之際，已經在暗自留意著方向。

這時，他感到車子正駛向計劃中那座大水壩興建的地點；這使他感到，李豪領導反對建造水壩的運動，大有可能和伊鐵爾有關！

天色漸漸黑了下來，氣溫也顯著地下降，辛開林把自己的外衣脫了下來，披在蜷縮成一團的甘甜身上。

一直到天色完全黑了下來，車子才駛進了另一個小村莊。

車子沿途所經之處，越來越荒涼，而那個小村莊，更是荒涼得可以，屋子東倒西歪，看來是早已廢棄了的，不像是有人居住。

車子一停下，阿道還沒有熄掉引擎，辛開林已經注意到，車子的燃料已經接近零了。

他吸了一口氣，道：「這裡有加油站？」

阿道搖頭：「當然沒有，會有人來接我們，我們要轉換另一種交通工具！」

辛開林的心中充滿了疑惑，他也看不出這個根本沒有人的村莊中，有提供其他交通工具的可能。

阿道停了車之後，開亮了車頭燈，接連閃了幾下。

這時候，四周圍一片漆黑，車頭燈的光芒可以射出老遠，而當車頭燈閃了三下，旋即熄滅之後，濃黑就包圍了一切。

甘甜顯然感到害怕，緊緊地靠著辛開林。

辛開林在這時也不禁感到了後悔，後悔自己太自信了，竟然會未作妥善的安排，就跟著阿道，一直來到了這樣荒涼，看來已遠離文明世界的地方！

在這樣的情形下，要是有什麼意外發生，他所能運用的力量，就只有他自己！他的社會地位和財富，在如今這樣的情形下，一點也發生不了作用，他和任何普通人沒有分別。

一個在國際商場上，可以叱吒風雲，影響上億人生活的豪富，這時，和阿道這個小伙子沒有分別，而且，他在體力上，只怕還絕不能和二十八歲的年輕人相較！

辛開林緩緩地吸著氣，四周圍實在太黑了，就在他前面座位上的阿道，他都看不清楚，不但黑，而且靜。

阿道一聲不出，辛開林想要開口，但是，他又不願在這種情形下，在阿道的面前示弱，所以他也維持著沉默。

甘甜靠得他越來越緊，柔軟的胴體給了辛開林以一定的安慰，他也緊摟著甘甜。

沉靜其實並沒有維持了多久，只不過因為黑暗和死寂，給人以一種窒息之感，所以在感覺上，才感到時間過得慢。

大約三分鐘左右，一陣聲響已漸漸傳了過來。

當這陣聲響才一傳過來之際，辛開林在一時之間，還辨不出那是什麼聲音來，因為這種聲音對他來說，十分陌生。

那是一陣急驟的馬蹄聲！

也就在這時，阿道打破了沉默，在黑暗之中，依稀看到他轉過頭來，道：「辛先生，希望你會騎馬！」

辛開林沒有回答，只是向身邊的甘甜望去，甘甜道：「我喜歡騎馬！」

那一群騎士來得很快，蹄聲越來越急，已經影影綽綽，可以看到至少有十騎以上，向著他們疾馳而來。

馬上的人一定全穿著黑衣服，因為在黑暗中，已經可以看到馬，但是卻還看不到人。

一直到了近前，看到騎在馬上的人，果然全穿著黑衣服。那是一種看來十分奇特的緊身服。馬上的人全束著髮，挺腰坐在馬上。

阿道忙迎了上去，和其中一個人，用辛開林聽不懂的一種語言，迅速交談了幾句，接著，就牽過了兩匹馬來。

甘甜已興高采烈地奔過去，跨上了馬背。辛開林也下了車，阿道將馬韁繩交在他的手中。

辛開林吸了一口氣，阿道的聲音響起，道：「辛先生，有相當長的路要走。」

辛開林道：「不要緊！」

他一面說，一面跨了上馬背，抖著韁，來到了甘甜的身邊，低聲道：「別離我太遠！」

辛開林覺得伊鐵爾用這樣的方式，引他去見，實在太故作神秘了一些，那使他感到，伊鐵爾並不如他想像中那樣，完全沒有害人之心。

固然，他之所以有今日的財富與地位，可以說最早出於伊鐵爾所賜，但究竟事情過去那麼多年了，誰知道伊鐵爾如今心中想些什麼。

辛開林才說完那句話，就聽到一下呼喝聲，來人策著馬，散了開來，把他和甘甜一起擁在中心。在前面的馬，開始向前奔去。

辛開林當然談不上騎術精嫻，但是他和甘甜所騎的馬，顯然是久經訓練的，前面的馬一奔，他們的馬也跟著向前奔去。

後面的馬，又擁了上來，一群馬一直向前馳去，越來速度越高。

除了甘甜之外，沒有一個人發出聲音來。

甘甜不時發出一兩下高興的叫聲，黑暗中馳向不可測的目的地這樣的事，對她來說，遠不如在疾馳的馬背上那樣刺激。而辛開林卻越來越覺得不妙。

馬群在快馳一陣之後停了下來，但接著，又快馳起來，接連幾次，已經過去了四小時之久，四周圍仍是一片黑暗，看不見前面的景象。

辛開林想要在人叢中尋找阿道，可是看不清楚。

他已經設想過許多可能，都是從壞的一方面著想。

他想到，伊鐵爾可能會索回那十八顆寶石。

（那顆「女神的眼睛」，由辛開林賣出去，而在辛開林的事業順利開展，賺了大錢之後，又將之買了回來。所以，當年那小皮袋中的十八顆寶石，一顆也不少，全在辛開林的手上。）

辛開林想：如果伊鐵爾真的要的話，就還給他吧！

是不是會有更壞的情形？控制了他，而要他把龐大的財富交出來？看來這個可能性不大。

辛開林心裡七上八下，幸而甘甜一直在他的身邊，沒有離開過他的視線。

連續好幾小時在馬背上，辛開林感到全身痠痛，緊抓住韁繩的手，也被韁繩勒得發痛，身子在馬上搖晃著，好幾次幾乎要摔下來。

在他到了實在難以再支持下去之際，才聽得一下呼喝聲，所有的馬陡然停了下來。

停了一下，又開始小步向前走。

辛開林很快就發現，馬匹在穿過一個山縫，那山縫很狹窄，只可以容一匹馬通過，辛開林讓甘甜走在他的前面。

眼前的情形，這樣詭異而不可測，他實在不放心甘甜離開他的視線。

那山縫相當長，要十來分鐘，所有的馬才通過去。

經過了山縫之後，眼前是一個山谷，那山谷被一組並不是很高的山頭包圍著，在山谷之中，有燈光透出來，看來像是從一座建築物之中透出來的。

馬匹又開始快馳，辛開林已經可以看到，有亮光透出來的建築物，是一座形式十分奇特的廟！辛開林其實也還不能肯定那是不是廟，但是，他首先看到四根高大的圓柱，這種圓柱出現在建築物前，多半表示這座建築物和宗教上的祭祀有關，那麼，稱之為廟，也不會差到那裡去。

淹在水底的古廟

那四根大石柱之後，是一個相當平矮的建築物，比起那四根至少有二十公尺高的石柱來，建築物的本身更矮得出奇，形成一種強烈的對比。

建築物的頂，是全然平坦的，以致乍一看來，整個建築物只像是一個相當大的、方整的石台。當辛開林在打量著那建築物之際，甘甜陡然叫了起來，道：「快走！我不要到這裡來！我不要來！」

辛開林陡然一怔，他看到甘甜已在用力拉轉馬頭，可是兩個黑衣人上去，拉住了馬轡，帶著她繼續向前馳去。

辛開林想策騎趕上去，可是他已經筋疲力盡，馬也不聽他的話，他只好叫：「阿道，你在哪裡？甘甜不喜歡到這裡來，讓她離開。」

辛開林在馬上搖晃著、叫著，四面看著，尋找著阿道，他跨下的馬已經全然不聽他的指揮，還在向前快馳，辛開林一下抓不住韁繩，身子一側，人就從馬背之上滑跌了下來！

他一跌了下來，馬仍然向前馳著，在他身後，本來也有不少人在策騎急馳，可是卻全然不理會他，就在他的身邊馳過去，馬蹄翻飛，濺起來的泥塊和小石子，像是驟雹一樣，打在他的身上。

辛開林用雙臂遮住了頭臉，用盡了氣力叫道：「阿道！阿道！」

可是，隨著他的叫喊，馬群已迅速沒入前面的黑暗之中，他所聽到的，除了正急速離他而去的馬蹄聲之外，就是甘甜的叫聲，甘甜在叫著：「開心！開心！」

他的名字叫辛開林，可是甘甜卻嫌他的名字「不好聽」，一直只是叫他「開心」。

甘甜的叫聲聽來很微弱，但是還是可以聽得出，甘甜的聲音之中，充滿了恐懼和求助。

辛開林陡地起身，向前踉蹌奔著，也叫著甘甜的名字。

他並沒有奔出多遠，高低不平的路，好幾次令得他幾乎要跌倒，等到他終於跌倒之際，他抬起頭來，大口大口地喘著氣。

四周圍已靜到了極點，馬蹄聲和甘甜的呼叫聲都聽不到了。更糟糕的是，天上烏雲的移動，將僅有的星月微光也遮了去，變成了一片濃黑。

黑暗像是濃稠的固體一樣，將他緊緊地困在其中，他望出去，除了遠處有一點光芒之外，什麼也看不見。

辛開林在那一剎間，感到了一陣莫名的恐懼！

他全然不知道自己在什麼地方，四周圍沒有人、沒有聲音、沒有光亮，什麼也沒有，而他已筋疲力盡！

他的恐懼，是來自他感覺在這樣的荒野之中，他的生命脆弱到了極點！他擁有的金錢，他的社會地位，在這樣的情形下，一點也派不上用處！

他咬著牙，掙扎著站了起來。

在如此靜寂的環境之中，他的喘息聲，聽來也變得會令他自己吃驚。

他緊握著雙拳，心情亂到了極點！

他首先想到的是，那一大群人，包括阿道和甘甜在內，一定都到前面那座廟裡去了。

剛才，烏雲還未曾令得四周圍變成一片漆黑之際，他已經可以看到那座廟的四根大柱和建築物的形態。

但這時看出去，只是前面有一點若隱若現的光亮，那麼龐大的建築物，像是也被黑暗整個吞噬了。

甘甜既然到那廟裡去了，伊鐵爾自然也應該在那廟中，他們是不是會發現自己墜了馬，而來尋找自己呢？

辛開林用心傾聽著，他甚至可以聽到自己的心跳聲，如果有人策馬前來，他一定可以聽得到的，然而，四周圍是如此靜寂。

他等了一會，開始向著那點亮光向前走。

平時並不慣於騎馬，連續在馬背上急馳了幾小時之後，令得他雙腿內側和臀部，都出奇地疼痛，每向前跨出一步，都要強忍著那種令他冒汗的刺痛。

走出了幾十步之後，他又停了下來，想到這一切，可能全是伊鐵爾這個人安排的！

伊鐵爾為什麼要這樣對付他呢？他又沒有什麼對不起伊鐵爾的地方！

辛開林這樣想著，心中不禁升起了一股恨意，那股恨意支持著他，又開始一步一步向前走。同時，他大聲叫著，叫著伊鐵爾、阿道和甘甜的名字。

在他前面的那點亮光，看來並不是太遙遠，可是，卻像是永遠走不到一樣，直到他實在是支持不住，再度仆跌在地上之際，他才發覺自己的聲音，已經因為剛才的叫喊而變得極其嘶啞。

他伏在地上，地上有許多碎石，令他身子的疼痛變得更甚。

他全身都在痛，而且又出奇地口渴。

當他舔著乾渴的口唇之際，他彷彿看到了盛在水晶杯中，泡沫在向上緩緩升起的香檳酒。他也彷彿看到了柔軟的天鵝絨椅子，他美麗動人又善解人意的小情婦。

這本來都是他擁有的一切，可是現在，只變成在他眼前的幻影！

他一次又一次舔著口唇，絕望的感覺越來越濃，後悔的意念也越來越甚。

他想，如果甘甜一來，他就把那只木箱子給了她，由她把木箱子帶走，那麼，他還是在他豪華的住宅中享福，一切如今的幻像，全是實實在在的東西。為什麼要生出那麼多事來？管它木箱子裡的是什麼東西！

他一面想著，一面又慢慢站了起來。

現在才來後悔，實在太遲了，先得到那座廟再說。

伊鐵爾一定以為他會到不了那座廟，他非要到那座廟不可！不但是為了表示他可以做到這一點，而且，也為了甘甜在那座廟裡！

一想到了甘甜，辛開林又起了一股異樣的感覺，為了可以得到甘甜，是不是值得？

他的心情十分矛盾，甘甜是那麼可愛，和甘甜在一起，可以得到那麼多的快樂，如果任由甘甜帶著木箱子走了，就算以後再也不去想那木箱子中有什麼，只是為了得不到甘甜，也會後悔一輩子。

他深深吸了一口氣，又準備向前走去，可是，他的腳才一提起來，一陣疼痛，令得他混雜的頭腦略為清醒一些之際，他覺得就在他的身邊，有一些不對的地方。

他身邊一片漆黑，當他站著的時候，他連自己身體都看不見。他當然不可能看到什麼，只是感到有些不對的地方。

他屏住了氣息，想進一步弄清楚令他感到不對的是什麼，同時睜大眼睛，四面看著，想看到一些什麼。

但是不論他如何努力，他什麼也看不到。

不過，在略為定下神來之後，他可以進一步感到，那令他產生那種異樣感覺的原因是：在他的身邊，就在極近的距離，多了一個人！

辛開林的心劇烈地跳了起來，那個人，如果真是多了一個人的話，是什麼時候到他身邊的？一定是剛才他跌在地上，眼前出現了一連串的幻像，心中胡思亂想的時候，這個人無聲無息地來到他身邊的。

然而，那真是一個人？真是有一個人來到了他的身邊？為什麼一點也聽不到那個人的呼吸聲？辛開林一想到這裡，一陣寒意陡然升起，令得他可以感到，自己全身的汗毛根根豎了起來。

他用剛才因為呼叫而變得嘶啞的聲音問：「誰？誰在我身邊？」

沒有回答，辛開林再度屏住氣息，也沒有再聽到任何聲響，但是那種在近距離被另一個人注視著的感覺，卻越來越強烈！

他陡地又大叫了起來，一面叫，一面身子轉動著，揮著手，他根本看不到什麼，只是揮著手，無目的地抓著。

因為在感覺上，那個人離他是如此之近！

他是一面轉著身子，一面揮動雙手的，當他轉了一百八十度之際，他的手陡然碰到了一些東西。

他根本不知道自己碰到了什麼，一碰到了東西，他陡地叫了起來，手指一緊，抓住了他碰到的東西。

他在這時候叫著，全然是因為極度的驚懼，所產生的一種自然的反應。真的有人在身邊！

那一剎間，他只能想到這一點，然後，他抓到了什麼，由於過度的驚懼，他的手根本已失去了知覺，去感覺抓到手的是什麼，只是在抓到了之後，用力向後一扯。

在他的潛意識中，他抓住的，應該是一個人的衣服，所以他才拉得那麼用力，但是當他一拉之後，他抓到的東西卻十分軟，那令得他陡然向後跌退了一步，仍然收不住勢子，變得坐跌在地上。

辛開林再次叫了起來，而且立時站了起來，叫道：「誰？你是誰？」

他一面叫，一面繼續揮動著雙手，可是，卻再也沒有碰到任何東西。

連他自己也不知道他持續了這個動作有多久，直到他又聽到了馬蹄聲，不但有蹄聲，而且，他看到了兩個火把，閃耀的火光正在迅速向他接近。

有人來了！

辛開林喘著氣，火把光芒越來越近，兩個人高舉著火把，正向前馳來。

火把的光芒在黑暗之中，可以傳得相當遠，使辛開林看到了自己，也隱約看到了四周圍的情形。

他立時轉動著身子，想看清楚剛才在他身邊的是什麼人。

但是，在他的身邊沒有人，一片空曠，一個人也沒有，也絕沒有可以供一個人躲起來的地方。

辛開林呆了一呆，如果不是他剛才揮著手的時候，曾碰到過什麼，而且還抓了一些東西在手上的話，他一定以為剛才感到身邊有人的那種感覺，是他的幻覺了。

兩匹馬來得很快，已經來到了近前，辛開林的右手還緊緊捏著拳，拳中有他抓著的那個東西。這時，他也感到那東西十分柔軟。

辛開林很想知道自己抓到了什麼，但是這時，他沒有機會攤開手來看看，因為兩匹馬已來到了他的身前，同時，他也聽到了阿道的聲音，道：「辛先生，真對不起，我們不知你墜了馬！」

阿道一面叫著，一面從馬背上躍了下來。

辛開林悶哼了一聲，阿道走過來要扶他，他倔強地側了側身子，拒絕了阿道的好意。

他只是冷冷地道：「我以為我是伊鐵爾先生的客人！」

阿道忙道：「當然你是！當然是！」

辛開林還想說什麼，那另一個在馬上的人，已經道：「快上馬吧！」

辛開林只看到兩個人一起策騎馳來，阿道先開口，他並沒有去注意另一個人。

這時，這個人一開口，辛開林整個人都怔呆了！

儘管在這一天之中，他已經經歷過不少畢生未曾經歷過的事，令他驚懼，不知所措，可是這時，他又再一次感到震動！

他幾乎不能相信自己的耳朵！

那催他上馬的那句話，聲音是如此熟稔，那是李豪的聲音！

他陡然抬起頭來，向馬上的另一個人看去，矮小的個子，即使在光線並不強烈的情形下，他矮小的身形，也給人以一種十分剛烈的感覺！那不是李豪是誰？

辛開林張大了口，實在是太訝異了，以致一時之間，連李豪的名字也叫不出來。

在火光的閃耀下，李豪只是冷冷地望著他。

李豪和辛開林差不多年紀，可是看來卻比辛開林要老，不像辛開林那樣，有著體育家的身型。

然而在這時候，辛開林卻狼狽不堪，而李豪的神情是如此冷漠。

這兩個從年輕時就在一起的伙伴，會在這樣的情形之下相見，那是辛開林怎麼也想不到的事情！

辛開林在怔呆了片刻之後，才啞著聲音，叫了起來：「天！李豪，是你，你在這裡幹什麼？」

李豪的神情仍然很冷漠，在如今這樣的情形下，辛開林實在需要朋友，尤其是老朋友，他想，李豪沒有表示老朋友的熱情，或許是他仍然記得著那次莫名其妙的爭執。

李豪道：「我來這裡，是來看一個老朋友。」

辛開林又呆了一呆。

他早已知道李豪在拉合爾，當然，他不知道李豪會到這個荒僻的地方來。他來「看老朋友」，那是什麼意思？辛開林曾想起過，李豪和伊鐵爾之間，可能有某種聯繫，難道他指的「老朋友」，就是伊鐵爾？

辛開林一面想著，一面鬆了一口氣，道：「見到你就好了！你還記得那只木箱子？它的主人——」

辛開林想向李豪把自己的遭遇簡略地敘述一下，可是李豪顯然沒有興趣，只是揮了揮手，道：「那些，我全知道了！」

對於李豪這種過份的冷漠，辛開林實在有點生氣了，他悶哼一聲，沒有再說下去。

阿道在這時，牽過了馬來，讓辛開林上馬。

辛開林在上馬之前，才把緊握著的右手打了開來，由於猝然間看到李豪，實在使他太過震驚，使他剛才在一時之間，忘記了手中還捏了一點東西。

直到這時，他攤開了手，才又看到那東西。

那東西，像是一幅小小的絲織品，看來只有手掌大小，在他的掌心中捏得久了，看來有點皺。辛開林也沒有細審它，順手想把它拋開去。

但是一轉念間，想起剛才在濃黑中的經歷十分怪異，這一小幅絲織品，不可能自己從天上掉下來，一定是附屬在一個什麼會移動的物體之上，來到他的身旁的。所以，辛開林在上馬之前，將之順手塞進了衣袋之中。

他的這個動作，顯然並沒有引起李豪和阿道的注意，他隨即上了馬。在他上馬之後，阿道也上了馬背。

阿道讓辛開林先上馬，那可以使辛開林坐在馬鞍正中的位置上，比較舒服得多。

而阿道在上了馬之後，坐在馬鞍之後，馬如果快跑起來，他要是沒有一定的騎馬經驗，一定會跌下來的。

上了馬之後，辛開林不但鎮定了下來，而且，在心理上也使他感到，李豪不再高高在上，他和李豪平等了。

他一手拉著韁繩，一手向身後的阿道指了一指，道：「李豪，這小伙子使你想起什麼人？我一見到他，就想你來看看他，可是，你又到拉合爾來了。」

李豪已兜轉了馬頭，道：「我早已見過他了！」

他說了這一句話，兩腿一夾，口中一聲吆喝，已經策馬向前疾馳了出去。

儘管上次他和李豪發生了爭吵之後，李豪一直不肯再和他見面，可是辛開林也沒有想到，他們再見面時，李豪的態度會這樣惡劣！

當李豪馳開之後，阿道在馬股上用力拍著，馬兒也向前馳去。

這時，天上的烏雲散開了，在星月微光之下，那四根巨大的石柱已經很近，那座看來像是一座巨大石台的建築物，也漸漸接近。

約莫在十分鐘之後，已經越過了那四根石柱。

當經過那四根石柱之際，辛開林抬頭看了一下，石柱足有兩人合抱粗細，有三十公尺高，自上至下，一樣粗細，看來壯觀絕倫。

而且，石柱上還滿是浮雕，由於光線黑暗，所以看不清刻的是什麼。

石柱和那個看來像巨大平台一樣的建築物之間，是一個相當大的石廣場。

鋪成石廣場的石塊，可能由於年代的久遠，有很多已經碎裂了，在碎裂的石縫中，長滿了野草，看起來給人以十分荒涼的感覺。

廣場是方形的，約莫有一百公尺見方，而那座建築物看來和廣場一樣大小。

從遠看來，那建築物給人以十分低矮的感覺，那是由於和那四根高大的石柱對比之故，來到近了，建築物也不是很矮，有七、八尺高下，全是一塊一塊大石砌成的，那麼大的建築物，只有一道門，那門楣寬得出奇，黑黝黝的，看來竟是一道鐵門。

兩扇鐵門之間，有著可供人走進去的空隙，未曾全部合攏。

李豪在門前勒住了馬，辛開林策馬來到了他的身邊，李豪冷冷地道：「你要造水壩，那個水壩，會用你的名字來命名。水壩造成之後，這裡整個山谷就變成一個水庫，這座偉大的神廟，也就會被水淹沒！」

辛開林吸了一口氣。他對於要在巴基斯坦拉合爾附近建造水壩這件事，是自始至終參與的。雖然他未曾到過現場，但是卻仔細研究過一萬五千比一的河盤模型。一聽得李豪這樣說，他四面看了一下，神廟正在山谷的中心，四面山嶺的形狀，辛開林看來十分熟悉，和河盤模型大體相似。

他還記得，模型是巴基斯坦水利部的官員和專家專程航運來給他看的。這時，他可以肯定，在他右手邊兩個山蜂之間，就是建造主壩的地方，而其餘三面，還有三道附壩。

所有的水壩工程完成之後，就可以把幾條大河的河水，儲存在這個由天然的山嶺和人工的大壩圍成的水庫之中，蓄水量之高，當時巴國水利部的官員曾驕傲地說：「可以佔全世界的第二位，僅次於埃及的阿斯旺水壩形成的蓄水庫！」

辛開林也清楚地記得，當時，在河盤模型上，山谷的正中有著一塊方整的東西。由於模型聲明是完全照比例來造的，所以那塊方整的東西，一定也代表了什麼。

辛開林當時就曾問：「那是什麼？」

巴基斯坦水利部的高級官員皺了皺眉，道：「那是一座古廟，有幾百年的歷史了，好像很神秘，就讓它淹在水底好了！」

直到這時，辛開林才知道這座在官員口中輕描淡寫的古廟，是如此之宏偉壯觀！

歸還「女神的眼睛」

辛開林如果早知道這座古廟有那麼壯觀宏偉，他一定會另外有安排。

這時，李豪又用相當嚴厲的措詞在指責他，他覺得有必要解釋一下，他吸了一口氣，道：「第一，建造水壩，並不是我的主意，而是巴基斯坦政府的主意。第二，我也不知道這座古廟是這樣宏偉！」

李豪翻著眼睛，道：「知道了又怎麼樣？」

辛開林也開始詞鋒咄咄，道：「如果你策動群眾，反對建造水壩，只為了保存這座古廟的話，你採用的方法，未免太原始了！」

李豪的臉陡然漲得通紅。

和他相處了幾十年的辛開林自然知道，這是他要揮拳相向的先聲，他也立時揚起手來。

李豪果然揮動著拳頭，可是卻又垂下手來，一副不屑的神情，道：「你有什麼進步的辦法？」

辛開林道：「可以把整座古廟搬到別的地方去，一塊一塊拆卸，再完全照原來的樣子造起來！」

李豪一聽，陡然大笑起來，笑得前仰後合，幾乎沒從馬上跌了下來。

辛開林冷冷地道：「有什麼好笑，工程不會比埃及建造阿斯旺水壩時，搬遷大神廟更大。」

李豪陡然止住了笑聲，盯著辛開林，一字一頓地說：「現在你會這樣說，明天你就不會這樣說了！」

辛開林揚了揚眉，代替了詢問。

他和李豪是那樣老交情的朋友，有時實在不必用語言，只要用一個手勢或者一個神情，就可以使對方明白想表達什麼。

李豪並沒有回答，翻身下了馬。

阿道在辛開林的身後，也下了馬，來到辛開林的身邊，要來扶辛開林，辛開林故意不要他來扶，自己下了馬，可是痠痛的雙腿，卻令得他無法站得直，李豪過來抓住了他的手臂，把他提了起來。

辛開林苦笑了一下，道：「老朋友？」

李豪悶哼了一聲，還是一副生氣的樣子。

辛開林先問阿道：「甘甜呢？」

阿道向那兩扇大門指了一指，道：「在裡面！」他隨即又補充了一句，道：「很好！」

辛開林鬆了一口氣，和李豪一起匆匆走去。

兩扇大鐵門之間的空隙並不是很大，辛開林要側了側身子，才能和李豪一起走進去。

他注意到，兩扇黑黝黝的鐵門上，都有著獅子、太陽圖案的浮雕，看來年代久遠。

他一面走進門去，一面用責備的語氣道：「原來你和伊鐵爾早就有來往了，為什麼一直不告訴我？」

李豪又悶哼了一聲，沒有回答。

辛開林更加不滿，道：「老朋友？」

李豪轉頭向他望來，搖著頭，道：「你會明白的，現在何必問！」

就算沒有李豪這句話，辛開林也不會再發問，因為一進門，他就被廟堂中的情景弄得怔呆了。那應該可以說是廟堂，那是一個極其廣闊的空間，首先映入眼簾的，是一個巨大的火把。

那火把的火頭，比人還高，火光閃耀不定。

辛開林還在曠野中的時候，看到有亮光從廟中透出來，一定就是那個火把的光芒。

火把是插在地上的，由一個石臼一般的器具承受著。

在火把後面，是一個高大的、黝黑的神像。

這個神像十分怪，容顏猙獰，雙眼怒凸，肌肉十分誇張，看起來，像是隨時會向前撲過來一樣。

在大神像的兩旁，整個廟堂的石壁上，全是大大小小、各種各樣神像和野獸的浮雕。

這些浮雕的線條簡單，但是十分生動，在正中巨大火把的閃耀光芒之下，進入這個廟堂的人，像是進入了一個怪物的大集中營一樣。

辛開林對宗教上的傳說，並不是十分熟悉，然而這時，他卻也可以肯定，四壁那些浮雕，如果有表達什麼意思的話，一定是在表達什麼神話故事。

他的視線停在一具足有三公尺高的怪東西上，那個浮雕，刻的是一個人首蛇身的怪物，還有著巨大的翼和爪，在牠的一個爪中，抓著一個有三隻尖角形的頭，蟲不像蟲，龍不像龍的東西，看起來怪異莫名。

辛開林深深地吸了一口氣，佇立著不動，四壁上千奇百怪的浮雕是如此之多，實在無法一下子看得清楚。有的在角落處，火光不是十分照得到的地方，看起來更是駭人。

辛開林心中想，甘甜一定曾到過這裡，難怪她不喜歡這個地方！連自己也不免產生一股寒意！

辛開林站立了好幾分鐘，才由衷地道：「真偉大，我倒可以理解你的心情了。真怪，巴基斯坦政府難道從來不知道這座神廟有多麼偉大？」

李豪又悶哼了一聲，道：「跟我來！」

他大踏步向前走著，辛開林跟在後面，繞過了那巨大的神像。

由於廟堂中唯一的光源，是那個巨大的火把，而火把又在神像的前面，所以，一到了神像的後面，就可以看到神像的陰影，投在廟堂的地上和壁上，隨著火光的閃動在變幻，看起來更是陰森之極。

辛開林道：「李豪，別說你了，我也絕不會讓這樣宏偉的建築物，淹沒在水庫之下！」

李豪瞪了一眼，道：「宏偉？你下的結論，未免太早一點了！」

辛開林呆了一呆，一時之間，不知道李豪這樣說是什麼意思。

這座古廟的建築物部份，他已經全看到了，廟堂、廟前的廣場，和那四根巨大的石柱，為什麼李豪說他的結論下得太早？

但是辛開林隨即明白了，這時，李豪已來到了神像之後，辛開林看到在地上，有一個相當大的洞，顯然有梯子可以通向下，李豪站在洞口，向他做了一個手勢，自己已經走了下去。

辛開林連忙跟上去，當他向下走著，走了不過十來級時，他又呆住了。

下面，是一個更大的廟堂！

比剛才有那個巨大的神像的廟堂還要大！

當辛開林才走下去的時候，眼前十分黑暗，只有來自上面的微弱火光映了下來，根本看不清楚仔細的情形，只是在感覺上，感到那是一個更大的空間。

而就在辛開林走下了十來級石級之後，突然聽到了一下聽來更沉重的呼喝聲，至少是二十人以上發出來的。

隨著那一下聲響，有二十多個火把，一起發出轟地一聲響，點燃了起來，登時火光熊熊，把那個空間照得十分明亮。

那又是一個廟堂，而且比第一個廟堂起碼大了一倍，在廟堂中，看來是不規則地，佇立著十來尊巨大的神像，樣子也是千奇百怪，至於極點。

面對著辛開林的那一尊神像，是一種石質呈淺灰色的石頭雕成的，長髮一直披下來，是一個十分美麗的女首，可是只有一隻眼睛，眼睛部份極小，看來只是一個小洞。

那樣的一個女首，配著由許多粗細不同的石柱組成的「身體」，這種身體，看起來有點像一種名字叫「葡萄牙戰艦」的水母，真是難以形容！

辛開林真正呆住了，僵立在石級上，無法再向下面走去。

李豪則已來到了那神像之前，仰著頭，指著那女首的眼睛部分，道：「是『女神的眼睛』，開始了我們新的生活的！」

辛開林吸了一口氣，道：「你是說，那顆鑽石，本來是嵌在……這神像的眼睛部份的？」

李豪轉過頭來，直視著他，道：「是！」

辛開林立即道：「那不成問題，這顆鑽石，當時曾救了我們的命，而且替我們帶來了巨大的財富，我可以還給伊鐵爾，讓女神恢復有眼睛！」

李豪一聽，陡地震動了一下，辛開林已開始又從石級上走了下來。

可是他才走了幾步，又陡然站住。

那下一層的廟堂之中，不規則地豎立著許多神像，在火把光芒的照耀下，那些神像一動不動，辛開林一時之間，也不及一一去看。

那些火把，則是由二十多個人握在手中高舉著的。

那些握著火把的人，全是一樣的裝束，黑衣，身形高大，束髮，腰際懸著短劍，他們高舉著的手臂，是袒露在外的，手臂上肌肉盤虯，一眼就看得出，他們是受過訓練的、一等一的武士。

令得辛開林再度震驚的，並不是那些武士，而是他認為也是一尊神像的東西，忽然動了起來。那是一個身形高大得出奇的人，穿著黑色的褲子，赤著上身，腰際掛著一柄雪亮的大刀。

這個人的身量之高，足可以使人認為他是那些神像之中較小的一尊。

可是，他是一個人！

這個人向前連跨了三步，陡然之間，向著辛開林跪了下來，五體投地，膜拜了起來。

他一面膜拜，一面還發出了一種聽來十分虔誠的聲音。

同時，那些執著火把的武士，也一起發出了同樣的聲音。

辛開林雖然擁有大量的財富和崇高的社會地位，但是，卻一直生活在文明社會之中，從來也沒有被人當作神一樣來膜拜過。是以一時之間，他不知道應該如何應付才好。

那個巨人，辛開林倒是一看到了他，就可以知道，那正是他派出去跟蹤阿道的手下，回來報告說自直升機中，首先跳下來的那個巨人。

正在他不知所措之際，那巨人突然又翻起筋斗來。

別看他個子那麼高大，翻起筋斗來，卻是極其靈活，翻過來又翻過去，翻個不停，一面口中仍然不住地發出那種聲響來。

辛開林更不知道應該如何應付才好。

就在這時候，他聽到了另一個他熟悉的聲音，道：「辛先生，這個人在向你行最高的、敬崇的禮節！」

辛開林忙循聲看去，看到左面的壁上，一道石門打開，一個人正緩緩地走了出來。

辛開林一看到這個人，就發出了一下低呼聲！

就是這個人，多年之前，拉合爾機場的大混亂中，抱著那只木箱子，奔向他駕駛的飛機，就此改變了他一生命運的那個人！

辛開林現在已經知道這個人的名字是伊鐵爾。

伊鐵爾看來和三十年前，並沒有多大分別，仍然穿著同樣的衣服。但究竟時光滑去了三十多年，他看起來也有點蒼老。可是站在那裡，還是十分挺拔，有一股說不出來的氣概。

辛開林道：「我知道！」

伊鐵爾道：「你應該表示答禮，不然，他在向你行禮一百次之後，會認為你不接受他的敬禮，就會自己結束自己的生命！」

辛開林陡地嚇了一跳，如果那個巨人每翻一次筋斗，就是在行一次敬禮的話，那麼，他翻得十分之快，至少已經翻了六、七十個筋斗了！

辛開林連忙衝向石級，望向伊鐵爾，伊鐵爾道：「答禮和敬禮一樣！」

辛開林已經沒有了考慮的餘地，他立時就地一滾，也連翻了兩個筋斗。

翻筋斗這個行動，對大富豪辛開林來說，實在是記憶中太遙遠的事情了。但是這時候，他翻起來，顯得十分靈活和純熟。那是因為他和甘甜在一起的兩天之中，曾經有過練習之故。

當辛開林站正身子之後，那巨人也停止了翻筋斗，雙手下垂，十分恭敬地站在辛開林的面前。伊鐵爾又道：「他的名字叫巨靈，會做很多事，氣力也大，你現在可以叫他做任何事！」

辛開林本來想說，並沒有什麼事要他做，可是一轉念間，他陡地改變了主意，他直視著那巨人，道：「巨靈，我要你盡一切力量，保護甘甜！」

巨人的身子陡地震動了一下。

在那一剎間，辛開林也注意到了伊鐵爾的反應，伊鐵爾的身子也陡然震動了一下，像是他們都未曾想到辛開林會提出了這樣的一個要求。

那巨人在震動了一下之後，仰起了頭，發出了一下聽來相當悶鬱的吼叫聲，才答應道：「是！」

辛開林再向伊鐵爾望去，看到伊鐵爾皺著眉，樣子十分為難，也帶著幾分憤怒。

伊鐵爾的這種神情，不免令辛開林暗暗吃驚。

他剛才靈機一動，覺得甘甜的處境可能有危險。雖然他對這裡的一切，還一無所知，但是一切全是那麼詭異、神秘，如果有那樣的一個巨無霸保護甘甜，甘甜總可以安全得多。

等到他那樣提出了之後，巨人和伊鐵爾的反應，說明了甘甜真的可能遭到危險，而且，即使巨人答應保護，只怕事情還是不好應付。

辛開林一想到這一點，感到了極度的焦急，他想問，究竟會有什麼事發生在甘甜的身上，但是他還沒有問出口，伊鐵爾已經沉聲道：「巨靈既然答應了，就一定做得到！」

他顯然不願意再在這件事上多說什麼，說了這一句之後，立時道：「請進來！」

他轉過身，向那道門走進去，李豪也在這時來到了辛開林的身邊，和辛開林一起向前走去。

在走向那道石門之際，辛開林又經過了幾尊神像，這些神像造型之猙獰可怖，隨便看上一眼，就會做惡夢。

辛開林是一個觀察力相當強的人，他立即注意到，所有的神像——至少他看到過正面的那些神像，在造型上，有一個共通點。

那就是：不論神像是人頭也好，虎頭也好，甚至於是無以名之的生物的頭部也好，全都只有一隻眼睛。而且，眼睛部份，也全是一個小洞。

辛開林沒來得及問李豪，已經進了那道石門，石門內，是一間小小的石室，壁上也全是各種各樣的浮雕，和兩層廟堂中的浮雕差不多。

石室的正中，是一隻如同石鼓也似的東西，可以算是石桌，石桌之旁，有幾個可供坐的小石鼓。

辛開林一進來，就看到那只木箱，仍然是老樣子，放在石室的一角，上面壓著一塊大石。

估計那塊大石，至少有一噸重，只怕是巨靈搬進來的。

一進石室，伊鐵爾道：「辛先生，你可知道，剛才巨靈為什麼向你行那麼崇敬的敬禮？」

辛開林道：「我不知道。」

伊鐵爾道：「那是因為你剛才對李先生說，你可以把『女神的眼睛』還給札藏珍星。」

辛開林呆了一呆，道：「誰是……札藏珍星？」

伊鐵爾「哦」地一聲，道：「這是極古的土語，就是那個女神的名字，意思是『希望之神』！」

辛開林點頭道：「當然可以，那本來就是你給我的東西！不但是『女神的眼睛』，連其餘那十七顆各種寶石，我一樣可以還給……如果它們本來就是屬於那些神像的話！」

辛開林說得非常由衷，表示他的真心意。

伊鐵爾在那一剎間，神情突然之間變得極其激動。

辛開林不明白何以伊鐵爾會如此激動，或許，那只是感激，可是看來又不像，因為誰都可以看得出來，伊鐵爾在激動之中，還有著程度相當深的痛苦，他甚至難過地望著辛開林，喃喃地道：「真……不知道怎麼說才好，你是那麼慷慨，而我……我……」

辛開林看出伊鐵爾有著重大的、無法說得出口的心事，他吸了一口氣，道：「別說這些話，我今天的事業、財富，全都出自你的恩賜——」

伊鐵爾忙道：「不，不，不要這樣說，那是你應得的報酬——」他說到這裡，向石室一角的那只木箱子指了一指，又道：「事實上，不論我將那些酬勞給任何人，都不可能做得比你更好，你是一個最守信用的人，一直沒有打開過這木箱子！」

辛開林對自己守諾言這一點，也感到相當自豪，他笑著道：「為了想知道箱子中是什麼東西，這些年來，我也猜了幾千次。」

他這樣說，是希望伊鐵爾可以告訴他，箱子中究竟是什麼。

但是伊鐵爾卻立即轉變了話題，道：「你剛才看到第二層廟堂之中，一共是十八尊神像，那十八顆寶石，本來全是神像的眼睛！如果你肯還給我們，那我們一定不會使你失望的。」

辛開林做了一個很瀟灑的手勢。

當然，他如今深知那十八顆稀世寶石的價格，但是，那和他龐大的財產相比較，也不算是什麼，所以他是真的慷慨，他像是開玩笑地道：「我們算是交換好了，我把十八顆寶石給你，你把甘甜給我，如果甘甜是屬於你的話！」

辛開林是想氣氛輕鬆一點，才這樣說的。

當他這樣說的時候，心中想的是，甘甜是一個人，人不會屬於任何人，這世界早就沒有奴隸這回事了，伊鐵爾一定打著哈哈，立刻答應下來，那麼，豈不是大家都很愉快了？

可是，出乎他的意料之外，他的話，不但沒有引起預料的效果，而且，伊鐵爾的面肉，不由自主地抽動起來，像是遭到了極度的困難！

辛開林呆了一呆，心劇烈地跳了起來，他也看出事情有點不對頭了！

雖然他還不知道有什麼事，但是，他也可以從伊鐵爾的神情上感覺得到：他要得到甘甜，並不是那麼容易！

他忙轉頭向李豪看去，李豪也寒著臉，而且顯然是故意地，不敢和他的目光相接觸。

辛開林的憤怒

辛開林心中更感到了不妙，他忙對著伊鐵爾道：「怎麼一回事？我需要甘甜，甘甜也極喜歡和我在一起，你在給我的信上說——」

伊鐵爾揮了揮手，打斷了辛開林的話題，道：「我信上說，有一件事，需要甘甜去做，她必須先做了這件事！」

辛開林陡然提高了聲音，道：「什麼事？你的意思是這件事有危險性？如果有危險的話，我堅決拒絕！」

伊鐵爾陡然轉過身去，他雖然沒有對辛開林的話，發出任何的回答，但是辛開林已強烈地感到，伊鐵爾一再強調要甘甜去做的事，的確有著危險性。而且，看伊鐵爾的神情，他也一定要甘甜去做那件事！

辛開林在剎那之間，感到極度的憤怒，如果是在文明社會之中，以他的財勢而論，他幾乎可以阻止任何事的發生，但是在這裡，他完全可以感到，他自己的力量絕不能和伊鐵爾這個神秘人物相比！

辛開林首先想到的是，自己唯一可以用來威脅伊鐵爾的，是那十八顆寶石，看來伊鐵爾他們，極盼望能夠把它收回來。

一想到這一點，辛開林的心中，已經不再那麼焦急，他感到自己不完全是處於下風，至少還可以和對方討價還價一番。

在略為鎮定下來之後，他立時又想到了巨靈，那個曾向他致最崇高敬禮的巨人，曾經答應過他，會盡一切力量保護甘甜！

辛開林更加放心，以致他再開口時，語調甚至聽來十分平靜。

他道：「如果甘甜有危險，我不但不會把十八顆寶石還給你，而且，我會命令巨靈，要他實行他的諾言，用一切力量保護甘甜。」

辛開林的話，聽來雖然平靜，可是任何人都可以聽出他語意堅決！

伊鐵爾緩緩轉回身來，動作有點僵硬。當他轉過身來之後，盯著辛開林，並不說話，在一旁的李豪卻已吼叫了起來，道：「辛開林，我早已知道你是忘恩負義的傢伙，你剛才還說，你的財產、地位，全是伊鐵爾祖師賜給你的！」

辛開林呆了一呆，「伊鐵爾祖師」，他還是第一次聽到有人這樣稱呼伊鐵爾。

「祖師」是一個十分奇特的稱呼。辛開林知道，那是錫克教徒對他們的領袖的一種尊稱。

可是辛開林也知道，錫克教的歷史十分複雜，曾經分裂又分裂，分裂成許多不同的教派，其中，遵奉「祖師」的一派，早已式微。

如今，既然李豪用這個稱呼，那麼，至少可以證明伊鐵爾是錫克教一個教派之中的領導人，這個教派，信徒可能已經不是很多了。

這時，辛開林只是飛快地在腦中掠過了一下這個念頭，並沒有再去想他，盤據了他整個思想領域的，只是甘甜。

他吸了一口氣，盯著李豪，道：「第一，伊鐵爾剛才說過，那是我應得的酬勞，因為，我替他保管了那只箱子！」

他說到這裡，又不由自主，向那只箱子望了一眼。

這時，伊鐵爾也發出了一下如同呻吟似的悶哼聲。

辛開林繼續道：「第二，如果我告訴你，為了甘甜，我可以犧牲一切，你是不是相信？」

辛開林在這樣說的時候，是直視著李豪的。伊鐵爾也立時向李豪望去，顯然，他心中不能肯定辛開林的話，而李豪和辛開林是老朋友了，一定會了解到辛開林的為人，他所說的是空言還是實情。

李豪緊緊地握著拳，握得指節發出聲響來，然後，他現出了憤怒但是又無可奈何的神情來。這世上，如果說只有一個人了解辛開林，除了他之外，就不會是別人，他知道辛開林這樣說了，那就一定會做得到。

所以，李豪看來雖然極不願意，他還是只好點了點頭，道：「我相信，你會做這種傻事！」

辛開林有點自負地笑了起來，老朋友畢竟是老朋友了。他道：「不會比你更傻，李豪，你為了保存這座神廟，所以才和我鬧翻的？放著大富豪不做，在這裡，你又追求些什麼？」

李豪的面肉陡然抽搐起來，但是，他立時恢復了鎮定，道：「各人有各人的追求！」

他在講了這一句話之後，又停頓了一下，才又道：「每一個人，都認為他所追求的目標，是最有意義的事！」

辛開林吸了一口氣，李豪的話，他絕對同意。

在旁人看來，像他這樣身分地位的人，如果為了一個只有兒童智力的年輕女郎，而甘願放棄一切，那真是傻得不能再傻的傻事。

可是他自己心裡，卻知道甘甜在他生命中的價值！

辛開林向李豪揮了揮手，表示不願意再在這個問題上和他討論下去，他望向伊鐵爾，道：「伊鐵爾先生，你必須考慮我剛才講的話！」

伊鐵爾沉著臉，道：「算是一種威脅？」

辛開林早已料到他會這樣說，所以他立時搖頭道：「絕不是！不是威脅，而是甘甜對我實在太重要了！」

伊鐵爾的神情更加嚴肅，道：「辛先生，我老實告訴你，她對我們，也同樣重要！」

辛開林盡量使自己不激動，也使自己的話，盡量不去刺激對方，他緩緩地道：「我看不出甘甜能為你們作什麼，除非，是為了某一種宗教上的……固執。」

他用「固執」這個字眼，代替了「愚昧」。

他已經隱約地感到，伊鐵爾既然是一個古老、神秘宗教的領袖，他的作為，就一定和這個宗教有關。

甘甜並不是什麼能幹的人物，只是一個智力遲鈍的少女，伊鐵爾把她看得如此重要，當然是由於宗教上的原因！

雖然辛開林的話，說得已經夠委婉了，但是在剎那間，伊鐵爾的臉色還是變得十分難看，他想了一想，才糾正著辛開林的話，道：「由於信仰上的必須！」

辛開林實在有點忍無可忍，道：「什麼必須？必須有一個聖潔的處女來做祭品？」

這句話一出口，李豪已陡然叫了起來，道：「你太過份了！」

伊鐵爾的臉色也變得更難看，那令得他本來已經很威武的神態，看來更有一股懾人的氣慨。他沉聲道：「就算是，那也是我們的事！」

剎那之間，辛開林只感到一股極度的寒意，自頂至踵而生，他早就隱隱料到是這麼一回事，一個古老神秘的教派，他絕不會將之和現代文明聯結在一起。而在古老、神秘色彩的籠罩下，把一個少女拿去作犧牲，只為了達成宗教上一種無可冀索的願望，這種事，也絕不是不可能發生的！

辛開林在剎那之間，感到了極度的恐懼和憤怒，他的聲音聽來甚至極其尖銳，叫道：「和甘甜有關的事，就是我的事！」

伊鐵爾緩緩地搖著頭，辛開林的聲音更尖銳：「我會盡我一切力量來阻止你危害甘甜，這座廟，早就應該拆掉了，我也一定要造水壩，把這座廟淹掉──。」

辛開林在那一剎間所表現的激動，和他的年齡絕不相稱。

事實上，即使在年輕的時候，他也未曾有過這樣的激動。

但是這時候，他一想到了甘甜，就立即真正地感到，為了不使她受傷害，他可以做任何事。也就在那一剎間，他真正了解到了一個事實：他絕不能失去甘甜！

他本來還要叫下去，可是李豪已經大喝了起來——事實上，在他講話的時候，李豪已經大喝了四、五聲了，可是卻無法阻止辛開林講下去。

這一次，李豪在再次大喝了一聲之後，突然跳了起來，一拳向辛開林打了過來。

辛開林並不是第一次和李豪打架，可是從來也沒有一次，辛開林還手還得如此之快，辛開林感到，自己並不是為自己而打，是為了甘甜在打！

因此，李豪的拳還未打到他的身上，他已一揮左臂，擋開了李豪的一拳，同時，右拳擊出，正打在李豪的左邊臉上，打得李豪身子一側，向旁跌了開去。

雖然已經上了年紀，可是李豪打起架來，還是有那股狠勁，他立即一躍而起，再向辛開林攻來。

辛開林料想不到他來得這樣快，下頦上重重挨了一拳，身子向側轉了一下。辛開林並沒有跌倒，他知道李豪一定還會再對他攻擊，他必須立即出手還擊。

可是，就在他身子向側轉了一下之際，他整個人都僵住了！

李豪大概又在他的背後或者腰眼中打了兩拳，可是辛開林卻完全不覺得，他整個人都呆住了，幾乎沒有了任何感覺！

當他平側過身子去的時候，他看到石室有一道暗門，不知道在什麼時候打開，暗門之內，是一條甬道，那道甬道的地面，是傾斜的。傾斜的角度大約只有三度，看來和平坦的相差無幾，但是，也已經足夠令得圓球形的物體，順著斜度滾動。

辛開林這時，就看到有一張形式十分古怪的椅子，椅子的四腳，有著十分圓滑的圓球，正從那條甬道之中，緩緩滑了出來，一直滑到暗門口。

令得辛開林在剎那之間震呆的是，椅子上坐著一個人！

那椅子的椅背十分高，在椅背之上，又有著一個相當巨大的雕刻，那雕刻，看起來像是一隻張開雙翼的巨鷹，可是所有的線條，又全是直線條，每一個角，都給人以十分尖銳的感覺。由於這樣的緣故，坐在椅子中的那個人，看來顯得個子相當矮。

那是一個老人，頭髮全白了，睜著雙眼，可是眼珠卻幾乎僵直著不動，而且一點光彩也沒有，簡直就像是兩顆石珠子一樣。

那人的雙手，放在椅子的扶手上，他雙手皮膚的蒼白，和他的臉色一樣。

辛開林從來也沒有見過膚色這樣蒼白的人過，在這個人的皮膚下，似乎有著一層死灰，令得這種蒼白，看來異常可怖。

但是，不論這個坐在椅子上的人，樣子是多麼詭異，辛開林還是一眼就可以認出那是什麼人來！

辛開林立時張大了口，想叫出那個人的名字來，可是，由於他的震驚實在太甚了，他的口越張越大，可是始終無法叫出那人的名字來。

坐在椅子上的那個人是寇克！

一點也不錯，是寇克！

隔了那麼多年，一個早被認為死了的人，當年的關係又是這樣密切，突然出現在眼前，那本來已足以使得人震驚的了。何況寇克這時的情形，看來又是如此之詭異！

辛開林努力想叫出寇克的名字來，可是始終不成功，他只好轉過頭去看李豪，當他轉動頭部之際，由於肌肉的僵硬，他要用手按在自己的臉上，用力推著，才能將臉轉過去。

他看到了李豪，李豪卻並不望向他，只是望著坐在椅子上的寇克。

辛開林從李豪的神情上，立即可以看得出，李豪和他不一樣，並不是第一次見到寇克，他一定是早知道寇克在這裡的，因為，李豪一點也沒有驚訝的神情，只是流露著一種深切的悲哀。

接著，李豪緩緩轉過頭，向辛開林望來，深深吸了一口氣，用一種十分低沉的聲音道：「是的，是寇克！」

辛開林直到這時候，才在喉間發出了一個模糊不清的聲音：「寇……克……！」

坐在椅子上的寇克，一點反應也沒有，辛開林突然之間劇烈地發抖起來，他一面發著抖，一面向寇克走過來，把手放在寇克的手背上。

寇克的手極冷，辛開林在才一碰到他手背的時候，第一個感覺是：寇克死了！坐在椅子上的是一個死人！

但是辛開林隨即發覺，坐在椅上的，並不是一個死人，雖然他的眼睛、他的膚色，甚至他的體溫，都像是一個死人，但是，他顯然還活著。

辛開林可以看到他胸脯因為呼吸而微微起伏著。但是，除了呼吸以外，辛開林真懷疑他還能有什麼其他的動作。

這時，李豪也來到了寇克的身邊，將手按在寇克另一隻手的手背之上。

他們三個老朋友，在這樣的情形之下，又聚集在一起，這令得辛開林的心中，十分難過和傷感。

李豪的神情，更是充滿了深切的悲哀，道：「寇克，小辛來了，我知道你看不見也聽不見，可是我還是要告訴你，小辛來了！」

這個脾氣如此暴烈的人，這時的聲調，卻柔軟得像一個戀愛中的少女一樣，那當然是因為他和寇克之間，深厚的友情之故。

辛開林一面又再度感到震動，一面也感到一陣心酸。他的聲音，也因此有點發顫，道：「寇克，我來了，我來了！」

辛開林雙手緊握住寇克的手搖著，可是，寇克仍然一點反應也沒有。

辛開林難過地吞嚥著口水，望向李豪，問：「他……這樣已經有多久了？」

李豪搖頭：「我第一次看到他的時候，已經是這樣。」

辛開林追問：「那是什麼時候的事情？」

李豪吸了一口氣，道：「三年前，我第六次來巴基斯坦的時候，已經找到了他。」

辛開林實在無法忍得住怒意，他陡地提高了聲音，道：「你為什麼不告訴我？」

李豪仍然用哀切的眼光，望著一動不動的寇克，道：「告訴你，又有什麼用？」

辛開林真恨不得重重一拳向李豪打過去，但是他強忍了下來，喘著氣道：「至少，可以把他帶到文明世界去，找全世界最好的醫生，來替他治療！」

李豪嘆了一聲：「你以為我沒有想到過？把全世界的所有醫生集中起來，也不能違抗天神的意志！」

辛開林感到自己的怒意，已經到了不可遏制的地步，他大聲道：「你在說什麼鬼話？天神的意志？什麼時候開始，你相信了這種鬼話的？」

李豪的態度非常沉靜，道：「也就是在三年前，看到寇克變成這樣子之後。而你——」

李豪伸出手指來，指尖幾乎碰到了辛開林的鼻尖，然後才繼續道：「你，也很快就會相信！」

辛開林怒道：「我不和你講這種鬼話，趕快準備交通工具，把寇克帶回文明世界去！」

李豪只是搖著頭，沒有回答，而伊鐵爾的聲音，突然響了起來。

自從辛開林看到寇克之後，他甚至忘了石室之中，還有伊鐵爾這個人的存在。

這時，伊鐵爾一開口，他才震動了一下。

伊鐵爾的聲音聽來也很平靜，他道：「文明世界？地球上沒有任何一個角落，比這裡更充滿了文明！」

辛開林揮著手，道：「我不和你們爭論宗教上的事，你看他——」他指著寇克，「看他，他……受了傷害，毫無疑問受了傷害，而你們讓他這樣下去，不盡一切可能去給他治療！」

伊鐵爾的聲音仍然很平靜，道：「他可以復原，用一個簡單的方法，就可以令他復原！」

「那就快令他復原！」辛開林幾乎在吼叫。

李豪和伊鐵爾幾乎同時講了同一句話：「是你不許我們這樣做！」

辛開林呆了一呆。

他的思緒本來已經亂到了極點，可是兩人異口同聲所講的那句話，他還是聽得十分清楚。然而，他卻不明白這句話的意思。

是他不許寇克復原？那怎麼會！寇克是他那麼要好的朋友！

這些年來，每當他想起當年拉合爾機場中那一幕慘劇，他都會難過得發抖！而且，他根本不知道寇克還活著，怎麼會去阻止他們？

辛開林想要開口回答，可是，也就在這時，他陡然想起了一件事情來，一件甘甜告訴過他的事情來！

他曾問甘甜，是不是伊鐵爾要她去做什麼，甘甜講的話十分沒有條理，可是她提到過，有一個人──當甘甜提到「這個人」之際，頭一直向上仰著，好像這個人十分高大的樣子，而且，甘甜還一再使用「極可怕的人」這樣的字眼。

「一個極可怕的人！」「一個一動也不動坐在那裡的人！」這全是甘甜說過的話，那麼，這個人，豈不就是眼前的寇克？

但令得辛開林不明白的是，何以甘甜說「這個人又高又大」？

寇克看起來非但不給人以高大的感覺，而且，還給人以相當矮小之感。

最重要的，令辛開林感到震撼的一句話是：「只有我一個人可以叫醒他！」

辛開林的思緒更混亂，他想起了甘甜的話，感到和眼前的事情有關，可是由於一切實在太奧秘了，所以他無法將之聯結在一起。

他連講起話來，也變得斷斷續續，道：「你……你們的意思……是……甘甜……可以叫醒……寇克？」

伊鐵爾和李豪互望了一眼，伊鐵爾的神情有點詫異，帶了幾分憤怒。

辛開林忙道：「是甘甜對我說的，她真的極喜歡和我在一起，究竟是怎麼一回事，求求你們告訴我！」

辛開林說到後來，語意之中的那種哀求意味，令他自己也感到了詫異。

對他來說，所有的事，簡直完全像是一場混亂不堪、可怕已極的惡夢一樣！

珊麗的女性媚惑

伊鐵爾深深地吸了一口氣，不等辛開林再開口，就向他做了一個手勢，阻止了他說話。然後，他自己坐了下來，神情變得十分嚴肅。

石室之中靜了下來，靜得互相可以聽到他人的呼吸聲。

足足過了好幾分鐘，伊鐵爾才道：「是的，應該讓你自己知道一切事情。有很多李先生也不知道的事，全都可以讓你知道！」

辛開林一面喘氣，一面點頭。

伊鐵爾又呆了片刻，雙手做了一個相當古怪的手勢，道：

「我現在所領導的教派，在錫克教之中，是一個相當古老的教派，歷史可以上溯到十六世紀。而這座廟存在的年代卻更久遠。其他廟宇，不論它是屬於任何宗教的，都是先有了這個宗教，然後才有廟。可是這座廟卻不同。它不知是誰建造的，不知是哪一個年代建造的，都沒有人知道，這個廟中供奉的是什麼神，我曾花過很多功夫，到世界各地去遊歷，想知道這座古廟的歷史，可是，卻未曾在任何地方找到過任何答案，甚至沒有在任何地方看到過類似的神廟和神像。」

伊鐵爾一口氣講到這裡，他的聲音十分低沉，有一種淒迷的感覺，那代表著他心中的極度疑惑。

而身在這樣一座看來神幻莫測的古廟之中，也真的給人以一種接近夢幻的感覺。

辛開林同意伊鐵爾的話，喃喃地道：「是，這……的確是一座十分奇特的古廟。」

伊鐵爾繼續著，用他那種低沉的聲音和嚴肅的神情，敘述著有關這座神秘古廟的事。

在辛開林看來，伊鐵爾自己也和這座古廟一樣神秘。

這個使他從一個窮機師變成了億萬富豪的神秘人物，曾經改變了他一生的命運，現在，這個人似乎又掌握了他的命運，他今後是不是能快樂地和甘甜在一起，看起來，好像是決定於這個神秘人物！

辛開林覺得自己的心在向下沉，他深深吸了一口氣，勉力令自己振作起來。

「這座古廟是什麼時候建造的，已經沒人知道了，當古廟出現之後，就有一些人到廟中來膜拜，經過了若干時日之後，這些人，就自然而然，由於對神廟的崇拜，而形成了一個宗教的出現。這個宗教，就是錫克教。錫克，在印度語之中，就是『信徒』的意思。一個宗教，用了這樣的名稱，是不是怪了一點？是的，因為它是先有了信徒，再有宗教的緣故。」

伊鐵爾的眼神，越來越沉鬱，語調聽來也漸漸沉重。

他不像是在講故事，而像是用他全副的心神，在探索著一件多年來，他無法作任何了解的幽秘而古老的往事。

辛開林的神情充滿了疑惑，道：「信徒崇拜什麼呢？他們根本不知道那些神是什麼神，也不知道自己該信仰什麼！」

伊鐵爾揮揮手，道：「我們知道自己應該信仰什麼，因為，神蹟一直在，我們知道要信仰神蹟！」

辛開林深深地吸了一口氣，他可以接受古老的傳統，但是，卻無法理解伊鐵爾口中的「神蹟」，更何況，「神蹟」還是一直存在的！辛開林更不能理解。

所以他問：「神蹟？是不是這廟中的神，曾經顯示過什麼奇蹟，所以才令得你們相信了？」

辛開林自以為自己問得十分得體。因為在不同的宗教之中，被教徒信奉的神，一定都曾有過「神蹟」的顯示，記載在這個宗教的經典之中，為信徒所信仰。看來，伊鐵爾所信奉的宗教，也不能例外。

可是，辛開林在問了這個問題之後，卻發現自己一定是說錯了什麼，因為伊鐵爾和李豪兩人的反應十分古怪。然而，他又說不上自己那裡說錯了話。

伊鐵爾和李豪兩人互望了一眼，李豪口唇動了幾下，像是要開口反駁辛開林的話，但是卻被伊鐵爾做了一個手勢，阻止了他開口。

伊鐵爾也是一副不以為然的神情，可是他對辛開林的話，卻沒有提出任何解釋，只是道：「這一點，我們以後再討論，或者說，以後再帶你去體驗……簡單地說，以後再讓你去看！」

伊鐵爾說得十分具體，辛開林也禁不住呆了一呆，心中十分疑惑，古廟中那麼多古怪奇特的神，曾有過什麼樣的神蹟留下來……

伊鐵爾吸了一口氣，道：「那時，我們的信仰很單純，最高的目的，就是所有的信徒，一定要盡一切自己所能盡的力量，來保護這座神廟。」

辛開林「嗯」地一聲，他並不懷疑這一點，伊鐵爾和他領導的信徒，一直到現在，對這一點還做得很好。

伊鐵爾繼續道：「整個宗教的最高領導人，被信徒稱為『祖師』，祖師是世襲的，我的上代，就是祖師，我也是祖師，是教派的當然領導人……我看，還是長話短說的好。後來，信徒越來越多，由於政治上，宗教上的原因，有一些具有野心的人，知道了宗教是一種可以運用的力量，於是，他們就開始利用這種力量，不滿足於把保護神廟作為唯一的目標，由於他們的活動，錫克教分裂了，成為兩派，就是『易行派』和『獅子派』，祖師傳到第十代，就被廢止。但是仍然有極少數人，堅持原來的簡單信條，這些人，仍然由祖師領導。由於他們人較少，又沒有野心，唯一的目標就是保護這座神廟，所以已經完全沒有影響力，也沒有人注意了。」

辛開林皺著眉，並沒有打斷伊鐵爾的敘述。

伊鐵爾道：「事實上，我們也絕不像別的教派那樣，刻意去吸收信徒，我們領導的信徒，幾乎全是一代一代傳下來的，只是李豪是例外，他甚至不是印度人！」

辛開林向李豪望去，心中十分奇怪，他已經看出李豪和伊鐵爾之間奇妙的關係，但是他絕想不通，這樣見過世面的一個人，何以會成為這樣古怪的一個宗教的信徒。

辛開林一面想著，一面道：「事實上，你的影響力相當大，你已可以令得許多人反對政府建造水壩！」

伊鐵爾苦笑了一下，道：「那不是宗教的力量，是金錢的作用！」

他說著，向李豪指了一指。伊鐵爾雖然沒有明說，但是，辛開林卻已經心中雪亮了。

在李豪和他鬧翻之後，他早接到報告，說李豪曾好幾次，把巨額的金錢匯出去。

辛開林一直以為李豪是想在別的國家投資，這時，他總算明白了，李豪一直是在運用他所能運用的金錢，在巴基斯坦展開反對建造水壩的行動。

辛開林向李豪望去，李豪淡然地道：「我是信徒，一定要盡我的一切力量來保護這座神廟。」

辛開林側著頭，道：「是什麼，使你成為信徒的？」

李豪微微抬起了頭，望著石室的頂部，呈一個十分平坦的圓拱形，上面也全是神像組成的浮雕，他像是在沉思，好一會不出聲。

然後，他才緩緩地道：「在我第一次來到了這座古廟之後。」

李豪第一次來到這座神廟，是很多年前的事了。

或者，還是從拉合爾機場那場混亂開始算起，比較容易記得時間的過去、未來。

拉合爾機場混亂之後的第二年開始，辛開林和李豪，已經在商場上大開拳腳，聲名大噪，他們的事業也已越做越大，已經有了一個大集團的雛形。

而這時，他們兩個人還那麼年輕！

辛開林曾和李豪一起到過巴基斯坦兩次，找尋寇克而沒有結果。

辛開林的商務活動越來越忙，他以後就沒有再去巴基斯坦，可是李豪卻又去了幾次。

每次，當李豪回來之後，辛開林總會問一句：有什麼發現？

不論李豪有什麼反應，都逃不開辛開林的目光，搖頭，或是言不由衷地說一句「沒有」，辛開林都不會再追問下去。因為從當時的情形來看，寇克實在沒有生還的可能。而且，在這樣動亂的年代之中，要去追尋一宗混亂的結果，真是希望太渺茫了。

然而在事實上，李豪的追尋，卻有了結果。

那是李豪自己也記不清是第幾次來到拉合爾的事。

李豪這個人，對於任何事都有鍥而不捨的精神。

那時，他為了要追尋寇克的下落，甚至在一家學術機構之中，資助了一個研究小組。

這個研究小組的研究專題，是當年印巴分裂時的動亂史，小組之中，有幾個成員專門研究發生在拉合爾的動亂。那時，離動亂不過三年，還可以採取從曾經經過動亂的人口中，調取資料的辦法。

研究小組的工作地點，是在一座相當幽靜，有著一個大花園的古老英國維多利亞式的大洋房之中。

這座大洋房，位於拉合爾市的東郊，離飛機場並不是十分遠。

李豪給所有的研究員豐厚的待遇，並且挑選了他認為特別可靠而又有搜索調查精神的三個人，擔任那一天發生在拉合爾機場的混亂的調查。

那三個人，一個是現代史研究的學者，還有兩個是年輕的大學生。

李豪特別不會忘懷的是其中的一個，當時二十二歲的珊麗！

珊麗是標準的南亞美女，有著明亮澄澈的大眼睛，微棕細膩的皮膚，和修長的大腿。

李豪在一見到珊麗的時候就著了迷，有好幾次他到拉合爾去，連他自己也不明白，他是為了去看調查的結果，還是為了可以看到珊麗。

後來，珊麗成為李豪第一任的妻子，那是又過了一年之後的事情，在這一次，李豪來到拉合爾的時候，他還只是對珊麗著迷而已。

上次他來的時候，專門調查小組已經十分有成績，已經知道在那次機場的動亂之中，有三百餘人被殺害，而且有兩架「來歷不明的殘舊飛機」，恰好在那時候降落在機場，結果是其中一架及時起飛，還有一架，被當時根本不屬於任何人，但是有武器的錫克族士兵放火燒毀了。

李豪需要知道的，是那架被燒了的飛機的駕駛員，究竟是死是活的確實消息。

他上次離去之際，特別強調這一點。

他對那專責調查這件事的三個人道：「只要查明了這一點，我會給你們意想不到的獎勵！」

歷史學家倫星，和一個年輕學生三達，都現出高興的神情來，三達二十三歲，是一個看來有點傻頭傻腦的巴基斯坦青年，來自貧瘠的北部鄉村。

三達有一個好處，就是做起事來十分認真，不肯放過任何細節。

只有珊麗，聽得李豪這樣說，微仰著頭，用她柔軟豐滿的唇，作了一個很不屑的神情，道：「什麼樣的獎勵？有沒有具體的內容？」

珊麗憑她女性的本能，幾乎在第一次見到李豪的時候，就感覺到了這個花起錢來闊綽無比的年輕事業家，對她女性的美麗，有著異乎尋常的渴慕，所以她很善於運用自己的優勢地位。

李豪笑了起來，突然伸手在珊麗富有彈性的臀部，用力拍了一下，令得珊麗發出了一下令得任何男人聽了都為之心蕩的嬌呼聲。然後，李豪抓住了珊麗揚起來要打他的手，道：「妳要具體的獎勵？妳不是想到巴黎去嗎？一架飛機，加上一張空白支票，怎麼樣？」

珊麗極挑逗地笑了起來，她笑得十分誇張，以致於她飽滿的胸脯，像是起了一層浪那樣起伏著。

李豪毫不客氣地盯著她那豐滿的胸脯，又壓低了聲音，道：「不過得提防，飛機上除了妳之外，還有我！」

珊麗的神情，明顯地接受了挑戰，用她整齊而潔白的牙，輕輕地咬住了她殷紅的唇。

這種顏色的對比，和當時珊麗那種撩人的神態，令得日後，即使李豪和珊麗在結婚之後又離了婚，還是久久不能忘懷。

李豪提出的獎勵辦法，一定有相當作用，等到李豪離開之後，再來，才一走進那幢因為古老，因而看來有點陰森的建築物，珊麗已經知道他會來，從樓梯上急奔了下來，她奔得如此之快，在最後幾級，是一面叫著，一面跳了下來的，李豪恰好在樓梯口，珊麗整個人撲進了他的懷中。

珊麗比李豪高，當這樣的一個修長、美麗的女郎，整個人撲進了他的懷中，而又因為天氣的炎熱，人體的體香散發得特別濃郁之際，李豪感到了一陣昏眩。

珊麗的身子，先是緊緊地靠著李豪，然後，又矜持地把李豪輕輕推開，掠著髮，令她的胴體散發著強烈的誘惑。

她微微地喘著氣，道，「對不起，李先生，實在是因為有好消息！」

李豪吸了一口氣，喃喃說了一句話。珊麗是沒有法子聽得懂這句話的，因為李豪是用他家鄉的土語說的。

珊麗睜大了眼睛，道：「李先生，你說什麼？」

李豪當然不會把那句話重複一遍，他突然大膽了起來，珊麗是故意撲向他的，他明白了這一點之後，也不必再裝模作樣了，他一面摟住了珊麗的腰，一面道：「沒什麼，有什麼好消息，我們到樓上去談。」

珊麗並沒有反抗，任由李豪摟著，一起向樓上走去，進了他們的辦公室。

倫星和三達站起來歡迎李豪，珊麗才像一陣輕風一樣，閃了開去。

倫星先請李豪坐下，然後，拿過了一只文件夾來，道：「李先生，我們已經查到，當時，就是在那場屠殺之中，還有一個十分奇特的人在場，有幾個人見過他。」

李豪揚了揚眉，珊麗就坐在他的身邊，將她豐腴的手臂，有意無意輕輕碰著李豪的手臂。

「什麼奇特的人物？」李豪問。

「這個人的名字叫伊鐵爾，是錫克教一個最古老教派的領導人，當時，有人看到他在機場，在動亂開始時，還看到他抱著一只木箱子，奔上了那架逃走了的飛機。」

李豪「哦」地一聲。

辛開林和他講過拉合爾機場上發生的事的全部經過，所以，他立刻可以知道，伊鐵爾就是那個把木箱交給了辛開林的那個人，和給了一大袋寶石給辛開林作保管酬勞的那個人。

當時，李豪還並沒有把伊鐵爾和寇克聯想在一起，他只是想到：辛開林一直不知道木箱中是什麼東西，又一直遵守著諾言，不將它打開來，也不知道把箱子交給他的是什麼人。自已查到了這一點，倒可以回去告訴他一下。

李豪在這樣想著的時候，現出了滿意的笑容來。

珊麗嬌俏地問：「怎麼樣？我的專機和支票在哪裡？」

李豪搖著頭，道：「我要的，是那另一架未能起飛飛機的機師下落，那個什麼伊鐵爾在不在場，和我沒有關係！」

三達扳著臉道：「太有關係了，這個伊鐵爾，和他的信徒活動的範圍，是在一座神廟之中——」

李豪有點不耐煩，道：「他們是教徒，當然在廟裡活動，不會在橋牌俱樂部活動！」

三達被李豪搶白得紅了臉，一時之間講不出話來。

珊麗有點狡獪地笑了起來，道：「三達到過那座廟，找到了一個人，那個人，是當時率領錫克族士兵的一個隊長。」

李豪陡然興奮起來，道：「這個人在哪裡？」

珊麗格格笑著，走開去，打開了一扇門，向門內道：「進來！」

隨著她的叫聲，一個留著長鬍子，個子很高，臉上有一道疤痕，衣著十分隨便，一望而知不是生活在順境中的人，蹣跚著走了過來。

這個人，大約三十左右年紀，神情給人以一種凶悍的感覺。

珊麗在他進來之際，大聲道：「李先生，這是里耶星。里耶星，把你告訴過我們的事，詳詳細細，再向這位李先生講一遍，你就可以得到你的酬勞了！」

被叫著里耶星的那個人，恭敬地答應著，搓著手，他的手粗大有力，手臂上也有著明顯的疤痕。這個人，曾是一個軍人，李豪絲毫不懷疑這一點。

這個曾經是錫克族士兵小隊長的里耶星的敘述之中，有許多，是講到他們當時如何在混亂之中搶劫、掠奪、姦淫、屠殺的事。

這些事，不過是人類歷史醜惡的大堆記載中的一個標點而已，不值得再去覆述，只是他講到的，當時有關機場中發生的事，卻和整個故事有極大的關係。

以下，就是他講的經過。

里耶星和其他人一樣，吶喊著，由機場大廈衝到機場的空地之際，看到了伊鐵爾。

那時，伊鐵爾正開始抱著那只木箱，向前奔著。

所不同的是，別人可能不知道伊鐵爾是什麼人，但是，里耶星卻一看就看了出來。

因為里耶星曾經見過伊鐵爾幾次，那是他的一個尊長，帶著他去參加一個宗教儀式時見到的，所以里耶星認得出伊鐵爾來。

但那時，伊鐵爾奔得如此之快，屠殺和搶掠的目標又正在眼前，里耶星根本沒有空閒去理會伊鐵爾的特殊身分，只是和其他人一樣，射擊，看著人在槍聲中紛紛倒下。

作為小隊長，他要表現得比其他人更加英勇，他衝在最前面。

本來，他想要攔阻那架飛機起飛的，可是那架飛機在他剛有所行動之際，已經搖搖擺擺，發出可怕的聲音升空而去，里耶星感到了極度的憤怒，只好轉過身來，對付另一架還沒有起飛的飛機。

少婦在找尋寇克

里耶星看到那架飛機上，爬滿了人，而在機艙之中，一個人雙手抱著頭，身子在發著抖，看起來像是在哭泣。

這時候，錫克族士兵也已經追了上來，槍聲又響起；在飛機附近，和爬在飛機上的人，一個一個接著倒了下來，倒在血泊之中。

等到里耶星來到那架飛機旁邊之際，原來攀在飛機上的人都已死了，跌了下來。

最後一個跌下來的，是一個年輕的女人，從機翼上跌下來，恰好跌在里耶星的前面。

里耶星看都不向那女人看一眼，直奔向飛機，大聲呼喝著，向著關上的機艙門射擊著。

看著子彈在鋼鐵上射出一個一個的洞，和看著子彈射進人的身體，都同樣可以給他帶來一種異樣的快感。

不少士兵學著他，向機艙門射擊著，密集的子彈，令得本來已夠殘舊的飛機幾乎解體，機艙門倒了下來，發出砰然巨響，跌到了地上，引起了一陣歡呼聲。

里耶星一躍而起，抓住了機身的邊緣，他的動作矯捷，一下子就翻進了機艙，衝進了駕駛室。

那時，寇克仍然雙手抱著頭，身子發著抖。

（里耶星並不知道當時在機艙中的人的名字是寇克。但是，辛開林在聽李豪轉述里耶星敘述的時候，當然可以知道，那是寇克，不可能是第二個人。）

寇克在里耶星手中的步槍，重重抵住了他的背脊之際，才抬起頭來，身子發著顫，聲音也發著顫，道：「發生了……什麼事？」

里耶星厲聲道：「到地獄去再問吧！」

他一面說，一面已經用手指扣緊了步槍的板機。

那時，只要里耶星的右手食指稍為用一點力，只要用上如按著一支打火機那樣的力度就夠，以後的事情，就會完全不一樣了！

繼里耶星之後，最早衝進機艙來的那個，也是一個小隊長，和里耶星一直不和，就在里耶星要扳動槍機，把寇克一槍了結之際，他陡然叫道：「等一等，或許大隊長要留著他，他是一個外國人，而且會駕駛飛機！」

那個小隊長絕不是有意要救寇克的性命，他只是和里耶星不和，處處要找些事和里耶星作對，所以才大聲叫著，阻止了里耶星的行動。

里耶星自然知道對方為什麼要阻止他，他心裡極生氣，但是對於抬出大隊長來壓他，使得他不能不應付，他轉過身來，厲聲道：「我首先衝上這架飛機，這是我們小隊的戰利品！」

那個小隊長不懷好意地笑道：「是嗎？」

里耶星和那小隊長，眼看就爭吵了起來，寇克在那時候，多半已經從極度的震驚之中醒了過來。

就在那兩個錫克族戰士的小隊長，由口舌爭吵，而演變為互相用手中的槍械，當作最原始的武器，揮舞著打起來之際，他衝了出來，跳下了飛機。

機場上，這時已佈滿了錫克族的士兵，里耶星一面和對方打鬥，一面去看寇克跳下了飛機之後的情形，他看到所有的士兵，都在向飛機湧來，能夠有一架飛機作戰利品，對這些士兵來說，實在太刺激了，所以，竟然沒有人去注意自飛機上跳下來的寇克。

寇克拚命的向外奔著，很快就奔到了機場建築物前，已經在步槍的射程範圍之外了。

里耶星望著李豪，神情仍極憤怒，道：「明明是我先登上飛機的，可是那傢伙卻要和我分享戰利品，我一氣之下，就放火燒了飛機，我也沒想到，飛機在燃燒中，會炸了開來——」

他撫摸著臉上的一個疤痕，道：「還好我逃得快，在爆炸中，一片碎片向我飛來，割破了我的臉！」

接著，他又現出十分快意的神情來，道：「那個和我爭打的傢伙，在爆炸之中，被震上了半天，等到他再跌下來時，他已不能再和我爭任何東西了！」

李豪對於那架飛機和那另一個小隊長的下場，一點興趣也沒有，他急急追問道：「那麼，寇克，那個飛機駕駛員，到哪裡去了？」

里耶星攤開雙手，道：「不知道！」

李豪在當時，心情的興奮，真是難以形容！

他的搜尋終於有了結果，寇克還活著！他並沒有在那場混亂之中死去，他逃了出去！

李豪當時的高興，真是難以形容，他陡然高叫著，一轉身，把比他高了半個頭的珊麗，一下子攔腰抱了起來，打著轉。

珊麗發出嬌呼聲，李豪只打了兩個半轉兒，就陡然停了下來，可是他的雙臂，仍然緊緊抱著珊麗的腰。

珊麗也憑她的女性本能，知道這時候不應該再掙扎，所以，她只是用她那雙深邃的大眼睛，凝視著李豪，李豪也望著她，李豪將她抱得如此之緊，以致珊麗的每一下呼吸，都帶給李豪一種異樣的壓迫感。

他們互相凝望了不到一分鐘，在其他人還未能預料到會發生什麼事之際，李豪一面緩緩將珊麗放了下來，一面用十分鎮靜而肯定的聲音道：「我們一起到巴黎去。」

李豪連半秒鐘也沒有耽擱，一說完，就拉著珊麗向外走，倫星和三達在呆了一呆之後，連忙跟在後面。他們兩個人接下來做的事，完全是李豪在直赴機場的途中，在車中吩咐下來的。

「利用一切傳播媒介，尋找寇克，懸賞，用你們所能想得出來的最高賞賜，得到了任何有關寇克的情報，都要去追尋，不管要動用多大的人力、物力……」

倫星和三達牢牢地記著李豪的吩咐，也的確照著李豪的吩咐去做，所以事情才有了以後的發展。

李豪和珊麗到了巴黎之後的第三天，辛開林就接到了李豪的長途電話：「快來參加我的婚禮，見見我的新娘，同時，有最好的消息告訴你。」

李豪本來是準備在辛開林到了巴黎之後，把寇克並沒有死在拉合爾機場的好消息，告訴辛開林的。可是那時候，辛開林的商業業務，正處於迅速開展、需要他用全副心神去應付的時候，他恨不得一天可以有四十八小時，在電話中，他向李豪說了八十多遍抱歉，他無法去參加婚禮。

李豪當然很生氣，決定不把寇克還活著的消息告訴辛開林。

當時，李豪的想法是這樣的：關於寇克的好消息，還只是里耶星一個人的敘述，不知道是不是可靠，萬一不可靠，豈不是鬧了笑話？如果是真的，那麼，只要寇克還活著，總可以把他找出來，到那時候再對辛開林說，也可以顯得自己的本事！

李豪和辛開林，大家全圍繞著飛機在工作的時候，是分不出高下來的，但是如今的情形，有了不同。

辛開林的商業才華，一天一天展示出來，李豪知道自己在企業中的極高地位，並不是來自己的才能，而是因為他是辛開林最好的朋友！這一點，令他很自卑，他要瞞著辛開林，直到把寇克帶到辛開林的面前。

所以，李豪決定了不對辛開林提起，他搜尋寇克已經有了一定線索這件事，並且警告珊麗也不要說，珊麗也做到了這一點。

李豪和珊麗的婚姻並沒有維持多久，但在這一段時間中，李豪在珊麗成熟美麗的女性胴體上，獲得了無比的快樂享受，辛開林又盡量使他參加商業活動，所以他大約有一年之久，未曾再到拉合爾去。

他雖然未到拉合爾去，但是和倫星、三達他們領導的工作小組，卻保持著密切的聯繫，工作小組不斷有報告來，報告每一次有了線索、去追尋的結果——每一個所謂的線索，全是報告者為了貪圖巨額的賞金，而虛構出來的。

李豪還在將賞金不斷地提高，高到了數字的巨大，引起了巴基斯坦政府的關注，不少政府官員，也參加了尋找這個一找到就可以有巨額獎金的人。

寇克這個名字，在那一年之中，簡直成了神話化的人物，可是寇克當日在逃離了拉合爾機場之後，到什麼地方去了呢？他簡直像是消失在空氣中一樣！

李豪每次接到工作小組的報告，總是很懊喪。

一年過去，珊麗開始發胖，南亞女人一開始發胖就不可救藥，原來的美麗逐漸地消失，到了李豪一看到了纖細的女人就悠然神往的地步時，他們的婚姻破裂了，李豪給了珊麗一筆錢，令珊麗回家去。

就在珊麗走了不多久，李豪接到了倫星的報告：「關於寇克的下落，有突破性的發展，請立即前來，有人知道寇克的下落了……」

那些日子來，搜尋寇克的下落，是李豪最大的樂趣，令得他入迷，那情形就像是辛開林不斷地在猜著那只木箱子之中，有什麼東西一樣。

李豪一接到了報告，來不及告訴辛開林就走了——那令得辛開林極生氣，因為在李豪走了之後幾小時，就有一個極重要的會議，必須要李豪出席的，而李豪居然「下落不明」了。

李豪再度走進那幢建築物之際，倒也有點思念珊麗，但是，他並不是一個偉大的情人，只是一個接近於縱慾主義者的男人，思念只不過是肉體上迷戀的一些餘響而已。

倫星一看到了他，神情異常興奮，道：「李先生，現在已經可以確實知道，寇克在逃離了機場之後，曾被一個女人收留，一直和那女人同居著！」

李豪皺著眉，道：「胡說，他為什麼不露面？」

三達忙道：「那是因為，他根本不知道自己是寇克！」

李豪呆了一呆，一時之間，不知道三達這樣說法，是什麼意思。

三達道：「李先生，寇克在逃離機場時，受了極大的刺激，由於刺激過甚，他患了嚴重的失憶症，根本不知道他自己是什麼人！」

李豪皺著眉。

三達又道：「那個曾收留他的女人，現在在我們這裡，李先生，還是聽她講經過的好！」

李豪怒道：「那為什麼寇克不來？我要見他，不論他的失憶症多麼嚴重，他一定認得我！」

倫星和三達兩人互望了一眼，倫星道：「事情還有點曲折，李先生，你先見見那女人再說！」

李豪按捺著脾氣，坐了下來，三達走出去，不一會，就帶著一個女人走了進來。

李豪一看到這個女人，就怔了一怔。

那女人大約三十出頭年紀，穿著很破舊，一塊洗得褪了色的頭巾，包在頭上，將她的臉遮去了一大半，可是儘管這樣，還是掩不住她的美麗。

那是一個極美麗的少婦，她看到了李豪，神態有點很不自然，一望而知她是來自農村，沒有受過什麼教育的鄉下人。

三達指著李豪，道：「這位是李先生，把妳和妳丈夫的事，對李先生說說。」

李豪一擺手，道：「等一等，如果她和寇克生活了幾年，至少應該有照片，把照片給我看看，我就可以知道所謂她的丈夫，是不是寇克！」

三達苦笑著，道：「他們生活在一個極窮困偏僻落後的農村中，照片？只怕在那裡居住的人，一輩子也想不到有照片這回事！」

李豪悶哼了一聲，他一點也不客氣地問那少婦：「妳丈夫叫什麼名字？」

那少婦顯然聽不懂李豪的英語，只是用一種疑懼的眼光望著三達，三達作了翻譯。

（李豪和那少婦的談話，以後都經過三達和倫星的翻譯，雙方才能明白。）

那少婦搖頭道：「不知道，他沒有名字，他完全不知道自己是什麼人！」

李豪又盯著問：「他的樣子，妳說得詳細些！」

那少婦開始敘述她丈夫樣貌，她只講到了一半，李豪已經深深地吸了一口氣。

一點也不錯，那是寇克！

她連左肩上有一個新月形的紅色疤痕都說得出來，那一定是寇克，不會是別人！

想到幾乎是共生同死的老朋友有了下落，李豪的心情極其激動，他對那少婦也客氣了很多。因為，雖然他還不知道因為什麼曲折，寇克還不能出現，但眼前這個少婦，毫無疑問是寇克的妻子。

他請那少婦坐下，道：「請妳慢慢說，妳的名字是——」

少婦有點淒酸地笑了一下，她清麗的臉龐上，充滿了久已習慣了逆來順受的那種慣於忍受委屈的神情，道：「本來，我叫雅蒂，但自從嫁了丈夫之後，所有的人都叫我奧克蓮司。」

李豪不明白，向倫星望去。

倫星挪動了一下身子，道：「那是他們的土語，意思就是……就是一種女人，那種女人……的行為，很叫人認為丟臉！」

李豪悶哼了一聲，道：「就是下流的女人？為什麼人家要這樣叫她？」

三達作了一個厭惡的神情，道：「在那種荒僻落後的地方，人們的思想總是那麼保守，由於雅蒂莫名其妙和一個完全來歷不明的外國人結婚，所以人家才這樣叫她！」

雅蒂陡然抽噎了起來，喃喃地道：「我是愛他的，我真的愛他，雖然我全然不知道他是什麼人，但是我真的愛他，他也不是異教徒，他肩上有新月形的記號，他是真神派來……叫我照顧的！」

雅蒂一面抽搐著，一面淚水滾滾而下。

李豪用十分誠摯的態度，道：「雅蒂，妳放心，誰要是再敢這樣叫妳，我把他的頭扭下來！妳的丈夫是我的好朋友，我會接你們離開那鬼地方，去過好日子！」

雅蒂含著淚的眼中，充滿了感激，用她發抖的手，抓住了李豪的手，放在她的口邊去親著，弄得李豪有點不知道怎麼才好。

李豪轉過頭去，道：「她究竟住在什麼地方？」

三達道：「很偏遠，在拉合爾北部，約兩百公里的賴西山區中——」他又補充道：「雖然只是兩百公里，但山勢險峻，根本沒有路，山區和外界幾乎是隔絕的。是村裡偶然有人出來，看到了我們的尋人告示，覺得那個人很像是幾年之前，突然在村口出現，後來成為雅蒂丈夫的那個人，所以才告訴了雅蒂，雅蒂才來試試的。她來的時候，一看到寇克的相片，就哭了起來，說那就是她的丈夫。她也很高興，終於知道她的丈夫是什麼人了！」

李豪怔了一怔，道：「你是說，寇克出現在他們那個小村的村口？寇克到那地方去幹什麼？」

倫星嘆了一口氣，道：「李先生，寇克當年的遭遇實在很悲慘，我們已可以根據搜集來的資料，約略地知道一些。」

李豪皺著眉，做了一個手勢，要倫星繼續說下去。

倫星道：「寇克在逃出機場之後，一定是立即由於過度的刺激，而喪失了記憶。甚至可以假定，當里耶星衝上飛機之際，寇克已經喪失了一切記憶了，因為他曾抬起頭來，向里耶星問了一句話。」

已經知道了那段經過的李豪點頭，道：「是，他問：『究竟發生了什麼事！』」

倫星道：「我們和幾個著名的腦科醫生討論過，專家的意見是，就在這時候，寇克可能已經什麼都記不起了，他向外逃，純粹是出自一種本能！」

李豪揮著手，大聲道：「別去研究這些好不好？喪失了記憶的寇克，究竟在哪裡？我為什麼還不能見到他？」

倫星嘆了一聲，道：「我已經說過了，其中……還有點曲折！」

李豪吼叫道：「那麼告訴我，是什麼曲折！」

倫星的樣子十分惶恐，道：「李先生，我們正在告訴你，請你耐心一些！」

李豪嘆了一口氣，他知道，印度人或巴基斯坦人都是一樣的，講起話來，特別囉嗦。

一個印度外交家，可以和人侃侃而談一小時，結果毫無內容，這一點，已是世界知名的了。

他雖然暴躁，但也知道這時候，越是心急，就越是會花更多的時間，倒不如耐著性子，聽他們從頭講起的好。畢竟，寇克的遭遇是如何悲慘法，也是他十分關心的事。他做了一個無可奈何的手勢，不再出聲。

倫星吞了一口口水，道：「有不少人看了告示之後，曾和我們接觸，說他們見過像寇克這樣的人，綜合起來，寇克先生在拉合爾只流連了三天，那時拉合爾極混亂，他全然不知道發生什麼事，也不知道自己是什麼人，何以會來到這樣一個地方，他是一個徹底迷失了的人，他靠乞討為生，然後，跟著一股逃避戰亂的難民，漫無目的地向北走。」

李豪閉上了眼睛，心中極其難過，寇克本來是那麼機敏精靈的一個小伙子，可是遭遇卻這樣悲慘，徹底的迷失。

若是根本喪失了思想能力，那也罷了，可是，他卻還能思想，單是自己問自己「我是誰」而沒有答案，已足以令人折磨到死了！他長長地嘆了一聲，為好朋友的遭遇，而感到極度的心情低沉。

失去記憶的丈夫

倫星的敘述，也充滿了欷歔，他繼續道：「寇克先生真是一個悲劇人物，雅蒂說，他每天至少要問自己好幾十遍：『我是誰？』，然而，這個問題卻永遠沒有答案，根本沒有人知道他是誰！如果他不是一直在這樣與外界幾乎完全隔絕的地方，那就好了，我們——」

李豪陡然揮了一下手，打斷了倫星的話頭，道：「別說題外話！」

倫星連聲道：「是！是！他在賴西山區附近，和那群難民分了手，他不知道是什麼原因，一直向山區走去，或者，是由於在極度痛苦的心情下，產生了一種趨於自我毀滅的心理之故。總之，他一直向山區走，在山區，人煙稀少，他甚至連乞討的對象也沒有，他不知道怎麼度過了那些日子的，直到有一天，他昏倒在一道山溪邊，若不是雅蒂恰好到那條山溪邊汲水的話，他就算不餓死，到了天黑，也一定被野獸咬走了！」

倫星講到這裡，向雅蒂望去。

雅蒂的聲音很低，微微仰著頭，與她年紀不適合，由於過度辛勞造成的皺紋，這時，掩不住她那種近乎聖潔的光輝，她的雙眼也變得異常明亮，她開始敘述她見到寇克的經過。

她顯然以認識、愛寇克為榮，所以她的語調在激動之中，還充滿了驕傲。

雅蒂把粗糙的瓦罐罐口，向著溪水流來的方向，令清澈的山溪水，流進瓦罐之中。

汲水是一項十分繁重的工作，來回的路程也相當遠，但是在傳統上，那是女人的工作，雅蒂自小就已經習慣了，她可以將巨大的瓦罐，在汲滿了水之後，頂在頭上，然後快步地走回村子去。

村子裡只有十來戶人家，都很窮，雅蒂家裡尤其窮，她的幾個兄弟都離開了村子，父母早亡，如今，只有她陪著年紀老邁的祖母。

雅蒂沒有能力，獨自在山坡貧瘠的土地上開墾種植，只好幫村中其他人家做雜工，汲水便是她日常的工作之一。

她看著山溪水在瓦罐口泛起水花，只是怔呆，人的生活到了雅蒂這樣的地步，實在已經沒有什麼可想的事情了，她的生活、行動，幾乎和昆蟲一樣，每天相同，

■心變■

在一個模型的框框之中進行。

但是人畢竟是人，不是昆蟲，人的生活，是隨時會發生變化的，即使是生活在如此偏僻的地方，看來毫無希望的雅蒂，也會因為偶然的外來因素，而令得整個生活，起了天翻地覆的變化。

當她看到瓦罐已載滿水之際，她就提起了瓦罐來，就在那一剎間，她看到了寇克！

寇克倒在溪邊的一堆亂石中，他的一隻手臂浸在溪水中，身上的衣服，已經只剩下了一點破布。

寇克有著一半西方人的血統，皮膚本來就十分白皙，他的手臂可能在水中浸得相當久了，是以看來更是白得可怕。

雅蒂從來也未曾見過皮膚這樣白的人，所以當她乍一見到之際，她嚇了一大跳，雙手一鬆，抱在手中的瓦罐，因此跌了下來，砸得粉碎。

這一天，在這條荒僻的，甚至沒有名字的小村中，真的起了一陣極大的騷動，因為雅蒂出去汲水，所帶回來的，不是一瓦罐水，而是一個看來半死不活、皮膚異常白皙的男人！

她是把那個男人，那個幾乎半裸的男人，負在肩上帶回來的！

當雅蒂把那個男人帶進她所居住的那間茅屋之際，全村的人，都集中在她的屋子之外。

村子中年輕力壯的人，全都離去了，剩下來的，全是老弱婦孺，更多老婦人。這些老婦人，發出可怕的叫嚷聲，叫雅蒂出來，雅蒂的祖母嚇得早就從屋子中奔了出來，拄著樹枝做成的拐杖，一副不知如何才好的樣子。

而雅蒂始終沒有出來，一直到了有人開始點燃火把，要燒毀雅蒂的茅屋之際，雅蒂才走了出來。在她的身邊，就跟著寇克。寇克的神情很茫然，但是也很堅決。

喧嘩的人群，一下子就靜了下來。

雅蒂的神情，異乎尋常地勇敢，她大聲道：「這個男人，是真神要我照顧他的，我從今天起，就成為他的妻子，你們離去吧！」

雅蒂的話才一說完，人叢中就冒起了憤怒的吼叫聲。

可是雅蒂的叫聲，比他們的聲音更響亮，她大聲叫道：「你們看，他身上有著神聖的記號！」

雅蒂一面說，一面半轉過寇克的身子來，讓所有的人看寇克肩上的那個疤痕。

那個疤痕，是在戰爭時期，被一片炮彈片所傷的。

由於在受傷之後，未曾得到妥善的治療，所以傷疤結得相當難看，是一個鮮紅色的凸起的新月形肉瘤。

愛漂亮的寇克，一直對自己的肩上有這樣的一個疤痕，引以為憾，想不到在這時，這個疤痕的形狀，卻起了作用。

回教徒奉新月形為神聖，身上有這樣的一個記號，壓制了村民的憤怒，人叢在靜了片刻之後，有幾個老婦人走上來，輕輕撫摸了一下寇克身上的疤痕，默默退了開去，其餘的人也陸續散開。

村民雖然沒有再對雅蒂採取行動，但是他們對雅蒂的行動，還是沒有好感，所以在背地裡，一樣叫她可恥的女人，雅蒂卻不理會，只是全心全意，照顧著、愛著那位連自己也不知道自己是誰的丈夫。

雅蒂在敘述的時候，聲音十分平淡，像是她在講的是別人的事，不是她自己的事一樣。

反倒是聽的人，都十分激動，李豪更不由自主，緊握住了雅蒂的手，道：「謝謝妳，謝謝妳這樣照顧我的好朋友！」

雅蒂現出了一個羞澀而滿足的微笑，隨即低嘆了一聲，道：「日子並不好過，但是我的丈夫健康迅速恢復，他一直不知道自己是誰，常常一個人自言自語，可是他也真的很愛我，我們在山上闢了點地，勉強可以生活，幾年下來，我替他生了一個孩子——」

李豪聽到這裡，直跳了起來，大聲道：「什麼？」

雅蒂不知道自己說錯了什麼，睜大了眼睛望著李豪，呆了片刻，才又道：「我……替他生了一個孩子！」

李豪伸手，在自己的額上重重拍了一下，道：「天！孩子！寇克的孩子！天！孩子呢？孩子在哪裡？」

雅蒂的神情本來是很平靜的，那可能是由於長期來，習慣於抑制自己感情的緣故。可是這時，她卻再也無法壓制自己了，她陡然哭了起來。

她哭得如此之傷心，令得在場的三個男人都不知所措，不知道該如何安慰她才好。

李豪被她哭得焦躁起來，道：「雅蒂，別哭了，孩子就算夭折了，也不算什麼。」

李豪這樣安慰她，也是很有理由的，在貧窮的巴基斯坦山區村子裡，嬰兒的死亡，根本不算是怎麼一回事。

雅蒂抬起了滿是淚痕的臉，抽搐著，又抽搐了好一會，才用手抹了抹眼淚，道：「孩子……是一個男孩子，和他爸爸……好像，在孩子一歲那年，卻突然不見了！」

李豪怔了一怔，一時之間，不知道雅蒂所說的「孩子不見了」，是什麼意思。

雅蒂在講完了那一句話之後，又傷心地哭了起來。

三達嘆了一聲，道：「她的孩子，據她事後的了解，是被村人抱走的，村人認為她的行為已經夠邪惡了，不能再讓她有孩子留下來！」

李豪聽得血脈賁張，大聲道：「那麼，孩子呢？」

三達苦笑了一下，道：「沒有人肯承認孩子是他抱走的，所以，也一直不知道孩子的下落，推測起來，多半是帶出了村子，隨便交給什麼人了！」

雅蒂抽搐著道：「可憐的孩子，不知道是死是活！自從這件事發生之後，我的丈夫，他的脾氣就變得十分壞，要找村民報仇，村民也開始仇視他，他在村子中，已沒有法子生活下去了，我們正商量著要離去，就在這時候，有兩個陌生人經過村子，向我們提起了那座神廟的事情。」

李豪皺了皺眉，道：「神廟？什麼神廟？」

雅蒂道：「錫克神廟。」

倫星補充道：「錫克，在當地的語言之中，就是信徒的意思。所以，那座神廟，也可以稱為信徒神廟。」

李豪悶哼了一聲，他在當時，對這座神廟一點認識也沒有。而且，隨便他怎麼想，也不會想到，雅蒂隨隨便便提起來的那座神廟，會令得他的一生，產生如此巨大的變化。

李豪在當時，只是道：「請妳繼續說下去！」

雅蒂道：「那兩個陌生人，衣著、裝束都很特異，我已經詳細向這兩位先生說過。」

三達忙取出了一張紙來，紙上畫著一個裝束相當奇特的人，他道：「李先生，請看，這就是根據雅蒂的形容，而畫出來的樣子。」

李豪不覺得那「兩個陌生人」，和整件事有什麼大關連，他只是隨便看了一眼。可是一看之下，他不禁呆了一呆。

畫中的人，那種黑色的衣服，鑲著邊，腰際懸著短劍，好像十分熟悉。

李豪在呆了一呆之後，心中迅速地想著，他可以肯定自己實際上，未曾見過這樣裝束的人，可是，為什麼又會有熟悉的感覺呢？一定是在什麼時候，聽人說起過！

當他想到這一點的時候，他已經記起來了，對，辛開林向他說起過，那個在拉合爾機場上，登上了辛開林的飛機，給了他一袋寶石作酬勞，要他保管那只木箱子的人，就是這樣的裝束！

李豪的心中充滿了疑惑，指著畫中的人，向倫星望了過去，道：「這樣的裝束——」

倫星道：「這樣的裝束，是錫克教一個十分古老的教派中，地位很崇高的人的打扮。」

李豪悶哼了一聲，道：「雅蒂的記性倒很好，陌生人來到村子，她將他們的裝束記得那麼清楚。」

雅蒂道：「我一定要記得，因為那兩個陌生人，帶走了我的丈夫！」

李豪陡地一震，直跳了起來，道：「什麼？」

雅蒂將剛才的話，重複了一次。

李豪不禁苦笑了起來，事情越來越複雜了，究竟這是怎麼一回事？他甚至覺得不知該如何發問才好，所有的事，似乎都是茫無頭緒的。

雅蒂的情緒，看來已經平穩了下來，她道：「那兩個陌生人是路過的，他們並沒有經過村子，只是在山邊的小路上路過，我丈夫那時正在種植，那兩個陌生人之中的一個，就是穿這樣衣服的那個，看到了我的丈夫……」

三達在這裡，打斷了雅蒂的話頭，道：「等一等！」接著，他轉向李豪，道：「那兩個人其中的一個，經我們研究的結果，稱他為伊鐵爾先生，不會有錯！」

李豪深深地吸了一口氣，心中在想：真奇妙，我和辛開林、寇克三個人，都受這個叫伊鐵爾的人的影響，命運轉變得多麼劇烈！

李豪真不敢想像，當年他和辛開林兩人已經破了產，他醉倒在小酒吧中，要不是辛開林賣了伊鐵爾給他的那顆鑽石，他們如何還能生活下去！

當然，當李豪在這樣想的時候，他還絕想不到，在以後的日子之中，伊鐵爾對他的影響會更大！

那時候，李豪點頭道：「是的，一定就是他，這個人十分神秘，他在拉合爾機場的混亂中出現過。」

三達和倫星現出驚訝的神情來，道：「神秘？李先生為什麼用這樣的字眼去形容他？他只不過是一個早已沒有了勢力的小教派的領袖而已！」

李豪悶哼了一聲，要向他們說明伊鐵爾這個人的神秘，那是太費唇舌了，所以，他揮了揮手，問雅蒂道：「那兩個人怎麼樣？」

雅蒂道：「那個陌生人……他的名字叫伊鐵爾？伊鐵爾先生一看到了我的丈夫，就現出十分驚訝的神情來，先是佇立著不動，十分無禮地望著我的丈夫，我的丈夫也望著他，伊鐵爾先生忽然道：『真難以令人相信，天，你還活著！』」

一個陌生人，對另一個陌生人，忽然之間，講出一句這樣的話來，真是十分不禮貌的。

可是寇克聽了，卻一點也不生氣，反倒現出了極興奮的神情來，忙放下了鋤頭，向伊鐵爾走了過來，十分急切地問：「你，先生，你認識我？知道我是誰？」

伊鐵爾——倫星和三達的分析沒有錯，那人正是伊鐵爾——現出十分驚訝的神情來，一時之間，不知該如何回答才好。

雅蒂在一旁，忙道：「先生，如果你知道我的丈夫是誰，請快告訴他，求求你，他為了要知道自己是誰，不知受了多少痛苦的煎熬。」

伊鐵爾深深地吸了一口氣，並沒有立時回答，他的神情十分深沉，也不知道他心中正在想些什麼。

寇克和雅蒂兩人，只是神情十分焦切地望著他。

寇克完全不知道自己是什麼人，他只是可以肯定，自己絕不會是在這個山區中土生土長的人，他是由外地來的。然而，從哪裡來的呢？一個人，突然之間，和自己的過去完全切斷了關係，這當然是痛苦莫名的事。

在山區生活的這段日子中，他並不是沒有想過，離開山區，到人比較多一點的地方去，去找尋自己，弄清楚自己的來歷。

可是，一則，他們實在太窮了，不論他們夫婦兩人如何辛勞，都無法籌措到最少的錢作為旅費。但是，這還不是主要的原因，主要的是，自從他在溪邊被雅蒂揹了回來之後，雅蒂對他的愛意，是如此之濃烈，令得寇克完全無法抗拒，而且很快地，他也深深愛上了雅蒂。

寇克一方面，十分急切想弄明白自己的過去，但是另一方面，卻也十分害怕弄清楚自己的過去。他和雅蒂，是那麼奇妙的結合，可以說比世界上任何男女的結合，更加奇妙。

他在想：弄清楚了自己的過去之後，萬一影響到了他和雅蒂之間的關係，那怎麼辦呢？譬如說，自己的過去已經結了婚，有妻子，那麼，雅蒂怎麼辦呢？

男女之間的感情是十分奇妙的，雅蒂也一樣這麼想，她十分滿足於這個連自己姓名都不知道的丈夫，十分滿足於山區的貧窮生活。

雅蒂的心情，也影響了寇克。所以，幾年過去了，寇克精神上雖然痛苦，但是，他自己其實也未曾積極去尋找自己。

然而，這時情形卻不同了，有一個人出現在身邊，明顯是認識他的！

伊鐵爾一直在深思著，寇克忍不住又道：「先生，如果你認識我，請告訴我，我是誰？」

伊鐵爾盯著寇克，又過了片刻，才道：「其實，我也不知道你是誰。但是在幾年之前，我在機場，曾經見過你一次。」

寇克側著頭，一臉疑惑的神色，道：「機場，我在機場幹什麼？」

伊鐵爾道：「你記不起你自己和飛機之間，有任何聯繫了嗎？」

寇克緊皺著眉，神情痛苦地思索著，雅蒂更是滿面疑惑，道：「飛機？飛機是什麼東西？」

伊鐵爾揮了揮手，令雅蒂不要插言。

寇克痛苦地搖著頭，道：「想不起，什麼都想不起了！」

伊鐵爾伸手，在寇克的肩頭上拍了兩下，道：「朋友，我和你商量一件事，好不好？」

寇克笑著攤開手，道：「當然好，我現在，沒有什麼可以損失的，當然，除了雅蒂，不論怎樣，我都不肯失去她。如果讓我明白了自己是誰，恢復了記憶，而要失去她的話，我寧願在這裡過一輩子。」

他說著，望向雅蒂，雅蒂也回望著他，兩人的眼神中，都充滿了深深的情意。

伊鐵爾吸了一口氣，道：「先生，你對妻子的情意，很令我感動。我和你商量的事，絕對不會傷害你們兩人之間的關係！」

寇克和雅蒂都有喜色，寇克道：「那麼，你只管說，是什麼事？」

伊鐵爾道：「我完全有辦法令你失去的記憶恢復過來，至少，可以把你送回以前的生活中去。」

雅蒂一聽，立時面有憂色地望著寇克，寇克也立時緊握著她的手。

伊鐵爾又道：「可是，你先得為我做一件事。」

寇克道：「什麼事？請說。」

伊鐵爾又停了片刻，才道：「你要跟我去，現在我不能告訴你是什麼事。你和你的妻子，要分別一個時期，我想，不會超過一年。」

雅蒂叫道：「不。」

寇克望向雅蒂，眼神之中，帶著懇求的神色，道：「雅蒂，我也絕不想和妳分開，但是一年之後，我可以找到自己的過去，這也是值得的！」

雅蒂的眼中，淚花轉動，她道：「你現在有我，有什麼不好，為什麼你一定要找到自己的過去？」

這是一個令寇克無法回答的問題，他的心情也極其矛盾，不想失去雅蒂，又想知道自己的過去！

他嘆了一聲，道：「雅蒂，我不弄清楚自己的過去，不會快樂的，就像我沒有妳，不會快樂一樣！」

雅蒂聽了之後，低下頭去，不再說話。

寇克摟住了她的肩，感到她的肩頭在輕輕抖動著，他道：「妳沒有聽那位先生說嗎？一年。只有一年，最多一年，很快就過去了。」

伊鐵爾提了一句，道：「事情順利的話，可能不需要一年。」

雅蒂不斷流著淚，已經滿面都是淚痕，她抽噎著道：「或者我……太自私，可是，我寧願要你在我的身邊，不願你去追究你的過去！」

寇克長長地嘆了一聲，對他來說，這也是一個十分難以決斷的事，但正如他剛才所說，如果他不知道自己的過去，總不會快樂的。

他並沒有直接拒絕雅蒂的要求，只是用一種要求同情的目光，望著雅蒂。

在一對有著真正深刻情意的男女之間，寇克這樣的眼光，已足以令得對方答應為他做任何事情了。雅蒂在那時候，只覺得自己的心向下沉，她知道，寇克一旦離開了她，她的日子更不好過。但是，寇克既然如此希望能弄明白自己的過去，雅蒂就覺得自己應該幫助他！

女性的堅強，有時真是超乎想像之外的，雅蒂不再流淚，而且，神情堅決，絕無勉強地點了點頭，道：「好，你去……不過，儘快早點回來！」

寇克激動起來，用力緊擁著他的妻子，吻著，口中喃喃地道：「雅蒂，妳放心，不論發生什麼事，一年以內，我都會回來看妳。或許我有一個很好的過去，那我們的生活就可以變得很好，至少，可以離開這個醜惡的村子！」

雅蒂沒有再表示什麼意見，只是依著寇克，她的神情，是那麼一副無可奈何的逆來順受，以致在一旁的伊鐵爾和那另一個人，都轉過身去，不忍觀看。

這時候，寇克和雅蒂自然都沒有注意到，伊鐵爾有一種異樣古怪的神情，那是一種想掩飾自己將要做的事，對對方很不利的神情。

雅蒂終於又講了一句話：「什麼時候……他要走？」

伊鐵爾的聲音聽來是冷酷無情的，他道：「現在！」

雅蒂震動了一下，她已經準備接受分離的事實，今天和明天，倒並沒有什麼分別。

寇克也震動了一下。早上他離開那破舊的茅屋之際，還以為今天和昨天，是完全一樣的，可是，突然之間，就生出了那麼大的變化。

寇克向前走去，雅蒂一直緊握著他的手，一直到走出了好遠，雅蒂才放開了寇克的手，她十分堅強，忍住了不流淚。寇克好幾次回頭看，雅蒂都沒有流淚，一直到寇克和伊鐵爾他們走得看不見了，雅蒂的淚水才如泉湧出，她是一面哭著，一面回到村子裡的。

「那個外來的男人捨棄雅蒂，自顧自走了」的消息，迅即傳遍全村，雅蒂不作任何分辯，忍受著侮辱的言詞和行動，默默地等著，她堅決相信，寇克會按預期的時間回來的。

李豪有點粗暴地問：「要命的，寇克被伊鐵爾帶走，已經有多久了？」

雅蒂屈著手指，道：「七個月了！」

李豪向倫星和三達望去，道：「那座神廟在哪裡？」他又暴躁地向雅蒂吼叫：「妳也是，妳為什麼只是在村子裡等，不到那座神廟去看他？」

雅蒂怯生生地道：「他……他們沒說過我可以去看他，只說他會回來。」

李豪猛力一揮手，道：「好，就算妳不能去看他，我去看他總可以吧！那個伊鐵爾，根本不知道寇克的過去，而我，對寇克的過去，再清楚也沒有。妳放心，雅蒂，他是妳的丈夫，妳是他的妻子，我去，把寇克帶到妳的身邊來！」

李豪在那時候，心情極度興奮，他在這樣講的時候，對於能把寇克帶回來這一點，充滿了信心，一點也不覺得有什麼困難，所以，他才能給予雅蒂這樣肯定的允諾。

雅蒂感激得說不出話來，李豪立時吩咐道：「快替我準備車子，告訴我那個信徒神廟在什麼地方！」

倫星和三達兩人，都現出十分猶豫的神色來。三達支支吾吾地道：「李先生，我……想，你還是鄭重……考慮一下的好。」

李豪大怒：「有什麼好考慮的，幾年來，我用盡方法在追尋寇克的下落，如今有了他的正確所在，我還不去嗎？不，別準備車子，替我準備一架小型飛機！」

倫星道：「李先生，那座神廟，屬於一個十分古老的錫克教派，他們一向和外界不相往來，而且十分歧視外來者，李先生要是去的話，只怕——」

李豪不等倫星講完，就吼叫了起來，道：「給我地圖，替我準備飛機！」

倫星不敢再說什麼，只好答應了一聲。

準備地圖和飛機，並不需要多少時間。詳細的地圖是沒有的，只知道這座神廟，是在一個山谷之中，那山谷的平地部份，相當平坦，足可供小型飛機降落有餘。

在倫星他們忙著準備的那一天中，李豪吩咐給雅蒂貴賓式的招待。

李豪和寇克之間的友情，是毋庸置疑的，他不厭其煩地向雅蒂打聽寇克在那段日子中的生活，也不斷為他的老朋友過著那麼淒苦的日子而欷歔、嘆息。這更使得他下定決心，要把寇克帶回來。

在李豪當時想來，他的行動十分簡單，一定可以成功的。

當然，任何人都無法預測以後發生的事，後來，李豪並未能如願，那並不是說他事前的決心是假的。

李豪決定不要任何人陪他一起去，雖然倫星和三達一再自動請纓，但都被李豪拒絕。

李豪拒絕任何人陪他一起去的理由，實在很簡單，因為他預料到，自己一到那座神廟，必然會和伊鐵爾見面，和伊鐵爾見了面，就必然要提起伊鐵爾託管那只箱子，給了酬勞那件事。李豪就是不想別人知道這件事。所以，他是一個人出發的。

當他駕著小型飛機，以盡可能低的高度，向前飛行之際，他的心情異常興奮。

在起飛之前，他曾想過，打一個長途電話給辛開林，告訴他，自己已經找到了寇克的下落，立刻可以飛去和他見面了。

他已經準備這樣做了，可是機場的通訊室卻告訴他，由於線路短缺的問題，他需要等候，至少要等候一小時以上，才能接通電話。

李豪是一個性子十分急躁的人，他絕不考慮等候，他想，等找到了寇克之後，再通知辛開林，也是一樣的。而這樣一來，辛開林始終未接到李豪的任何通知，也不知道寇克的任何信息，直到多少年之後，辛開林也來到神廟，見到了寇克為止。

當然，這一切，都是和李豪這次飛行的遭遇有關的。

李豪沒有等候，他駕機起飛，依著地圖的指示，向北面飛去。

小型飛機的飛行高度不是很高，一個多小時之後，他已經飛過了芝那伯河。從空中看下去，芝那伯河的河水混濁而急湍。

再向北飛，就飛臨了山區，李豪將飛行的高度提高，以免山峰不穩定的氣流，影響飛行。

由於高度提高，所以李豪在還有相當距離的時候，就看到了那個山谷，同時，他也注意到了，在那山谷正中，有一幢建築物在。

那建築物從高空中看下去，就像是一塊方方整整的石頭，躺在山谷下一樣。

飛過了山峰，李豪又開始將高度降低。

他立即發現，平坦的谷底，幾乎像是經過整理的機場一樣，別說他駕駛的那種小型飛機，就算再大一點，也可以降落。

李豪先在低空盤旋了一轉，這時，神廟已可以看得十分清楚了，他對這座神廟的建築奇特，也感到了十分驚訝。

當他在低空盤旋的時候，他看到有不少人，自廟中奔了出來，聚集在廟前的空地上，抬頭向上看著。李豪又將飛機飛得遠些，然後，掉轉機頭，對準了廟前那四根大石柱，開始降落。

駕駛這種小型飛機，對李豪來說，實在是容易不過的事，他恰好在那四條大石柱之前，停下了飛機。

飛機才一停下，在面前的那些人，一起吶喊著，向前奔了過來，奔在最前面的十幾個人，手中都揮舞著新月形的彎刀，那種彎刀，一望而知，極其鋒利，刀身在陽光之下，發出燦爛奪目的光芒。

李豪一看到了這種情形，不禁吃了一驚，他想要立時再起飛，可是時間上顯然來不及了，雖然他還在飛機裡面，可是那些人的吶喊聲，聽來已經驚心動魄至於極點。

李豪的手還握著操縱桿，手心在直冒汗。

那些人奔到了飛機近前，有的已經拾起地上的石塊，向飛機扔來，情況看來已陷入了不可控制的境地之中，李豪準備不顧一切，先令飛機再起飛了再說。

也就在那一剎間，突然，所有的人都靜了下來，而且，都凝止了不動。

這真是十分怪異的一種情景，就像是在放映中的電影，忽然停了格一樣。

接著，李豪看到，廟中又走出來了兩個人，一個身形異常高大，像是兇神惡煞一樣，裝束十分異特，赤著肌肉盤虯的上身。另一個，一身黑緞衣服，神態威嚴，一望而知是領袖人物，李豪只向他看了一眼，就可以肯定他就是伊鐵爾。

伊鐵爾和那個巨人向前走來，經過之處，那些圍住飛機的人紛紛讓開，神態十分恭敬，有幾個人本來高舉著彎刀，像是要砍向飛機的，在伊鐵爾一經過之際，也立時將刀垂了下來。

一看到這種情形，李豪大大鬆了一口氣，他覺得自己也應該下機了，他鬆開了安全帶，推開了駕駛座。

當他跳下飛機之際，伊鐵爾和那巨人，恰好來到了飛機之旁。

一下了機，李豪只覺得周圍出奇的靜，至少有幾十個人在，卻沒有一個人出聲。但是在寂靜之中，李豪卻又可以感到每一個人的濃重呼吸聲。

李豪一站定，就向伊鐵爾伸出手去，可是伊鐵爾卻寒著臉，沉聲道：「這裡是神聖的錫克教信徒聖地，你的行為，已經冒犯了神靈，你要立即離去，並且把你用來冒犯神聖領域的東西留下來！」

李豪呆了一呆，他要花幾秒鐘時間，才能消化伊鐵爾的這番話，明白伊鐵爾是叫他留下飛機，快些滾蛋。

李豪的脾氣很差，本來，就憑對方這幾句話，雖然他的處境惡劣，他也可以立時和對方打起來了。

但是，這時說這幾句話的人是伊鐵爾，想起了伊鐵爾對他和辛開林兩個人的幫助，他一點也不生氣，只是笑了笑，道：「伊鐵爾先生，我來找我的老朋友。」

伊鐵爾顯然想不到對方忽然之間，會講出這樣一句話來，怔了一怔。

李豪又道：「我叫李豪，是辛開林的朋友。辛開林還在替你保管那只木箱子！」

伊鐵爾「啊」地一聲，還沒有來得及表示什麼，李豪已湊近去，道：「多謝你給辛開林的酬勞，當我割開那羊皮袋子的時候，哈哈，我們兩人，都以為袋子裡的，只不過是顏色玻璃！」

伊鐵爾悶哼了一聲，李豪又道：「辛開林運用了你給他的酬勞，現在，我們的事業很好！」

伊鐵爾道：「這一點我知道，所以你們才用盡方法，尋找當年失落了的同伴！」

「是！」李豪單刀直入，「他叫寇克，現在還在你這裡？」

伊鐵爾沒有立即回答李豪的這個問題，只是道：「嗯，那只木箱子，保管得很好？他沒有打開來看看？辛先生真是一個靠得住的人！」

李豪道：「那箱子中，究竟是什麼東西？」

伊鐵爾並沒有回答，只是道：「請進來，我們需要慢慢詳談！」

伊鐵爾說著，就轉過身去，李豪跟在他的後面，那個巨人則緊靠著他，向前走。

李豪的個子十分矮小，那個巨人又是出奇的高大，以致和他走在一起，令李豪覺得十分不自在，他努力挺直身子，凸起胸來，可是，也不過到達那巨人腰上面少許。

進了神廟，李豪對著廟中的神像、浮雕，驚訝不已，他一直被帶到了那間石室之中，李豪這時，心中也不知有多少疑問要問，但是最要緊的，當然還是立即看到寇克。

所以，進了石室，他就問道：「寇克呢？」

進石室來的，只有伊鐵爾和李豪兩人，李豪的問題，當然是向伊鐵爾發出的。

可是伊鐵爾卻像是未曾聽到一樣，一聲不出。

李豪耐著性子，又問了一遍，聲音已比剛才提高了不少。

伊鐵爾仍然不作答，李豪的暴烈脾氣發作了，他感到伊鐵爾的態度十分曖昧，而一個脾氣暴烈的人，是最不能忍受這種曖昧的情形的，他陡地一伸手，抓住了伊鐵爾胸前的衣服，厲聲道：「你別以為你對我們有恩，快說，你把寇克弄到哪裡去了？」

伊鐵爾一動也不動，只是看著李豪抓住他衣服的手。他的神態如此鎮定，倒令得李豪難以採取進一步的行動。

伊鐵爾的聲音也異常鎮定，他緩緩地道：「寇克，那是他的名字？」

李豪道：「是，他——」

伊鐵爾的語調仍然是那麼遲緩，道：「他還在廟中！」

李豪吁了一口氣，儘管他在生氣，可是他也知道，對方不是一個會撒謊騙人的人，他說寇克在廟中，那麼，寇克就一定在廟中！

李豪鬆開了手，甚至因為他剛才魯莽的行動，而顯得神情有點尷尬，他道：「那麼，請你快點叫他來見我，你連他的名字也不知道，顯然不能告訴他他的過去！」

伊鐵爾做了一個手勢，請李豪坐下來，李豪雖然性急，但也只好坐了下來。

伊鐵爾來回走了幾步，像是不知道該怎麼開口才好，李豪幾次想開口催他，都被伊鐵爾做手勢，不讓他出聲。

李豪的忍耐力，幾乎又到了極限了，伊鐵爾才道：「其中，有了一些曲折！」

李豪悶哼了一聲，盯著伊鐵爾。

「本來，」伊鐵爾也坐了下來，「我想，要寇克替我做一件事，然後，我就將他送回他妻子的身邊，再告訴他，你們正在找他！」

李豪一聽，火就不禁向上冒，他怒道：「這樣說來，你在那個村子外，見到寇克的時候，已經知道我們是在找他的了？」

伊鐵爾並不否認，道：「除了那些荒僻的小山村之外，全巴基斯坦的人，都知道你們在找一個叫作寇克的人，我當然知道！」

李豪陡然站了起來，握著拳，在伊鐵爾的面前晃動著，吼叫道：「你好卑鄙，為什麼不立即告訴他？」

伊鐵爾神情冷漠，道：「我已經說過了，我要他做一件事，我以為他可以勝任。」

李豪怒道：「看來你的手下有不少人，有什麼事，非要他來做不可？」

伊鐵爾嘆了一聲，又現出了那種難以啟齒的神情來，過了一會，才道：「這事，很難向你解釋——」

李豪不等他講完，就冷笑一聲，道：「看來，你非向我解釋清楚不可！」

伊鐵爾吸了一口氣，道：「當然，我一定要向你說清楚，先簡單地說，我所領導的這個教派，是一個十分古老的教派，我們有一個神聖的任務，就是守護這座廟。」

伊鐵爾接下來，就向李豪解釋了錫克教的原派，他們這一個教派存在的歷史等等。

雖然古老的宗教，都帶有極度的神秘色彩，而且，看來伊鐵爾領導的這個教派，神秘的氣氛更是濃厚，但是，李豪還是越聽越不耐煩，他至少打斷了伊鐵爾三次話頭，每一次，都是用同一句話來打斷的：「你快說，你要寇克做什麼事？」

可是，伊鐵爾卻是自顧自地說著，全然不理會李豪的催促，李豪也拿他無可奈何。

「這座廟，並不是普通的廟，是真正的神的宮殿。」伊鐵爾的神情，越來越嚴肅，又重複了一句：「是神的宮殿！」

李豪冷笑了一聲，道：「我還不知道有哪一座廟，是脫衣舞孃的宮殿！」

伊鐵爾陡然現出了幾分怒容，逼視著李豪，他的神情是如此之威嚴，令李豪也不敢再胡言亂語下去。

伊鐵爾又道：「你看到了很多神像，是不是？這些神像，都是根據神的真實模樣來塑造的！」李豪咕噥了一聲，把一句相當難聽的話，在喉嚨裡打了一個轉，又嚥了回去。

他沒有說出來的那句話是：「見你的鬼，那有這麼多奇形怪狀的神！」

伊鐵爾繼續道：「廟，就是神建造起來的，神來到世上，是為了觀察，拯救人類，拯救世人！」

李豪忍不住哈哈大笑了起來，道：「我以為你是錫克教徒！怎麼說起基督教的教義來了！」

伊鐵爾道：「所有的宗教，都是殊途同歸的，你別打岔，我快說到重要之處了！」

李豪聳了聳肩，仍然是一副不屑的神情。

伊鐵爾續道：「諸神降臨，世人卻一直沉迷下去，諸神感到十分失望，對世人的人心，越來變得越壞，十分失望——」

真的見到了神

李豪大聲道：「快說重要之處！」

伊鐵爾嘆了一聲，凝視著李豪。

伊鐵爾的目光十分凌厲，可是在凌厲之中，又有一種極度的悲天憫人之感，像是他望著的李豪，快要有什麼禍變臨頭，他正充滿了同情一樣。

這樣的目光，令得李豪心中發毛，忽然十分不自在，變換了一下坐著的位置。

伊鐵爾緩緩地移開了注視著李豪的目光，道：「你不明白，我們崇拜的神，是實實在在的神，並不是想像中的神，這和其他宗教不同。」

李豪的心中，仍然對伊鐵爾的話不表贊同，但是，他看到對方的神情如此嚴肅，他倒也不敢太肆無忌憚，只道：「什麼叫實實在在的神？」

伊鐵爾道：「實實在在的神，就是神在那裡，你可以看得到，碰得到，就像是我在你的對面，你可以確定神的存在，而不是只憑傳說、記載或想像！」

李豪陡地震動了一下，伊鐵爾的話，實在太驚人了。

人類信仰的宗教，不知有多少種，崇拜的神，也不知有多少個。一個實實在在的神，像伊鐵爾所形容的那樣，這實在是不可思議的事情；任何人聽到了這樣的說法，都難免會震動的。

李豪本來是一個徹頭徹尾的無神論者，可是，他聽得對方說得這樣認真，自然也不免震驚。

一時之間，他張大了口，好一會說不出話來，才道：「你……你說的神像？」

伊鐵爾一字一頓，道：「不，不是神像，我說的是神，我們信奉的神。」

李豪深深地吸了一口氣，在剎那間，他想到了可以否定伊鐵爾這種說法的話，他感到十分高興，一揚眉，道：「好，如果有這樣的神在，請你帶我去見祂！」

他這樣說了之後，忍不住得意地「哈哈」笑了起來。

因為他想，任何人都無法展示一個真正的神，那是不可能的事！神，只存在於信仰者的心目之中，哪裡會有實實在在的存在？

可是，出乎他的意料之外，他的一聲「哈哈」還未曾打完，伊鐵爾已經道：「好，我正準備這樣做！」

李豪呆住了，完全呆住了，以致他笑到一半，張大了的口仍然張著，合不起來，同時，他不斷眨著眼，心中在想：這是什麼意思？

其實，伊鐵爾的話十分簡單，十分容易明白，李豪是完全聽得懂的。可是聽得懂是一回事，能不能接受，又是另一回事！

就在李豪驚詫莫名之際，伊鐵爾又道：「本來，這是我要保持的最高機密，絕對不能向外人洩漏的。這也是我領導的這個教派，世世代代相傳的神聖任務，可是，為了向你解釋寇克的遭遇，我非向你說明白不可。」

李豪有點結結巴巴，道：「你是說，你可以帶我去看看……你是說，這廟裡，真正有……神在？」

伊鐵爾道：「我早對你說過，這座信徒神廟，是神的宮殿！」

雖然伊鐵爾已經說得如此肯定，而且，這又不是撒謊所能騙得過去的事，但是，李豪還是不相信地搖著頭。

伊鐵爾緩緩站了起來，道：「我有一個要求，不知道你是不是肯答應？」

李豪望著伊鐵爾，道：「那要看是什麼要求！」

伊鐵爾道：「當你見到了神之後，你要成為神的信徒，加入我領導的教派。」

成為錫克教一個教派的信徒，這是李豪做夢也未曾想到過的事！

但是這時，他卻十分願意接受這個挑戰，他幾乎未加考慮就道：「好，只要你真讓我見到神，我就成為神的信徒！」

伊鐵爾又補了一句，道：「希望你和你的朋友辛開林一樣守信用。」

李豪有點惱怒，大聲道：「絕不食言，神在哪裡？」

伊鐵爾深深地吸了一口氣，站了起來，來到了石室的一堵牆前。

當他走向那堵牆前之際，牆上，除了許多看來是神情活現的浮雕之外，什麼都沒有。

李豪正想出言譏笑，但就在他來到牆前，站了一站之際，石牆上的一塊大石，緩緩向後移，現出了一道暗門來。

那塊向後移去的大石，李豪估計，最少超過一萬公斤，可是，它在向後移動之際，卻一點聲息也沒有。單是這一點，已看得李豪目瞪口呆。

李豪是一個出色的機械工程師，他自然知道，要做到這一點，絕不是容易的事。

這座神廟的建築，看來不但宏偉，而且還極奇妙，簡直是超時代的傑作！

暗門一出現，伊鐵爾就向門內走去，他並沒有轉過頭來，只是道：「跟我來。」

李豪不由自主，就跟在他的後面，向那扇暗門走去。

進去之後，是一條相當狹窄的通道，才走了一步，李豪就發現，通道是以大約二十度的角度傾斜向下的，當他走出了將近一百步之後，他已經很容易地可以算出，他已經來到了地底至少二十公尺深處了。

越向前走，越是黑暗，伊鐵爾在前面，反伸過手來，要李豪握住他的手，帶李豪向前走。

李豪的手心，已經在隱隱冒著汗。

由於在黑暗之中行進，速度並不是太快，約莫十分鐘之後，伊鐵爾才站定了身子，用十分低沉的聲音道：「抬頭，向上看。」

李豪道：「這麼黑，我什麼也看不到！」

伊鐵爾道：「你只管抬頭向上看，就會看到。」

李豪沒有再分辯什麼，抬頭向上看去，他盡量把頭抬得很高，幾乎抬到了整個臉部變成了平面的程度。

開始的時候，他什麼也看不到。可是，當他的頭抬得不能再抬高之際，他先看到一團柔和的光芒，自上而下，照射了下來。

那股光芒極其柔和，雖然在黑暗中已經相當久，但當光芒出現的時候，也絕不刺眼。

光芒一現，李豪已經可以看到，自己是處身在一個極怪異的空間之中，那相當難形容，必須要具體說明。

李豪看到，自己是在一個極大的圓筒之中，他當時站立的地方，是在圓筒的底部。

由於他抬高了頭在向上看，所以，他可以看到圓筒的頂部。

「圓筒」在接近頂部之處，變得十分尖削，光芒也是從那一部份發出來的。

「圓筒」至少有五十公尺高，而它的直徑，卻不超過五公尺。

也就是說，那是一個十分高而狹窄的「圓筒」。所以，站在它的底部，要看到它的頂部時，就必須把頭仰得極高才行。

在「圓筒」的中心，是一根筆直的圓柱子，自底部一直通向上，那根柱子十分細，直徑不會超過四十公分，看起來，倒有點像是消防局的建築中，供消防員在出動時，滑下來的那根柱子一樣。

圓柱子一直通到了距離頂部大約有五公尺處為止，在圓柱子的頂端，是一間用透明的材料造成的，密封如同箱子一樣的東西，可以稱之為「一間小房間」。

在那間「小房間」中，有一張椅子，在那椅子上，坐著一個人。

由於是仰高了頭看去的，在這種角度去看一個坐在椅子上的人，總不免有點怪異之感。

但這時，令到李豪幾乎連血液也為之凝結的，卻並不是由於角度的怪異，而是這個坐在椅上的人，就算是普通面對面的話，也一樣會有同樣的情形。

那個人恰好在光芒的照射之下，李豪實在可以將他看得十分清楚。

他的第一個感覺是：一個人坐在一張椅子上，只不過是由於坐在椅上的形體，看來和一個人差不多之故。

而當他看第二次時，他就可以肯定，坐在那張椅上的，不是一個人，那……只可以說是形體上和人……有點相似的一個生物。

李豪的視線，定在那個生物上，他一直仰高著頭，可是，一點也不覺得頸子發痠。

那個生物有一張極可怕的臉，像是有一張鱷魚皮蒙在臉上一樣。而且，在那張可怕的臉上，只有一隻眼睛。這時，這隻眼睛半開不閉。

這樣只有一隻眼睛的臉，李豪在進這座廟來的時候，已經看到過，廟裡所有的神像，全是這樣子的，看起來怪異莫名。

除了可怕的怪臉之外，還有一雙十分長的手臂，雙手放在椅子的扶手上，十隻手指看起來也很長，正軟軟地垂在椅子的扶手之外。

過了好久，李豪才吞了一口口水，道：「這……這……這……」

他實在無法向下講去，伊鐵爾沉聲道：「這位就是一直留在廟裡的神，我們稱他為留守之神。」

李豪仍然仰著頭，他又吞了一口口水，道：「我承認這座神廟的建築十分偉大，甚至可以說是超時代的，但是……你總不能把一座神像說成一個神？」

伊鐵爾的聲音更低沉，道：「你說這是一座神像？」

李豪道：「看來和廟中那十九具神像是同類的，全只有一隻眼睛。他是神，難道他一直這樣坐著不動？」

伊鐵爾嘆了一聲，道：「這是整個問題的關鍵所在，留守之神睡著了。」

李豪陡地一怔，如果不是眼前的情景如此之詭異，他真想大聲笑出來，可是，他卻笑不出來，只是重複地道：「他睡著了？」

伊鐵爾道：「是的，他一直在沉睡，不知道已經睡了多少年，我們的責任是保護他，同時，要設法叫醒他。」

李豪慢慢地把頭部回復到原來的位置，道：「要怎樣才能叫醒他？」

伊鐵爾反問道：「你已經相信他是神？」

李豪道：「老實說，我不是十分相信。」

伊鐵爾向上指了指，道：「你可要隔得近一點，去仔細看看他？」

李豪早就想這樣，但是這時，他處身在這樣的環境中，心理上有一股異樣的壓力，就像是普通人進入了一座十分莊嚴肅穆的教堂一樣，使他自然而然不敢胡言亂語，所以，他才沒有提出來。

伊鐵爾提出了這一點，李豪自然求之不得，忙道：「好，我正想這樣——」

他講到這裡，陡地停了下來，向伊鐵爾望去。

因為，那一間「小房間」，在圓柱的頂端，而整個圓筒形的空間之中，根本沒有可供攀附上去的地方！他如果近一點去看那個神，難道從這滑不溜手的柱上爬上去？

當李豪向他望來之際，伊鐵爾像是已經知道他心中在想些什麼了，他點著頭，道：「正是，你要接近神，就要從這個圓柱上爬上去。」

李豪有一種被戲弄的感覺，道：「這……你能爬得上去？」

伊鐵爾的神情，一點也不像是在開玩笑，道：「只要是心目中有神的信徒，每一個都爬得上去。」

李豪深深地吸了一口氣，他的好勝心十分強，而且，眼前的一切也實在太詭異，詭異到了他如果弄不清楚的話，只怕以後每晚都會做惡夢的程度。

他抬頭向上望了一下，然後，輕輕向掌心吐了一下，搓了搓雙手，大踏步來到柱旁，雙手抓住了那條圓柱，向上攀去。

出乎他的意料之外，那條圓柱看起來極其光滑，但是雙手握上去，卻並不滑手，非但不滑手，而且當他雙手發力，使身子向上之際，彷彿還有一股相當大的牽引力，發自那根圓柱，使他向上攀的動作，變得更加容易。

一面向上攀，李豪一面抬頭向上看，那間「小房間」全然是透明的，看來像是一種玻璃。

雖然說人類製造玻璃，已有超過三千年的歷史，古代的埃及人已經發明了這種透明的物體。但是，純淨度高到這種程度的玻璃，看起來，也絕不像是古代的製品。

而且，他越是向上爬，越是把那「小房間」中的情形看得清楚。

他這時，是從那「小房間」的底部向上看去的，當他未曾向上攀的時候，看來小房間中，除了一張椅子，椅子上坐著一個「人」之外，整個小房間全是空的，什麼也沒有。

這時，當他漸漸接近的時候，他已經可以看出，小房間中並不是空的，有著許多東西。

那些東西，全是大大小小的立方形，有的堆在椅子前，有的附在壁上，有的自小房間的頂上吊下來，有的大，有的小，有的像積木一樣堆在一起，有的只是單獨的一塊。

他之所以要來得近了，才能看到那些東西的原因，也極其簡單，因為那些東西，也是純淨的透明體，而且對光線一點也不起反射的作用。直到他來到了伸手可以碰到那小房間的底部之際，他也只不過純粹可以看到這些物體的一些輪廓而已。

當李豪來到伸手可以碰到小房間底部之際，他以為自己已無法再接近了，從底部向上望去，坐在椅上的那個「人」，看得更清楚，那絕不是一個塑像，這已是可以肯定的事，但是要李豪承認那是一個「睡著了」的神，儘管這裡的一切是如此詭異，李豪還是不願意承認。

這時，他看到那個「人」的腳上，穿著一雙看來樣子十分奇特的鞋子，看來鞋底好像很厚，上面有許多小孔。

李豪無法在小房間的底部前進，他陡然之間大叫了起來，道：「如果你是神，為什麼一動都不動？你究竟是什麼？」

他這樣大叫，一來是真的想有答案，但是，更多是表示一種挑戰，因為他在叫的時候，絕未曾想到自己的叫嚷，真的會有反應。

可是，接下來所發生的事，卻令他怔呆得整個人變成了凝結的冰塊一樣。

也正由於他的怔呆是如此之甚，所以整個身子，仍然緊緊地附在那圓柱之上，未曾向下滑跌下去。

他的叫聲還未曾停息，回聲還在那圓筒形的空間之中迴盪之際，他突然看到，椅上的那個「人」，十隻長得異樣的手指，向上揚了起來，同時，那張可怕之極的臉，也向下低來。

當那「人」坐著不動之際，李豪自那個角度看過去，只能看到他的下額，可是當他低下頭來之際，李豪就可以清楚地看到他的臉了。

那實在是極度可怖的事，李豪距離他不過兩公尺，當他低下頭來之際，那隻獨眼，略為張大了一些，綠黝黝的眼光，像是能射穿人的心一樣。

李豪張大了口，忽然氣息急促，那「人」倒沒有別的動作，而且，立即回復了原狀。

李豪不知過了多久，才漸漸定下神來之際，他的膽子又大了起來，一面喘著氣，一面低聲說著。

他的膽子再大，在這樣的情形下，也不敢再大聲叫嚷了。

他只是低聲道：「光是這樣動一動，並不能表示你是神，你還能再顯一些神蹟給我看看嗎？」

李豪雖然還在表示懷疑，可是他在說那幾句話的時候，已經是用十分虔敬的心情來說的，而且，他也預期著，一定會有答案。

果然，他話一說完——他說話的聲音是如此之低，簡直只是祈禱一樣，可是他毫不懷疑和他隔著一層透明物體的對方可以聽得到——坐在椅上的那個「人」，緩緩揚起一隻手指來。

他手指的長度，大約是普通人的一倍，李豪在這時才注意到，他的手指上並沒有指甲，但是在指尖上，卻套著一個乳白色的，比手指略粗的東西。

他把手指指向前，李豪立即循他所指看去，看到他指的是在椅子面前，一塊透明的立方體，那塊立方體大約有五十公尺見方，看來完全是透明的，透明得像是根本不存在一樣。

李豪在向前望去之時，還全然沒有概念、對方是在叫他看什麼，可是，就當他的視線接觸到了那個立方形的透明體之際，他看到，在那透明的立方體之中，先是出現了白色的雲霧狀的閃動的線條，緊接著，整個立方體之中，充滿了極其深邃的藍色。

那個立方體的體積並不是十分大，可是當它轉為深邃的藍色之際，看上去，像是有無窮無盡的大。

李豪是一個機師，他經常在高空中飛行，常有機會看到遼闊的天空。可是這時，他注視著那個立方體，在他的感覺上而言，比身在幾萬公尺高空看出去，還要廣闊和沒有邊際，那令得他屏住了氣息。

緊接著，在無邊無際的深藍之中，出現了一群亮點，大約有九十點，那些亮點在才一出現之際，看來像是不知有多麼遙遠，但是它們移動的速度十分快，轉眼之間，亮點漸漸擴大。

亮點是亮白色的，當它們迅速擴大之際，已經可以看出，那是一團閃白色的光亮，包圍著一些形體，在向前迅速的移動。

李豪只來得及換了一口氣，就已經看到，包在那種亮光中的形體，就是在神廟中看到的神像，種種奇形怪狀的神像，唯一的共同之處，就是他們都只有一隻眼睛。

在那團光之中，那些和廟中神像一樣的形體，全是活的，動作異常靈活，相互之間，分明還在交談。

他們一個接一個掠過，在最後的一個，李豪立時注意到，外形和坐椅上的那個，一模一樣！

李豪喃喃地道：「我知道了！我知道了！你不是神，但是，我願意成為你的信徒。」

神的同伴全回去了

李豪將那幾句話，重覆了三、四遍，那透明立方體早已回復了原來的透明，看來一無所有。李豪卻仍然望著那透明體，不知道過了多久，他才又深深地吸了一口氣，鬆了鬆手，由得攀在那柱子上的身體，以一種十分自然的速度，滑了下來。

當他的雙腳，又踏到落地之際，他仍然有一種飄浮在半空中的感覺。

剛才他所看到的一切，在受過現代知識薰陶的李豪來說，和「神」並沒有發生聯繫，他已經有了一個概念。

那個如今還高高坐在「玻璃房間」中的人，廟堂中的那麼多神像，他們都是同類的、來自深不可測的外太空，他們曾經可以在浩渺無際的宇宙之中，自在飛行，他們也到過地球。

以他們的進步，在若干年前來到地球，由地球人的角度看出去，他們毫無疑問會是神！

令得李豪迷惑的是，為什麼所有的人全回去了，而只有一個留了下來？

這個人，為什麼會留下來的？他遭遇了什麼困難？他留在地球上有多久了？他的同類為什麼不來看他？

他縱使有通天的本領，就這樣一個人留在地球上，被一群人當作「神」一樣來膜拜，那是多麼的寂寞痛苦！

李豪心中留著太多的疑惑，是以他站定之後，只是怔怔地仍然抬頭向上望著，思緒亂成一片。

直到伊鐵爾的聲音，在他的身邊響起，他才震動了一下。

伊鐵爾向上面指了指，道：「他……給你看了什麼？」

李豪深深地吸了一口氣，他這口氣吸得極深，直到他的肺部，連一個空氣分子也不能多容納為止，然後，他又慢慢地將吸進去的氣呼了出來。

他道：「我看到了許多……神，在浩渺的太空中自在飛行，他也在其中，他已經告訴了我，他是什麼人！」

伊鐵爾道：「他是神。」

李豪盯著伊鐵爾，半晌，他本想和伊鐵爾爭辯的，但是他改變了主意。

堅決相信那個人是神，是伊鐵爾的信念，為什麼他要去打破他的信念呢？而且，神也好，人也好，這只不過是稱呼上的不同，實情是：一個來自深不可測、無邊無涯的宇宙某處的高級生物，如今在地球上，他可以給地球人帶來什麼？還是留著輕而易舉就毀滅地球的力量？他對地球人的了解，達到了什麼程度？他的地位絕對在地球人之上，在這一點來說，他就是神。

李豪改變了爭辯的主意之後，只是低聲重複了伊鐵爾的那句話，道：「他是神！」

伊鐵爾用嚴肅的神情盯著他，李豪想起了自己的承諾，接著又道：「我願意成為他的信徒。」

伊鐵爾緩緩揚起手來，神情莊嚴，道：「跟我來！」

李豪跟在伊鐵爾的身後，慢慢走了出去，接下來，李豪在伊鐵爾安排之下，在十分繁複的儀式中，成為正式的信徒。

那種繁複的宗教儀式，李豪本來是最不耐煩的，如果在以前，叫李豪去那樣做，他一定會哈哈大笑，認為那是天下最滑稽的事。但是這時，他卻誠心誠意，依照傳統的儀式做著一切。

當他在做著看起來是全無意義的一些工作之際，他心中只想著一件事：地球人實在太愚昧、太渺小了。

人家是從哪裡來的？來了又去了，地球人竟全不知道。

這裡看來是一座古廟，可是實際上，卻是宇宙中一個文化的起點。

人類的歷史那麼短，但是又那麼自滿，所有地球人的活動，是多麼可笑！

當一個人登上一座高山，極目四望之際，這個人會覺得自己的胸襟陡然廣闊起來，但那只是自戀，登上一座高山，目光能及得多遠？他不同，他剛才看到了宇宙的深邃！

就在那一剎間，他已經建立了一個新的信念，這種信念，是超越了地球上人類的思想範疇的。

地球上的人，思想範疇脫不了地球，思想的極限，認為一個地球已經是最大、最重要的事了。然而，在整個宇宙中，地球只不過是一粒微塵，在一粒微塵上活動，天下還有什麼是「大事」？

李豪想到自己在這種新的觀念之下，思想變得空靈，可以超越地球的限制，馳向更遠，簡直沒有邊涯，沒有盡頭。

他並不以為伊鐵爾和其餘的信徒，也和他一樣。伊鐵爾和其餘的人，可能只是有了一個模糊的概念，感到「神」的力量十分偉大，值得崇拜，而未曾像他那樣，達到了這樣靈空的境界。

這，或許是由於各人的領悟能力，或許是由於伊鐵爾他們，太囿於傳道的宗教儀式和宗教氣氛了。

李豪知道自己的認識和他人不同，不過，他絕沒有也要別人接受他自己想法的意思，反倒順從地跟著別人，進行著宗教儀式。

在一連串的儀式之後，李豪又跟著伊鐵爾，回到了那間石室之中。

不等李豪開口，伊鐵爾道：「現在，我們可以談談寇克的事了！」

李豪的思緒，仍然有些神馳天外，這時，才又回到了現實中來。

他問道：「是，寇克怎麼樣了？」

伊鐵爾嘆了一聲，道：「真不幸。」

他在這樣講了一句之後，停了片刻，才道：「很久很久之前，很多神自天降臨，在這裡建立了神廟，作為他們的宮殿。神的降臨，是為了了解世人——」

伊鐵爾的話講得很遲緩，李豪這時一點也不性急，他知道，伊鐵爾並不是向他傳遞什麼教義，而是在向他講述那一群來自外太空，遙遠得不可想像的某一個星球的高級生物的一切。

他自然要用心聽著，他的神情也變得嚴肅起來。

伊鐵爾繼續用他緩慢的語調講述著：「有了神，有了廟，也有了信徒。可是不久之後，神就發現，世人的心正在急速地變化，人心應該是向美好一面變的，可是卻剛剛相反，人心在變，變向醜惡。於是，眾神感到無可忍受，不值得再停留在世上，他們離去了，當他們離去之際，他們曾作了預言，預言人心會繼續變壞下去，直壞到趨於全體毀滅為止。」

伊鐵爾苦笑了一下，道：「你可以看得到，眾神的預言，正在逐步實現中！」

李豪的心頭十分沉重，道：「是。」

那一番話，李豪已經聽伊鐵爾約略提起過，可是在第一次聽到的時候，他只覺得可厭，而現在，他卻有一種虔誠的心情。

那使他感到，很多言詞託宗教之名來傳播，實在是很有道理的。

伊鐵爾繼續道：「在諸神想到對世人失望，又回返天上之際，有一位神，和諸神抱不同的希望，他留了下來，留在世上，要盡他的力量，來挽救日趨墮落的人心，這位神，你已經崇拜過他了！」

李豪苦澀地笑了一下，道：「看來，他的努力，並不成功！」

伊鐵爾的臉上，現出了一種深切的悲哀來，道：「是的，他留下來，可是不知為了什麼原因，古老的傳說是，在當時，有一個在教中很有地位的信徒出賣了他，那個教徒，為了自己的富貴，不知做了一件什麼事，令神的力量消失了，使他變得只能呆坐在那裡，只能略為轉動一下，看起來像睡著了一樣。從那時候起，保護廟，保護他，和喚醒他，是我們教派的神聖任務！」

李豪攤了攤手，道：「我們有什麼本事，可以……叫醒這位神？」

伊鐵爾道：「這件事發生已經很多年了，但是一代一代傳下來，當年事實的真相，沒有經過歪曲。當神發覺自己被欺騙之際，在最後一刻，他懲罰了那個教徒，然後，運用了最後一分力量，使他自己進入沉睡狀態。在進入沉睡之前，神曾祈告，他自己替自己作了安排，他說，他需要沉睡很久很久，諸神由於對世人的徹底失望，不會再來看他，只有他的信徒才能保護他，他也告訴了信徒，只有一種人，可以有能力去叫醒他。」

李豪聽到這裡，有點緊張起來，「只有一種人可以叫醒他」，寇克就是這種人！

李豪對伊鐵爾的敘述，有他自己的見解。

伊鐵爾是把一切當作神話來處理的，但是李豪的見解卻是，這個如今在玻璃房子中的外星人，當年一定曾吃了一個地球人的大虧，以致發生了意外，雖然他盡自己的力量，使自己保持了生的狀態，不致於死去，但一定要通過相當困難的步驟，才能使他回復正常。

為什麼寇克會有這樣的能力呢？李豪倒真的急於想知道原因。

伊鐵爾道：「神留下來的指示是，只有一種人能叫醒他，這種人，必須是沒有思想的。」

伊鐵爾講到這裡，停了一停，向李豪望來。

李豪的神情也十分茫然。

「沒有思想的人」，這是什麼意思呢？哪裡會有人是沒有思想的？

他沒有發問，但是神情上的疑惑，已經說明了，他全然不明白那是什麼意思。

伊鐵爾嘆了一聲，道：「真可惜，當時神在最後囑咐之際，只有三個人聽到，這三個人，當時其實也不明白神的這句話是什麼意思，可是，他們卻沒有進一步問個明白，只是記了下來。當時，神在這樣說了之後，還指著一件東西，說那是最重要的一樣東西，一定要極其妥善的保管，那件東西，和有關廟堂的十八具神像有關係，我稍後再向你詳細說明。」

李豪只覺得越聽越玄。他道：「那麼，什麼叫沒有思想的人？」

伊鐵爾道：「關於這一點，一直沒有人明白，聽到的那三個人，各人在事後，都有自己的解釋，人總是有思想的，再愚蠢的人都有。三個人的意見發生分歧，各有各的想法，甚至引起了宗教的分裂。」

李豪訝然道：「那麼嚴重？」

伊鐵爾苦笑道：「是的，其中一個，認為沒有思想的人，是指嬰兒而言，於是，他把嬰兒弄到神的前面去，結果如何，由於年代已久，也沒有人知道，當然是失敗了。但是，他卻一次又一次試著。由於嬰兒的父母，都不願意自己的孩子去冒險，而且行事又非秘密不可。所以，這個人和他的信徒，漸漸地變為十分神秘，充滿了邪惡的邪教，再後來，他們也背棄了神聖的任務，不肯再守護神廟了。」

李豪「嗯」地一聲，道：「還有一派呢？」

伊鐵爾道：「還有一派，認為任何人都有思想，要使一個人沒有思想，除非是這個人肯把自己的思想摒棄。於是，他和他的信徒就自己開始實行，他們的方法是靜坐，摒除萬慮，什麼也不想，可是他們雖然沒有成功，但是他們的這種信念，卻越來越根深蒂固，他們全變成了隱士，只是在人類不到之處去修行，務求達到這個境界，早已和神廟無關了。到現在，這一教派的人，甚至已不知道有這座神廟了！」

李豪道：「當然，沒有思想，還知道什麼神廟？」

伊鐵爾停了一下，又道：「最後一派，就是我的祖先，他也不明白那句話是什麼意思，但是他堅持著自己的任務，認為一代一代傳下去，總有一天，有信徒會明白神這句話的意思的，可是，也一直沒有成功過。直到我遇到了寇克——」

李豪陡地一怔：「你怎麼認為他是一個沒有思想的人？他一樣有思想。」

伊鐵爾現出深切後悔的神情來，道：「寇克，當我遇到他的時候，發現他對自己的過去，完全忘記了，全然沒有了記憶。沒有了記憶，豈非就是沒有了思想？」

李豪忍不住責備道：「你這樣解釋法，太牽強了。」

伊鐵爾苦澀地道：「你說得是，可是，神已經沉睡了那麼久，雖然他當日曾說，自己可以維持這樣的狀態很久很久，但究竟是多久？如果突然之間起了變化，那怎麼辦？所以我要嘗試每一個可能的辦法，我也不知道後果會這樣嚴重的！」

李豪感到了一股寒意。寇克究竟怎麼了，他還不知道，但是從伊鐵爾的神情和他的話聽來，已經可以知道事情真的十分嚴重！

李豪沒有插言，伊鐵爾伸手在自己的臉上撫摸了一下，道：「我想，寇克或者可以擔當這個任務，所以我向他說明，帶他來到這裡，用告訴他過往的一切，作為交換的條件。寇克來到這裡之後，驚訝萬分，當他看到神的時候，他說了一些不敬的話，但我也沒有怪他。」

寇克來到那個「圓筒」底部，抬頭向上望去時，驚叫了起來，道：「天！這不是神，是不知從什麼地方來的人。天！他來自什麼星球？」

寇克當時的反應，其實和李豪是一樣的，他立時想到了那是怎麼一回事，知道「神」，其實是外星來的高級生物。

當時，伊鐵爾就認為他這句話，是對神的不敬，不過，他也沒有干涉，因為，他把叫醒「神」的希望，放在寇克的身上。

伊鐵爾只是道：「他是神！」

伊鐵爾已經向寇克簡單地敘述過這個神的事，寇克也知道自己要做什麼，他一直抬頭向上看著，又道：「即使我能沿著柱子向上爬上去，我又有什麼法子進入那個玻璃房間之中，去叫醒他？」

伊鐵爾皺眉道：「這一點，我不知道，因為在我這一代，還是第一次嘗試去叫醒他。但是曾經一代一代不斷有人試過，我看一定有辦法的，別忘記，雖然是一個沉睡中的神，一樣是神！」

寇克聳了聳肩，他一直是一個天性很樂觀的人，失去了記憶，並不改變他的性格。

他開始向上攀去，出乎他意料之外的容易。

伊鐵爾和另外三個地位重要的信徒，在下面仰著頭向上看著，三個人之中，包括巨靈在內。四個看著寇克向上攀去的人，神情都十分緊張。因為在一代又一代的傳說中，神要是醒了之後，就會發生巨大的變化。

由於寇克一個人向上攀去，所以在下面看著的四個人，只能看到發生了什麼事，至於真正發生了什麼事，他們是無法知道的。

他們看到，寇克一直攀到了那「玻璃房間」的底部，他一手攀著柱子，不使身子滑下來，一手伸出去，像是叩門一樣，向上叩著。

當他這樣做的時候，他還向下望來，同時做了一個鬼臉。

寇克的性子相當活潑，這種輕鬆的動作，正是他個性的表現。

伊鐵爾在下面看了，又皺了皺眉。

寇克在做了一個鬼臉之後，又抬頭向上，不再去「叩」，而是用拳頭用力去打，一面打，一面叫道：「我來了，喚醒你的人來了！閣下沉睡了多久？幾百年？是不是地球上的幾百年，只等於你們那裡的幾小時？」

寇克叫得十分大聲，他的叫聲，在那「圓筒」形的空間之中，引起了陣陣回聲。

伊鐵爾倒可以忍受，巨靈由於信仰太度誠之故，發出了極度不滿的低吼聲。

就在這時候，寇克的叫聲陡然停止了。

在下面仰著頭向上看的四個人，也呆住了。

在那「玻璃房子」的底部，突然有一件東西伸了出來。

由於那伸出來的東西也是透明體，所以很難看清是什麼東西，像是一塊斜斜伸出來的透明物。

下面的四個人，只是十分清楚地看到寇克陡然一呆，然後，他的雙手一起抓住了那東西。

當他的雙手抓住了那東西之後，那東西縮回去，連帶把寇克也帶著向上升。

不到十秒鐘，寇克已經身在那玻璃房子之中了。

他站在那個人面前，從下面望上去，依稀可以看出他的神情，極度訝異，看得出，他正對著「神」在講話，可是他的聲音卻完全聽不到。

這樣的情形，大約維持了好幾分鐘，在下面的四個人，真是緊張到了極點，他們不知道事情的發展會怎樣，只好焦急地等待著。

看情形，寇克像是正在用心傾聽著什麼，可是從下面的角度看上去，又看不到「神」在說話。

幾乎是僵立著不動的寇克，終於有了動作，他緩緩轉過身去。

當寇克轉過身去之後，在他面前，有幾個方形的透明立方體，開始現出顏色來，每一個立方體現出的顏色都不同，而且在迅速地變幻著，寇克看來有點手忙腳亂，他不斷地在接著那些立方體。

下面的四個人都注意到，當寇克的手一接上去時，透明立方體立時就變色，而且發出不同顏色的閃光來。

這時候，寇克在各色閃光的照耀下，整個玻璃房間之中，充滿了各色的光彩，光彩還射向「圓筒」的筒壁，連在下面的四個人，也都可以見到彩光在自己的身上流轉，情形真是奇妙到了極點。

伊鐵爾等四個人，一看到了這樣絢麗的光彩和奇妙的景像，他們都不由自主跪了下來，膜拜著。

由於這個緣故，他們大約有一分鐘的時間，未曾抬頭向上看，要不是突然之間有了變化的話，只怕他們會一直膜拜下去的。

可是突然之際，變化發生了，正在膜拜的四個人，感到有一股極強的光線，自上面射了下來，他們連忙抬頭向上看去。

那股自上面射下來的光線如此之強烈，以致他們在抬頭向上望去之際，被那股強光刺激得什麼也看不到。

那「玻璃房間」中充滿了強光，他們勉力看去，只可以看到在強光之中，有一個人影，正在不斷地揮舞著雙手，看起來像是在舞蹈一樣。

但是立即，他們發現那個人不是在舞蹈，是在掙扎，而且是極度痛苦的掙扎！

那個人不多久，就仆倒在地，臉向著下。

在下面的四個人，可以清楚地看到，這個人，正是寇克！

他撲倒在地之後，把自己的臉緊貼在底部，連鼻子都壓扁了，他的臉上肌肉，可怕地扭曲著，而他的雙手正用力抓著，想抓到些什麼，可是什麼也抓不到。他的口張得極大，像是正在拚命叫喊，可是下面的四個人，卻一點聲音也聽不到。

寇克與「沉睡的神」

即使作為教派的領導人，看到了這樣的情形，也驚惶得不知所措。

他們四個人完全不知道怎樣才好，只是仰頭看著，他們看到寇克的口在張動著，像是在叫喚，臉上的神情也越來越痛苦。

那種痛苦的神情，感染了他們四個人，他們寧願可以聽到寇克發出來的痛苦的叫聲，總比無聲的痛苦神情容易忍受些。

他們四個人，也不由自主一起大叫了起來。

他們雖然不知道自己這樣叫有什麼作用，他們只是非叫不可，如果在那種情形下，再不大聲呼叫，他們就不知道應如何才好了。

他們叫了沒有多久，至多只有三兩下，強光突然熄滅。

本來，在「圓筒」的頂部，有一種十分柔和的光線發出來的，可是這時，當強光熄滅之後，連帶那種柔和的光線也消失了，眼前變得一片漆黑。

在黑暗中，巨靈驚叫了一聲，道：「神發怒了，那個人觸怒了神！」

伊鐵爾一聽到巨靈這樣叫，不由自主跪了下來，在黑暗之中，他看不到其他的人，但是他相信巨靈和另外兩個人，和他一樣，也跪了下來，而且身子縮成一團。

他們的心裡，感到了極度的害怕，人在極度害怕的時候，會自然而然跪下來，而且縮成一團的，他們的口中，不斷地叫著求神寬恕的話。

黑暗並沒有維持了多久，柔和的光又從上面射下來，他們一面喘息著，一面身子發著抖，戰戰兢兢抬頭向上看去，看到「玻璃房間」的底部，那伸出來，接引寇克進房間去的東西，又伸了出來，而寇克正在那東西上面。

雖然他的雙手抓著那東西，可是看起來，卻搖搖欲墜，隨時可能跌下來。

伊鐵爾首先跳起來，抓住了圓柱，向上攀去，巨靈也跟著攀上去幫忙，他們兩人到了寇克的身邊，抓住了寇克，又合力向下滑，把寇克安全地帶了下來。

伊鐵爾喘息著，問：「真神在上，究竟發生了什麼事情？」

寇克沒有回答——從那時候開始，他就沒有說過任何話。

他不但不說話，而且，雖然睜著眼睛，但是可以看得出，在他睜大的眼睛中，是那樣地茫然，令人感到他的眼睛，是在望向一個不可測的另一空間。

寇克的身子也不能動，他看起來完全像一個死人一樣，可是他卻不是死人，他還活著，他是一個活著的死人！

伊鐵爾在弄清楚了寇克的情況之後，再抬頭向上看去，「神」仍然坐著一動不動，看起來，就和一動不動的寇克完全一樣。

而那自「玻璃房間」底部伸出來的梯狀物，也已經縮了回去。

一切，全像是什麼也沒有發生過一樣。

唯一的不同是，剛才這嘻哈笑著、向上攀去的寇克，變成了一動也不能動。

由於寇克根本聽不到旁人的問話，所以在神的面前，在那些有奇異的光彩發出來的透明立方體之前，究竟發生了一些什麼事，沒有人知道！

聽伊鐵爾講了寇克去喚醒「沉睡的神」的經過，李豪的心直向下沉。

過了好一會，他才十分艱難地講出了一句話來，道：「寇克……死了！」

伊鐵爾搖著頭，道：「不，他沒有死，他一直是這樣，我們的人照料著他，他一直是這樣！」

李豪不由自主喘著氣，道：「讓我見見他！」

伊鐵爾嘆了一聲，道：「現在你已明白了一切，當然我會讓你見他！」

伊鐵爾伸手，在石桌旁按了一下，一道暗門打開，暗門打開之後，現出了一條傾斜度十分低的通道，然後，坐在一張椅上的寇克，從那條通道之中滑了出來，一直滑到了暗門口。

李豪看到了寇克，在經過好幾年的訪尋之後，終於看到了寇克，他心情的激動可想而知，他立時衝向前，緊緊握住了寇克的手。

寇克的手雖然冷些，但是卻很柔軟，毫無反應，那絕不會是死人的手。可是寇克卻一動也不動，他甚至不望向李豪，雙眼睜著，眼神是如此茫然。

李豪大聲叫著，可是，寇克一點反應也沒有。

如果不是李豪已在這古廟中，有過那樣的經歷，這時他一看到寇克這樣的情形，他一定會毫不考慮，轉身就揮拳擊向伊鐵爾了。

但這時，他已經知道這座古廟的來歷，知道有一個外星人，由於不明的原因，還在廟中。知道這一切，都和亙古以來，人類想探索而又一點成績也沒有的宇宙奧秘有關！

所以，儘管他心中傷痛，他卻並不衝動，只是頹然放開了寇克的手，道：「把他交給我，我會找世上最好的醫生替他醫治！」

伊鐵爾嘆了一聲，道：「世上最好的醫生，也不過是人。人，能敵得過神的旨意嗎？」

李豪怔了一怔，轉過身來，道：「那……總不能讓他一直這樣子！」

伊鐵爾緩緩地道：「別以為我不關心他，他是因為我的吩咐而變成這樣的。相信我，我對他進行過長時期的觀察，我想他現在這樣，並不會感到痛苦。」

李豪叫了起來：「那也不行，總得醫好他！」

伊鐵爾道：「我相信，如果沉睡的神醒來了，他也會醒來。」

李豪深深地吸了一口氣，他完全可以肯定，寇克變成眼前這等模樣，一定和那個外星人有關，據伊鐵爾的形容，寇克曾在那玻璃房中做了些什麼，才變成這樣子的，那麼，說是外星人使他變成這樣的，絕不會有錯！

李豪一想到這裡，堅決地道：「我去求他，我去求他令寇克復原！」

伊鐵爾神情駭然，望著李豪，一時之間說不出話來。

李豪知道，那個外星人，在伊鐵爾的心目之中是神，是絕不可侵犯的。

但是他卻不怕，他是那麼注重和寇克之間的友誼，而且，他又是一個熱情激動的人，這時，他絕不考慮後果，而且，大不了，事後他也和寇克一樣，有什麼大不了的！

所以，他用力一拳打在石桌上，道：「不，我一定要去求他令寇克復原。」

伊爾鐵隔了許久，才緩緩呼出一口氣來，道：「好，可是，你千萬別冒犯了神！」

李豪苦笑了一下，道：「不會，別忘記，我也是他的信徒，他的偉大，在我看來，簡直是無可形容的。和他相比，地球上的人，算是什麼？」

李豪的這幾句話，倒是出自衷心的。

伊鐵爾又嘆了一聲，於是，李豪又來到了那個「圓筒」中。

李豪攀上圓柱，到了玻璃房子的底部，用力敲打著，叫著，求告著，可是一點用處也沒有，並沒有什麼東西升出來，讓他可以進入。

他不斷地說著話，因為他知道，他所說的話，對方會聽得到。

幾乎在一小時之後，李豪已經再也沒有氣力附在那圓柱之上了，他還在不斷求告，李豪的一生之中，未曾這樣求過一個人！

在他已經要絕望的時候，他陡然看到「神」的手指又動了一下，和上次一樣，仍然是指向他前面的一個透明立方體。

李豪連忙向前看去，只見那透明立方體中，現出了一重又一重十分淡的彩霧，接著，有影象現出來。

李豪看得十分真切，那情形，就像是他對著一具電視機一樣，只不過看到的東西，全然是有立方體的。

他看到寇克在「玻璃房間」中的情形，和伊鐵爾敘述的完全一樣。

所不同的是，當時，伊鐵爾並沒有看到全部過程，因為當彩光四射之際，大約有一分鐘的時間，伊鐵爾和另外三個人，都因為「神蹟」的奇妙，而在跪地膜拜。

李豪這時在透明立方體中所看到的，顯然是當時紀錄下來的全部過程，所以，在那一分鐘之中發生的事，他也看到了。

他看到寇克面對著發出各種幻麗色彩的透明立方體，神情訝異莫名，接著，他試圖去提起其中一個來，但是卻不成功。

然後，寇克突然轉過身，來到「神」的面前，伸手抓住了「神」胸前的衣服，他用力想把對方提起來，但是卻不成功。

這時候，「神」的怪臉上，神情也起著急劇的變化，他那隻獨眼睜了開來，現出一種可怕的光芒來。

寇克還在用力拉著，「神」又閉上了眼，寇克在那時候，身子陡然之間，像是被一種巨大的力量彈得閃向後，跌了開去，背部撞在一些透明立方體上。

就在這時，強光陡生，寇克的身子又再彈回來，仆倒在「玻璃房間」的底部。

再接下來的情形，直到一片漆黑，又和伊鐵爾的敘述，完全一樣。

在漆黑過後，柔和的光芒又射出來，李豪繼續注視著那有形象現出來的透明立方體，看到了一連串顫動的線條，李豪強烈地感到，這組顫動的線條，是在向他表達一些什麼意思，看起來，那像是聲波轉變為電波後的波形，可是，他卻全然不明白對方想表達什麼。

閃動的電波形在大約一分鐘之後靜止，透明立方體又回復了透明。

李豪深深地吸了一口氣，雖然他未能弄懂最後一部份是什麼意思，但是他也明白了大概，他道：「請問，是不是寇克——就是曾來過你面前的那個人，做錯了什麼？」

他連問了三次，得不到反應，他又問道：「寇克的處境，難道沒有辦法改變的嗎？」

他也連問了三次，也沒有反應。李豪嘆了一聲，慢慢滑下了圓柱。

當他再回到石室面對寇克之際，他對伊鐵爾道：「寇克的確做了一些錯事，他為什麼要這樣做，我也不知道。我看他的情形，不是人力所能改變的，就讓他繼續保持這樣的情形吧！」

這正是伊鐵爾同意的事，伊鐵爾連連點頭。

李豪道：「有一個人，可以十分妥善地照顧寇克，我去叫她來。」

伊鐵爾道：「他的妻子？可是她……不是我們的信徒！好像——」

李豪打斷了伊鐵爾的話頭，道：「雅蒂對寇克，有著極深的感情，她一定願意為寇克做任何事！信徒不信徒，不是主要問題吧？我倒希望，雅蒂那種人世間罕見的愛情，可以感動神，使寇克早點回復正常！」

伊鐵爾喃喃地道：「但願如此！」

李豪又伸手，在一動不動的寇克臉上，輕輕拍了幾下，才又道：「我已經是信徒了，以後，任何和這座廟有關的事，我一定盡我最大的力量，不過，現在我不可能常住在這裡，我一定會經常來。」

伊鐵爾並不十分挽留李豪，只道：「我知道辛開林賣了一顆『女神的眼睛』，其餘那些寶石呢？」

李豪搖頭：「那是他的財產，他對我已經夠好了，我沒有再去過問他財產的理由！」

伊鐵爾皺著眉，現出很為難的樣子來。

李豪以為他還有重要的話要說，可是等了一會，伊鐵爾只是嘆了一聲，沒有再說什麼。

李豪卻忍不住問道：「你交給辛開林的那只箱子中，究竟放著什麼？」

伊鐵爾看來有點心不在焉，道：「那是一件很重要的東西……以後再說罷！」

李豪沒有再問下去，他還是駕駛著那架小型飛機離去的。

回到了拉合爾，他把寇克的情形告訴雅蒂，還沒有等他問雅蒂是不是願意去照顧寇克時，雅蒂已經極其鎮定地道：「我去陪他，和他在一起！」她停了一停，又道：「我很害怕失去他，現在，至少他不會離開我了！」

她說得極平靜，可是話才說到一半，淚水已經湧出來，順著她的臉頰，直向下淌，令得李豪、倫星和三達，都不敢正面看她。

李豪把雅蒂送到神廟之後，他並沒有把自己的經歷和寇克的遭遇告訴辛開林。他感到告訴了辛開林，於事無補，整個事情是這樣奇妙和不可思議，他知道辛開林的性格，要是辛開林知道了這些，他一定會放棄一切，去追索事情的真相。而那時候，正是辛氏機構的事業開始發展的時候，需要具有高度商業才能的辛開林全力以赴，絕不能有任何分心。

李豪自己一個人承受了那種難以形容的精神上的壓力。

在那座神廟中的遭遇，的確是使李豪的心理上，形成了極度的壓力。

他和其他的信徒不同，連伊鐵爾在內，都把一切事情全都宗教化了，心理上就比較容易消化得多，可是李豪卻知道，那不是宗教問題。

那個「神」，毫無疑問，是一個外星人！

那「玻璃房間」，那些立方的透明體，全是他一點也不了解，地球人的知識還遠遠無法接近的科學儀器。

其餘的外星人走了，這一個卻留了下來，當年曾發生了什麼事？何以他一動都不能動？寇克為什麼忽然要對他不利？種種沒有答案的疑問，使他時時有喘不過氣來的感覺。

於是，李豪索性縱情聲色，想在醇酒美人之中，令自己變得輕鬆些，他在全世界各地追求出名的美女，每次成功了之後又厭倦。

他每年都到巴基斯坦去，每次一到之後，就駕著小型飛機，直飛那座神廟。每次，他也都要攀上那根圓柱，去看看那個「神」，「神」的情形，一點也沒有改變。

時間一年一年過去，有一次，他到神廟，意外地發現了阿道和甘甜。

當李豪第一次看到阿道的時候，他就忍不住大叫了起來，他立即就可以肯定，眼前這個青年，一定就是寇克和雅蒂生的兒子，當年在那荒僻的山村中，叫仇視雅蒂的村民抱走的。

阿道被李豪的態度嚇了一大跳，有點不知所措，李豪立時向伊鐵爾望去。

伊鐵爾道：「我是在一家孤兒院中把他領出來的。這小伙子，甚至沒有名字。他是在很小的時候，被人在街頭發現的。」

李豪立時道：「叫他道格拉斯吧！」

伊鐵爾也沒有問是什麼原因，阿道也欣然接受了這個新名字。

然後，李豪當阿道不在場的時候，問伊鐵爾：「他見過他的父親沒有？」

伊鐵爾搖頭：「沒有，他是一個很勤奮的小伙子，但年輕人有年輕人的衝動，我不知道當他知道自己的身世之後，會怎麼樣，所以我什麼也沒有和他講。他的父母生活在廟中普通人不能到的地方，他也沒有機會遇到他們的。遺傳真是奇怪的事！他和寇克長得一模一樣，任何人一看，都知道他是寇克的兒子！」

李豪的心情十分興奮，他們三個老朋友，直到現在，還只有寇克有了一個兒子。

李豪當時就決定：「我這次回去之後，一定要把所有的事，全講給辛開林聽！他的事業已到了顛峰，可以不必再那麼操勞，可以騰些時間出來，做些別的事了！」

伊鐵爾忙道：「不，還是先別告訴他！」

李豪感到有點意外，不知道伊鐵爾為什麼要阻止他把這裡的一切告訴辛開林。

照他想來，那是絕對有好處的事情。

辛開林知道了這裡的情形，依他的性格而論，他一定會盡他的力量，集中世界上一流的科學家，來研究這件事。

這件事，足可以使得人類以後的歷史，完全改寫！可以說是人類歷史上最大的大事！

伊鐵爾在李豪的注視下，緩緩地道：「你看到了甘甜？她也是我從孤兒院帶出來的。」

李豪仍然不明白：「很可愛的小姑娘，她又有什麼關係，看來她是個白癡——」

李豪講到這裡，陡然停了下來，望向伊鐵爾，伊鐵爾也知道李豪為什麼望向他，慢慢點了點頭。

李豪大搖其頭，道：「你以為她沒有思想？你錯了，她智力低，可是也有思想，只不過她的思想不成熟而已，寇克的事，還不足以構成教訓麼？」

就讓他一直沉睡好了

伊鐵爾深深地吸了一口氣，道：「我還沒有告訴你，在你上次離去之後不久，我又在廟中發現了一間房間。這座廟，不知道有多少地方是我未曾發現的。神的建築，不是我們所能想像的，在那間房間中，我找到了一本上代留下來的書。」

李豪道：「那又怎麼樣？」

伊鐵爾向李豪做了一個手勢，他們一起向前走去，經過了一條走廊，走廊的兩壁上，全是浮雕，伊鐵爾突然停下來，伸手去推一個浮雕的神像，神像向後縮去，現出恰可供人進去的隙縫來。

隙縫並不是很寬，剛好可以供一個人打橫身子擠進去，伊鐵爾在前，李豪在後，一起擠了進去。

隙縫之後，看來只是一個極小的空間，四面都是石壁，兩個人擠在那個小空間中，幾乎連身子也轉不過來。

李豪剛想發問，伊鐵爾掂起腳來，伸手向上，手按在頭頂上的石塊上，然後用力向上頂著。

李豪看他頂得十分吃力，可是卻又沒有法子去幫他，因為他的身材非常矮小。

伊鐵爾頂了一會，發出了一下出盡氣力的悶哼聲之後，一邊的石壁又向後退去，再現出一道隙縫，而且，有光亮透了出來。

李豪吸了一口氣，喃喃地道：「光線……是從哪裡來的？」

伊鐵爾道：「這是神的能力！」

李豪沒有再說什麼，他自然知道，那的確是「神的能力」。

那種外星人早已發現了可以長久維持的一種能量，在這古廟中，種種想像不到的地方，都會有光源，自然是由於這種能量在起作用之故。

進了那道隙縫，是一個小小的房間，李豪又不禁吸了一口氣。

這間房間中的一切，和整座古廟，實在太不調和了。

整座古廟，不論和什麼有關，看起來總是深沉幽秘，有著古老悠遠的氣氛。可是這間房中，簡單的陳設，卻有著簡潔明快的線條，一切都給人以一種未有的夢幻般的感覺。

簡單的陳設，包括了一張桌子，一張椅子，還有在一邊牆上的許多不同顏色的按鈕。

伊鐵爾望著李豪，道：「很奇特，是不是？」

李豪點頭道：「是，我猜想……這不知是哪一位神……用過的地方？」

伊鐵爾沒有表示什麼，來到桌前，道：「你看那邊牆上，有許多按鈕，看來每一個都可以按動，但是，我卻碰也不敢去碰它們！」

李豪突然衝動了起來，他大聲道：「伊鐵爾，你難道不覺得，你心目中的神，其實並不是神，他們是——」

李豪的話還沒有講完，伊鐵爾已陡然喝道：「住口！」

他呼叱得這樣嚴肅，以致李豪立時停止了說下去。

伊鐵爾立時又道：「不管他們是什麼，我們用『神』來稱呼他們，有什麼錯？」

李豪沒有再說什麼，隔了半晌，才道：「對，一點也沒有錯！」

他說著，向牆上的那些按鈕看了一下，又道：「我也不敢去碰它們……」他苦笑了起來：「誰知道一下子輕微的動作，會有什麼結果？」

伊鐵爾也會心地笑了起來，李豪知道，伊鐵爾其實也知道：「神」，其實是外星的高級生物，但正如他所說，稱他們為「神」，有什麼錯呢？

伊鐵爾指著桌上，李豪早就注意到了，桌上有一本看來極薄的本子，那不知是一種什麼紙張，每一頁都薄得意想之外，但是，又的確是紙張。

伊鐵爾揭開了一頁來，道：「你看！」

李豪看到了上面的文字，但是他卻不認識，伊鐵爾道：「這是古代印度文字的一種，上面寫的是——」

他吸了一口氣，然後低聲誦讀了起來：「必須有一個沒有思想、堅毅而忠神的人，幫助沉睡的神，神才會醒過來。這個人，一定要保持著人類上古時代清靈的心，而不是隨著時代的轉移，而變得充滿了自私慾念。這是神的訓示，極其重要。如果沒有這樣的一個人，沉睡的神，無法醒來！」

他讀到這裡，向李豪望了一眼。

李豪苦澀地笑了一下，道：「這樣的人……世上還找得出來嗎？」

伊鐵爾並沒有回答，可是他的神情卻相當沉著，看來像是胸有成竹一樣。

李豪看到他這種神情，陡然震動了一下，他已經猜到了伊鐵爾的計劃了，是以失聲道：「甘甜！你準備讓那低能小女孩去做這件事？」

伊鐵爾神情嚴肅，道：「我想不出還有誰，會比她更適合。」

李豪一面搖頭，一面苦笑，道：「不行，她低能，可是她一樣有思想，只不過思想幼稚而不成熟罷了！」

伊鐵爾道：「是，但是我已經觀察了她一個時期，發現她極其純真，一點也沒有自私的慾念，如果世上還有一個人，更像神的訓示所說那樣的話，那應該只有她。甘甜，才是我們的希望！」

伊鐵爾躊躇了一下，道：「我也不知道什麼時候，才是正確的時機！」

李豪不明白他這樣說是什麼意思，伊鐵爾又翻過了一頁，道：「這上面記著，當廟堂中十八具神像，射出他們眼中的光芒時，……就會變起來。」

他讀到這裡，停了一停，道：「剛才我沒讀出來的那個字，我不認得，我曾經去問過這種古代印度文的專家，他也不認識，只知道這個字的讀音是『欽圖』。」

李豪道：「既然會變起來，那一定是一件東西！」

伊鐵爾道：「是，我也相信『欽圖』是一樣東西，可能就是那件一再被提及過的那件最重要的東西！」

李豪「啊」地一聲，道：「就是你裝在木箱子裡，在混亂之中，交給辛開林保管的那東西？」

伊鐵爾點了點頭。

李豪喃喃地道：「『欽圖』，這個發音是沒有意義的，那一定是他們的語言，這是一件什麼樣的東西？你一定曾見過？」

其實，多年來，不但是辛開林想知道那只木箱子中放的是什麼東西，李豪也一直很想知道，只不過他想知道的程度，不如辛開林之甚而已。

伊鐵爾聽得李豪這樣問，皺了皺眉，並不回答。

李豪又道：「它的外形是怎樣的？」

伊鐵爾仍然不回答，而且，揮了揮手，明顯地不讓李豪再問下去，李豪悶哼了一聲。

伊鐵爾又讀道：「然後，神就會徹底醒來，就會和以前一樣，就會令得整個世界改觀，神有這個決心，也有這個能力，可以改變整個世界，整個人類。」

李豪越聽越覺得心驚肉跳，他道：「照這記載來看，這個沉睡的神要是醒來了之後……」

伊鐵爾道：「照我的理解，神一醒來，就會發生天翻地覆的變化！」

李豪道：「什麼樣的變化？」

「不知道。」伊鐵爾合上了本子。「這上面一點也沒有提及，這本子一共有一百頁，有文字記載的，只有第一、第二兩頁。」

李豪道：「而且文意十分不清楚。」

伊鐵爾道：「有些是很清楚的。例如，十八具神像，射出他們眼中的光芒——」

李豪道：「我就不明白！」

伊鐵爾解釋：「那十八具神像，如今看來，眼睛部分是凹陷進去的，本來，每一個神像的眼眶之中，都有一顆寶石鑲嵌著的。」

李豪「啊」地一聲，道：「你給辛開林的那十八顆——」

伊鐵爾有點傷感，道：「是，就是那十八顆。」

李豪想起多年之前，自己用小刀把那羊皮袋子割開來，發現那些價值連城的寶石，卻把它們當作是開玩笑用的顏色玻璃時的情形，也不禁有點好笑。

伊鐵爾道：「那一年，混亂在各地發生，這裡正是大混亂的中心地區，我是負有保護神廟的責任的，我想號召一大批人來，用武裝來保護神廟，可是在那種大混亂之中，人心變得連信仰也沒有了。我看到神廟幾乎隨時可能毀於兵禍之中，所以，就想把廟中最重要的東西，轉移到別的安全的地方去。」

李豪用心聽著，伊鐵爾這時的決定，在日後，影響了他們三個老朋友的一生！世事就是這樣奇妙，遠在萬里之外的一個完全不相干的人，做了一些事，就有可能影響到另一個全然不相干的人的一生！

伊鐵爾也在回想著當時的情形，他繼續道：「我知道神像眼中所嵌的鑽石，價值極高，如果一有亂兵侵入，神像可能會遭到破壞，所以，我將它們取了下來。還有一樣重要的東西，就是『欽圖』。然而，當我帶著它們來到拉合爾機場之際，根本已經沒有正常的班機了，就在那時候，我遇上了辛開林。那實在是一種冒險，可是我有一種直覺，感到他是一個可信任的人。當時，我把十八顆寶石也給了他，是因為我沒有別的可以給他作酬勞，而我必須付他酬勞。我也想到過，任何人都不可能把那麼值錢的寶石，一下子全都賣完的！」

李豪推了推手，道：「那十八顆寶石，幾乎被我們拋到街上去！」

伊鐵爾道：「我發現了這個本子上的記載之後，想到那十八顆寶石，一定另有作用，一定要留在它們原來的位置，留在神像的眼眶之中，這可能有重大的作用！」

李豪道：「據我所知，辛開林只出售了其中的一顆：『女神的眼睛』。給我時間，我可以找回它來，其餘的，可以向辛開林要回來。」

伊鐵爾嘆了一聲，道：「所以，我不主張先讓辛開林知道，以他現在的地位，除非是他自願，不然，誰也強迫不了他。還是先把『女神的眼睛』找回來再說！」

李豪點頭表示同意，他們又商量了一會，才離開了那個房間。

李豪在離開拉合爾之後，馬上極力尋找「女神的眼睛」的下落，可是，這顆完美無瑕的鑽石，究竟落在什麼人手裡，李豪用盡了方法，也查不出來。

他做夢也沒有想到，是辛開林以當年出售的十倍價錢，把它買回去了。

時間又飛快地過去，到了那個大水庫的計劃被提出來之後，李豪一算地點，水庫工程會令得神廟淹沒在幾十公尺深的水下，他當然要竭力反對這個計劃的實行！

他反對水壩的建造計劃，真正的原因，又說不出口，辛開林當然不肯接受，於是，兩個幾十年的朋友翻了臉。

辛開林依計劃和巴基斯坦政府合作，而李豪則開始他的反對行動，到後來，他索性長駐在拉合爾，用他私人的財產，造成巨大的影響力，令得建造水壩的計劃不能實現。

在這段日子內，甘甜一天一天長大，可是，儘管她的身體越來越成熟，但是她的智力，卻始終停止在兒童的階段。

經過長時間的觀察，李豪也承認，甘甜可能是最適宜「喚醒」沉睡的神的人選。

伊鐵爾覺得不能再等下去了，儘管李豪還沒有找到「女神的眼睛」，但伊鐵爾決定將「欽圖」要回來。

他知道，辛開林會忍不住好奇心，一定會提出以極高的代價來交換那只木箱，所以，他派了甘甜去見辛開林。

伊鐵爾知道，吩咐了甘甜怎麼做，甘甜一定會照做的。

然而，伊鐵爾所未料到的是，已經是大富豪的辛開林，財富多得像天文數字一樣，但是他所得到的快樂，卻和普通人一樣，和世上所有的人一樣——少得可憐。

辛開林直到和甘甜在一起，才感到自己可以找到真正的快樂。

這一點，是伊鐵爾所絕料不到的！

古廟的石室中，維持著極度的寂靜。

過去的經過，由伊鐵爾講出來，小部份由李豪補充，辛開林一直在用心聽著。

在那一小時多，聽伊鐵爾和李豪兩人的敘述過程之中，他整個人，如同墜進了一個夢幻的境界中一樣，等到他們兩人講完，辛開林仍然未能從這樣的境界之中醒悟過來。他還是呆呆的坐著，一動也不動。

李豪看到了他這種神情，又性急了起來，道：「如果你不相信，我可以帶你去看那個『神』！」

辛開林又呆了一會，然後，才深深吸了一口氣，望向李豪。

他看著李豪，又是半晌不出聲，實在是他心中一片混亂，不知道該如何開口才好。

他終於開了口，指著李豪，道：「你這頭蠢驢子，你為什麼不早對我說？」

李豪翻著眼，道：「我看你只顧埋頭賺錢，賺錢，多了還要再多，誰知道你對這種事情是不是有興趣？你憑良心說，如果我早對你說了，你會怎麼樣？」

辛開林呆了一呆，才嘆了一聲道：「是的，我會說你在夢囈，根本不會相信！」

李豪聽得辛開林這樣說，一陣激動，老朋友畢竟是老朋友了，在這樣的情形下，根本不必說什麼假話。

他站了起來，張開雙臂，抱了辛開林一下，辛開林也大力在李豪的背上拍了一拍。

兩個老朋友之間的芥蒂，到這時候，可以說完全消除了，但是這絕不表示他們兩人之間的歧見已經消除了。

辛開林指著像塑像一樣，坐著一動也不動，甚至連雙眼之中，也一點沒有神采的寇克，大聲道：「伊鐵爾先生，寇克可以說是給你害成這樣的——」

伊鐵爾想要分辯，可是他還沒有開口，辛開林陡然一揮手，不讓他開口，道：「我絕對不會讓同樣的情形，出現在甘甜的身上！」

伊鐵爾還未曾來得及有反應，李豪已經道：「甘甜和寇克不同，她合乎條件！」

辛開林冷笑了一聲，道：「所謂合乎條件，那只是你們的想法！伊鐵爾也曾經認為寇克合乎條件。」

李豪又按捺不住怒意，道：「可是那沉睡的——」

他下面一個「神」字還沒有出口，辛開林已經道：「就讓他一直沉睡好了！地球上沒有他，地球上的人一樣在過日子，為什麼一定要他醒來？」

辛開林的話才一說完，伊鐵爾的臉色已經變成蒼白，對他來說，辛開林的話，是他從來也沒有聽到過的叛逆語言，他已經用手按住了腰際懸著的那柄小彎刀，而且手指節發響。這表示他真的已下定了決心，不把這把小彎刀拔出來則已，若是拔出來的話，一定一下子就會把刀子插進辛開林的心臟去。

李豪也憤怒得講不出話來，伸手指著辛開林，道：「你……你……你……」

辛開林知道自己的處境並不是很好，雖然他曾在大風大浪中翻過筋斗，但是他一生的經歷之中，從來也未曾有過如今這樣的經驗。然而，他堅強的性格，使他在這樣的情形下，仍保持鎮定。

他的語調變得更沉著，道：「請原諒我講話直率，我必須提醒你們，你們的情緒，都受一種狂熱的宗教情緒的影響！」

李豪吼叫道：「住口，剛才我在敘述中，已經說明了我的認識，神，其實是來自外星的高級生物，他比我們高級得多，他所代表的文明，可以令得地球人像螞蟻一樣！」

辛開林仍然十分沉著，道：「是，我承認這一點，可是你平心靜氣想一想，一群螞蟻，按照螞蟻的方式在生活，會歡迎在螞蟻之中，忽然來一個人去干擾牠們嗎？」

伊鐵爾變聲道：「神會改變世人的生活！」

辛開林道：「肯定會，已經有這樣的記載。但是，是向好的方向改變，還是向壞的方向改變？」

伊鐵爾和李豪都怔了一怔，一時之間，答不上來。

辛開林又道：「就算是向好的方向改變，是對誰來說？對神來說，是好的方向，對地球人來說，就未必好！」

伊鐵爾的聲音更嚴肅，道：「這是什麼話？神的方向，一定是好的！」

辛開林冷笑了一聲，道：「這是你的想法，因為你是神的信徒，可是世界上，有更多人不是信徒，你有什麼權利剝奪他們的自由的意志和自由選擇的權利？還是你準備用你手中的利刀，去強迫他們接受你的意旨？」

當辛開林在這樣說的時候，伊鐵爾腰際的彎刀，已經一半出鞘了，即使只是一半出鞘，也可看出那是一柄極其鋒銳的利刃。

伊鐵爾停了一停，道：「神只要醒過來，自然會使世人都成為他的信徒！」

辛開林嘆了一聲，道：「他來自另一個星球，對我們所知實在太少，已經有很多……神，來了又回去，是因為對世人的失望，只有他留下來，想要改變世人，兩位，這是他單獨的願望！是的，世人在變，那是一種自然的變，一種因環境的變遷所造成的轉變。我不否認人心越來越壞，但是人心美好的一面，難道不是一樣被保留了下來。美與惡的鬥爭，是一直在進行著的，不要對人太悲觀了！」

李豪揮著手，道：「我們不必討論這個問題，問題是，一定要有人喚醒神，而甘甜是唯一的人選。」

辛開林又憤怒又激動，道：「即使會害了她，你們也不顧？」

李豪道：「就算她變得和寇克一樣了，也沒有損失，她本來就是一個白癡！」

李豪的這一句話，真正將辛開林激怒了！

十八顆寶石的作用

辛開林發出了一下憤怒之極的吼叫聲，在他的一生之中，從來也沒有這樣憤怒過，他漲紅了臉，緊握著拳，叫道：「她是人！她是一個活生生的人！你們不能把她當作工具，隨便利用她去做不可測的事！」

他把這幾句話重複叫了兩遍，才喘著氣道：「我絕不會讓你們這樣做，你們會後悔，至少，我就不會把那十八顆寶石還給你！」

他指著伊鐵爾，激動得手指在發抖。

伊鐵爾的神情，冷得像冰鑿出來的一樣，道：「我們一定要這樣做，你不肯還那十八顆寶石，可能導致甘甜行動的失敗，那就是你害了她！」

辛開林呆住了。

剎那之間，他心念電轉，憑他豐富的處事經驗，設想著可以阻止伊鐵爾行動的方法，可是卻沒有一個方法是有用的。

他不交出那十八顆寶石來，伊鐵爾一樣要行動。

他個人的力量，絕無法阻止，而就算他能施加壓力，使巴基斯坦政府出面來阻止這件事，也一樣不成功，至少在時間上，是來不及了！

辛開林的手心冒著汗，汗珠很快地從他的鼻尖和額頭上滲出來。

伊鐵爾目光冷而硬，李豪揮著手道：「你是怎麼一回事？甘甜只不過是一個白癡女孩子！」

辛開林陡地轉過頭去，望向李豪。

他雙眼中射出來的那種憤怒的光芒，令得李豪陡然震動了一下，這個一生脾氣暴烈、什麼也不怕的人，也不由自主，在辛開林的那種眼光之下，感到了震驚。

辛開林用聽來極其嘶啞的聲音，向李豪呼喝：「你知道什麼？」

李豪吞下了一口口水，沒有出聲。

伊鐵爾道：「辛先生，這裡的事，不是你的力量所能阻止的，你應該已看到了這一點！」

辛開林的身子不由自主發著抖，連帶使他的聲音也有點發顫，他道：「我……知道！」

伊鐵爾的聲音聽來緩和了一些，道：「我們讓你知道了一切經過，是希望你能夠諒解——」

辛開林陡地吸了一口氣。

這時，他已經有了決定，所以他的神態鎮定了許多。

他一揮手，打斷了伊鐵爾的話頭，道：「我不諒解——」

伊鐵爾皺了皺眉，道：「那只好很抱歉，不能為了你，而妨礙我們的行動。」

辛開林的神情，已變得十分沉著，他緩緩地道：「那十八顆寶石，我還是可以拿出來——」

伊鐵爾和李豪在剎那間，都現出詫異的神色來，不知這辛開林何以又改變了主意。

他們想插話，可是辛開林立時做了一個堅決的手勢，不讓他們開口，繼續道：「不過，我有一個條件。」

他講到這裡，頓了一頓。

伊鐵爾道：「在不知道你的條件之前，我無法答覆。」

辛開林把聲音壓得十分低沉，聽來更給人以堅決的感覺，那表示他的條件，是不能討價還價的：「甘甜去叫醒那個睡著的神時，我要在她的身邊！」

伊鐵爾的喉際，發出了「咯」地一聲響，一時之間，不知道該如何回答才好。

李豪忙道：「這恐怕不行……」

辛開林重複了一遍，語氣更加堅決，道：「我要在甘甜的身邊！」

伊鐵爾的頸部看來有點僵硬，以致當他轉過頭，向辛開林望去之際，頸骨甚至發出了一陣輕微的「格格」聲來。

他望定了辛開林之後，道：「這樣，有什麼作用？」

辛開林道：「至少，如果有類似發生在寇克身上的意外發生之際，我可以幫助她。如果你不答應，那麼，請相信，雖然我無可奈何，但是，我會盡我一切的力量來阻止這件事！」

伊鐵爾嘆了一聲，道：「你讓我們考慮一下。」

辛開林立時道：「在你們考慮的時候，我要和甘甜在一起。」

伊鐵爾點了點頭，走向石室的門口，打開了門，用辛開林聽不懂的語言，大聲叫了幾聲。然後，他做了一個請辛開林出去的手勢。

當辛開林推開石室，向外走去之際，他看到好幾個人，包括身型異常高大的巨靈在內，神色凝重地向石室走來。一看到了他，就側身讓路，神態十分恭敬。

辛開林再向前走，就看到阿道和甘甜一起出來。

甘甜一見到他，大聲歡呼著奔了過來，雙臂一伸，緊緊摟住了他的脖子，身子也盡量向他靠了過來。

辛開林也感到了一陣無比的快慰。他抱住了甘甜，在甘甜的耳邊低聲道：

「來，我們出去走走！」

天色，正是黎明前最黑暗的那一段時刻，在黑暗中看來，天際的星星，似乎也帶有一種極度的神秘和曖昧。

辛開林和甘甜並頭躺在地上。他們所躺著的地方，是那四根巨大的石柱的中間。

在黑暗中看來，那四根巨大的石柱，筆直地聳立著，指向天空，天空是一種接近黑色的深藍。辛開林望著無窮無盡的蒼穹，心中在想，曾經來到過地球，又離去了的那些「神」，究竟是從這許多星球中哪一個來的呢？

更可能，他們來自遙遠的、肉眼所望不到的一個不知名的星球！

宇宙是如此浩渺，生活在地球上的人，根本無法窺視它的奧秘於萬一。

甘甜只是枕在辛開林的手臂上，看來已經睡著了，但當辛開林側頭向她看過去時，卻看到她雖然閉著眼睛，但是長長的睫毛，卻還在輕輕地顫動。

顯然她沒有睡著，只是在享受那份寧靜。

令辛開林自己也感到驚訝的是，在有過了那樣的驚濤駭浪似的經歷之後，這時他的心境，也十分寧靜，他知道，這份寧靜，是由於他和甘甜在一起才獲致的。

他把手臂讓甘甜枕著，他的手，輕輕撫摸著甘甜豐腴柔潤的手臂，那使他感到無比的舒適。已經有多久未曾有這樣的心情了？大學時期，和初戀的女同學，並排躺在草地上的時候，就是這樣的心情。

辛開林覺得自己已完全回到了過去，重新得到了逝去的那種日子的快樂。這並不是一種虛幻的感覺，而是一種實實在在的感受。

他知道，在常人的眼中，甘甜只不過是一個白癡女孩子，但是在他的心中，甘甜卻是他以後的生命！要是沒有了甘甜的話，事業上的成功、財富的積聚，那才只不過是一種幻覺。

辛開林感到了極度的滿足，現在，甘甜就在他的身邊，就在他的懷中！

他略轉了轉頭，極輕地在甘甜的臉頰上吻了一下，甘甜的睫毛，顫動得更厲害了些，辛開林低聲道：「別裝睡了！」

甘甜頑皮地坐了起來，睜大眼道：「我不是裝睡，只是靠著你，好舒服，叫人想睡。」

辛開林深深地吸了一口氣，伸手掠開了被微風吹拂在甘甜臉上的髮絲，低聲道：「甘甜，伊鐵爾他們，會叫你去叫醒那個……神。」

甘甜現出害怕的神情來：「不，不要……我害怕，那個……神……可怕得很！」

辛開林扳過她的臉：「我知道你害怕，可是到時，我會和妳在一起。」

甘甜一時之間，有點不明白辛開林這樣說是什麼意思，只是眨動她明亮深澈的眼睛，辛開林解釋道：「我和妳在一起，一起去叫醒那個神，不論有什麼事發生，我都在妳的身邊。」

甘甜高興起來，她燦爛地坐著，在朦朧的晨曦之下，辛開林面對著甘甜的笑容，他感到自己整個人，都沉浸在幸福之中。

這種感覺，令他把甘甜緊緊摟在懷中。

而他的感覺，又迅速傳給了甘甜，甘甜也緊緊地回摟著他。

天色漸漸明亮，等到朝陽的光芒，照在他們兩人身上之際，那種暖洋洋的感受，更令人的舒適擴大。

辛開林全心全意地把自己浸在這種安寧之中，雖然他聽到有腳步聲向他傳了過來，他仍然一動不動。

腳步聲在他的身邊停止，辛開林睜開眼來，看到身邊多了幾個長長的影子。

這時候，甘甜真的睡著了，辛開林不等來到他身邊的人開口，就低聲道：「輕點，不要吵醒了甘甜。」

他聽到李豪不以為然的悶哼聲，又聽到了伊鐵爾的聲音：「辛先生，我們已經商議好了，接受你的條件，讓你和甘甜在一起。」

辛開林深深地吸了一口氣，望著在沉睡中的甘甜。陽光可能令甘甜感到不適，她看來微蹙著眉，辛開林舉起手來，放在甘甜的臉前，替她擋住了陽光。

伊鐵爾又道：「你得離開這裡幾天，抱歉，甘甜不能和你一起去，你想快些再見她，就得趕快把那十八顆寶石帶回來！」

辛開林聽得伊鐵爾這樣說，心中感到好笑。和甘甜相比，十八顆寶石算得了什麼！

他搖著頭，道：「不必我去，我把保險庫中的密碼告訴李豪，李豪可以處理這種小事。我留在這裡陪甘甜。」

辛開林的回答，很使別人感到意外，李豪失聲道：「天，你真是認真了！」

辛開林緩緩地道：「是的，老朋友，我真的認真了！」

辛開林的手，繼續為甘甜遮著太陽，他昂起臉來，望向李豪，伊鐵爾和另外幾個人看到辛開林的神情，沒有人會懷疑他的那句話：他真的認真了！

當天上午，李豪就離開了古廟，帶著辛開林的授權書。有了這份授權書，他可以代辛開林處理這個龐大企業組織中的任何事務，和辛開林的個人事務。

伊鐵爾沒有多說什麼，只是說了一句：「辛先生，在甘甜還沒有完成她的神聖使命之前，請你別破壞她聖潔的身分！」

辛開林當然明白伊鐵爾的話是什麼意思，他微笑著道：「你放心！」

辛開林並沒有進一步解釋，他的心情，只有他自己了解。

當他初次看到甘甜的時候，甘甜豐滿成熟，像是隨時可以滴出蜜汁一樣的胴體，的確曾給他以極度的誘惑。

可是到了現在，情形已經開始轉變，他覺得自己和甘甜之間，已經有了某種程度的心意相通，和甘甜在一起的那種平靜、舒適、愉快、滿足，幾乎全是精神上的，任何肉體上的誘惑，相形之下，又變得微不足道了。

伊鐵爾在李豪走了之後，就沒有再露面，把他自己關在那間新發現的石室之中，專心一致去研究上一代「祖師」留下來的記載，找尋使睡著的神醒過來的法子。

其餘的人，也不來干擾辛開林和甘甜。

辛開林和甘甜在一起，享受著快樂的時光之餘，有時也會去看看寇克。

寇克仍然一動也不動，看來他的生命只像植物一樣。

辛開林也見到寇克的妻子雅蒂，雅蒂很沉默，辛開林勸慰著她，她只是默默地聽著，視線一直停在她丈夫的身上，任何人都可以在雅蒂的眼神中看出來，這個像植物一樣活著的男人，是她的全部生命。

雅蒂可能並不知道許多有關愛情的形容詞，但是她不必知道，她已經用她的生命，全心全意在做。

辛開林也已下定了決心，即使召集全世界的醫生，也要令寇克復原。

當然，他更知道，寇克變成了現在這樣子，是「神」所賜的。

他在想，當甘甜面對那個「神」之際，是不是可以向他求求情，令寇克復原？

辛開林也想到了，如何培養寇克的兒子——阿道。

這一點倒十分簡單，以他的財力而論，可以輕而易舉地做到這一點。

日子過得飛快，簡直就像是一分鐘一樣，已經三天過去了。

那天下午，傍晚時分，李豪駕駛的小型飛機，衝破了山谷的寂靜，停在神廟之前。

辛開林感到緊張，緊握著甘甜的手，靠著石柱站著。

伊鐵爾和巨靈從神廟裡走出來，李豪提了一個手提箱，走下飛機來。

伊鐵爾向李豪追了上去，兩人交談了幾句，一起向辛開林走了過來。

辛開林道：「你們去辦你們的事，到最後一刻，才來叫我！」

伊鐵爾和李豪都沒有說什麼，李豪只說了一句：「企業中的一切都順利。」

辛開林笑了起來：「不管你是不是相信，李豪，我對於企業中的一切，一點也不關心。」

李豪揚了揚眉，和伊鐵爾一起走進了神廟之中。

辛開林不但不關心企業的順利與否，甚至也不關心伊鐵爾有了那十八顆寶石之後，怎麼樣處理。這幾天，他根本連想也未曾想到那只木箱中是什麼東西，這是他多少年來，每天要想上幾百遍的事！

他所關心的只是：當那一刻終於來到的時候，甘甜會遇到什麼意外？

這幾天，甘甜看來也分外沉靜，不像以前那樣頑皮，像是懂事了許多。

她依在辛開林的身上，一聲也不出。

夕陽已經沉下山去，映起一大片一大片的晚霞。

辛開林道：「我們向前去走走！」

甘甜柔順地點著頭，他們互相挽著，漫無目的地向前走去。

天色迅速黑了下來，回頭看去，四根石柱已經成了朦朧的影子。

他們慢慢向前走著，當天色迅速黑下來之際，他們挽得更緊。

當他們發覺到，四周圍一片漆黑，他們也走出了相當遠。

向神廟所在的方向望去，只看到幾點閃爍的燈光之際，夜已經相當深了。

這樣的濃黑，本來會使人產生恐懼感，可是這時，辛開林反而覺得，讓黑暗把自己和甘甜緊緊裹起來，反而有一種安全感。

他們停了下來，靠在一塊大石上，一動也不動，甘甜像是一隻小貓一樣，只要靠著辛開林，就有無比的滿足。

辛開林閉上了眼睛，甘甜的氣息呼在他的臉上，令他感到有點發癢，他正想伸手向自己臉上去撫摸一下之際，手才抬起來，卻陡然僵住了！

在那一剎間，他有極其奇異的感覺，感到就在他和甘甜的附近，多了一個人！

四周圍靜到了極點，靜得他不但可以聽到自己的心跳聲，甚至也隱約可以感到甘甜的心跳。他實實在在沒有聽到任何其他的聲音，可是，他卻感到身邊已經多了一個人。

而且，他也立即想到，這種感覺，他曾有過一次，那是幾天之前，他在黑暗中飛馳向神廟，半途中自馬上摔下來之後的事。

那一次，在慌亂之中，他伸手亂抓，還抓下了一幅像是絲織品的東西，那幅東西，在和甘甜在一起的快樂時光中，已不知道給他拋到哪裡去了。

這時，陡然又有了這種感覺，令得他心跳不由自主加劇。

甘甜顯然沒有感到有什麼不對，只是感到了辛開林的心跳在加劇，她把手按在辛開林的心口。辛開林把手加在她的手背上。他不敢現出太驚惶的神情來，怕甘甜受了驚。

他盡量使自己的動作緩慢而鎮定，慢慢地轉頭，向左面看去。那正是他感到有人在黑暗中隱匿著的地方。

在黑暗之中，他實在看不到什麼，只是極勉強地可以看到幾塊大石的影子。

然而，他卻感到，那個人正離他越來越近，那種感覺，簡直令人遍體生寒，毛髮直豎！

甘甜感到了他的驚恐，道：「怎麼啦？」

辛開林把她抱得緊一點，道：「好像有人……在我們的身邊。」

甘甜向四周看了一下，道：「沒有啊！」

辛開林「嗯」地一聲，道：「沒有，最好！」

他一面和甘甜交談，一面用心凝視著，他是那麼用心在凝視，以致令得眼睛也痛了起來。

然後，他看到了一個極其模糊的人形。

那人形幾乎是不可捕捉的，與其說是他看到了，還不如說是他凝視太久，心中又以為有人而產生出來的幻覺。

他深深吸了一口氣，想問「誰」，可是他才一開口，就聽到了聲音，那是一種十分細微的聲音，辛開林真疑心自己是不是真的聽到了，還是只是感到了。

那聲音在道：「別去叫醒那個睡著的人，讓他一直睡下去！你為什麼不帶著你心愛的女人離開這裡？」

辛開林陡地一震，失聲道：「你是誰？」

甘甜抬起頭來：「你在和誰講話？」

辛開林一怔，道：「妳剛才沒有聽到有人說話？」

甘甜又把頭靠向辛開林的胸口，道：「沒有，靜得什麼聲音也沒有。」

辛開林剛才就懷疑自己是不是真的「聽」到了聲音，這時，他更可以肯定，那只是一種感覺。就在他一怔間，那聲音又令他可以感到：「你不必問什麼，聽勸告，趕快離開這裡！」

沉睡的神要甦醒了

辛開林不是沒有考慮過，他可以帶甘甜離開，只要能夠逃出這個山谷，整個世界全是他們的。而伊鐵爾對他們的監視，也不是如何嚴格。

可是辛開林卻是一個極守信用的人，他不會違背自己的諾言。再加上那個在神廟的「神」，實實在在，也令得他感到極度的迷惑！

一個來自外星的人，他也願意看到這個人的「醒來」！

在黑暗中，辛開林緩緩搖了搖頭，他立即又感到了一下嘆息聲和語聲：「真可惜，這個來自第六銀河系的人，會給你帶來災害！」

辛開林陡地一震，「第六銀河系」，那是什麼意思？

他又想問對方是誰時，聲音又令他聽到：「我和他是鄰居，是和他們一起來的，我倒很喜歡你們這個小星球，你們這些人多可愛，在這裡，我可以隨心所欲，隨便把你們怎麼樣，可是如果那傢伙醒了——」

辛開林本來絕不想驚嚇甘甜，可是這時，他陡然向前伸出手去，黑暗中，他似乎又抓到了什麼，可是立時又被掙脫，隨著聲音遠飄了開去。

「聽勸告，聽勸告，別遵守什麼諾言，帶著甘甜走，根本沒有人可以阻攔你們，多為自己著想一下，何必只為別人打算？」

辛開林的心跳得更劇烈，雖然他感到的那個聲音是如此詭異，但是，卻每一個字，都打進了他的心坎之中！

是的，他想，何必遵守諾言？要是他早就打開那只木箱，知道了箱中的是神廟中最重要的一件東西，那麼反過來，他可以控制伊鐵爾，而不會讓伊鐵爾控制自己了。

是的！何必考慮別人，多為自己著想一下，多好！

辛開林想到這裡，不由自主陡地叫了起來，道：「對！」

他忽然之間高叫了一聲，令得甘甜嚇了一跳，又抬起頭來道：「什麼？」

辛開林再想感到那聲音，可是卻已感覺不到了，同時，那種有人在身邊的感覺，也已消失了。

他的思緒十分紊亂，一時之間，他對發生的事，無法整理出一個頭緒來，當甘甜問他之際，他盯著甘甜，低聲道：「我們離開這裡！」

甘甜呆了一呆，道：「我……還沒有做我應該做的事，我要去叫醒……那位神！」

甘甜在這樣說的時候，顯然很害怕和很不願意去做這件事，但是，在她簡單的心靈之中，她還是認為這件事，是必須去做的。

甘甜的這種態度，令得辛開林的心中感到了慚愧，但是這種慚愧的感覺，卻一閃就過，他也沒有向甘甜進一步地解釋，要為自己打算多一點。而且，他覺得沒有什麼不對，自己為伊鐵爾他們，已經做得夠多了，不必再為他們做事了。

他緊握住甘甜的手，道：「聽我的話，趁現在沒有人，我們去弄兩匹馬來，回到文明世界去，我會給妳一切快樂，我們……」

甘甜望著辛開林，現出極訝異的神情來，看她的情形，像是望著一個陌生人一樣。

辛開林有點不敢和她的目光接觸，略轉過頭去，仍然緊握著甘甜的手，一起向外走去，他們繞過了神廟的建築，來到神廟的後面。

辛開林知道在廟後的空地上，有著許多匹馬。

天色仍然是那麼黑，當他們來到馬群的附近時，馬兒的呼吸聲此起彼伏。

辛開林摸到了一匹馬，把韁繩交在甘甜的手裡。牽著馬走了幾步，又拉住了另一匹馬，他先托著甘甜上了馬，然後自己也跨上了馬背。

甘甜低聲道：「不告訴伊鐵爾叔叔了？」

辛開林壓低聲音，道：「不告訴他們，何必為他們做事，要為我們自己做事！」

甘甜再沒有說什麼，辛開林輕輕一拍馬股，馬向外慢慢走去，甘甜也策著馬，緊緊跟在他的身邊。

他們悄悄地繞過了神廟，那四根大石柱，在黑暗中看來，仍然是那樣給人以震懾的感覺。

就在他們快來到石柱前之際，眼前陡地一亮，至少有二十根火把，同時突然亮了起來。

火把的光芒突如其來，令得他們乘坐的馬吃了一驚，急嘶著站立起來。

甘甜發出一下驚叫，已從馬上跌了下來。

辛開林不知道發生了什麼事，甘甜一跌下馬，他忙也下了馬，把甘甜扶了起來。

他們才一站直身子，就看到除了高舉火把的人外，伊鐵爾、李豪、阿道、巨靈站在前面，每一個人，都以極詭異的眼光望著他們。

李豪最先叫了起來，道：「天，辛開林，你想幹什麼？逃走？」

辛開林的臉上有點發麻，僵住了講不出話來。

李豪向前走出了兩步，盯著辛開林，現出極訝異的神情來。

李豪盯著辛開林的這種樣子，令得辛開林幾乎認為自己的臉上爬滿了毒蜘蛛！

李豪的聲音也充滿了訝異：「你……究竟怎麼了？發生了什麼事？」

辛開林勉力鎮定，道：「沒有什麼，有什麼事？」

李豪口唇顫動著，像是不知道該如何開口才好，過了半晌，他才道：「你變了！」

辛開林有點老羞成怒，道：「變什麼！什麼變了？」

李豪緩緩在搖著頭，神情極之迷惑，道：「我也說不出來，可是……老朋友，你現在的樣子，我從來也沒有看到過你……臉上有這樣的神情過，你……像是變成了另一個人，一個我根本不認識的人！」

辛開林轉過頭去，李豪還在道：「或許，只有你自己才明白，在你心中發生了什麼變化！」

李豪的話，可能是無意的，而這時候，他也真的感到迷惑。

在火把的照耀之下，他所熟悉的辛開林，臉上所顯露出來的那種自私、狠毒、無情的樣子，真是他從來也未曾見到過的！

李豪的話，聽在辛開林的耳中，卻令他像是被針刺了一下一樣，不由自主，伸手在自己的臉上，撫摸了一下。

他自己自然明白發生了什麼變化。他的心意完全改變了！在「感覺」到了那一番話之後，他的想法，和以前完全不一樣了！心意上的變化，反映在神情上，所以令李豪覺得訝異。

辛開林也不知道該如何掩飾才好。

就在這時，伊鐵爾向前走了過去，神情看來十分嚴肅，道：「一切全都準備好了，當陽光升起，甘甜就可以開始行動！」

甘甜一直依在辛開林的身邊，她望著辛開林，低聲道：「我們……我們不是要……」

辛開林知道現在要帶著甘甜逃走，已經不可能了，他忙阻止甘甜說下去，大聲道：「我們要去叫醒那位沉睡的神！」

甘甜十分訝異，辛開林已經轉過身，向著神廟走去。

持著火把的人，有十多個在前面引路，李豪和伊鐵爾走在他們的身邊，其餘的人跟在後面。

辛開林的心緒十分亂，在未曾「感覺」到那番話之前，他對自己要做的事，十分清楚應該怎麼做。可是現在，一切似乎全都紊亂了！

在他身邊的李豪，不時用訝異的目光望向他，辛開林不敢和他的目光接觸。

等到進了神廟，辛開林陡地一怔，甘甜也發出了一下呼叫聲。

神廟殿堂之中的那些神像，還是和以前一樣，看來東一個、西一個，站在殿堂之中，可是每一個神像的頭部，那個凹陷進去的眼睛部位，卻都已嵌上了一顆寶石，在火把的光芒照耀下，每一顆寶石都發出奪目的光彩來，看得人眼花繚亂。

甘甜一面呼叫著，一面道：「真美麗！」

伊鐵爾沉聲道：「這是神的光芒，你們看……」

他手向上指著，辛開林和甘甜一起抬頭看去，看到神廟的頂部，現出了一個直徑大約有兩公尺的圓洞，從圓洞中望出去，可以看到天上閃爍的星星。

辛開林向伊鐵爾望去，伊鐵爾道：「這是令神醒過來的程序，當太陽升起，陽光從那圓洞中照射進來，就會發生一些變化……什麼樣的變化，並沒有記載，然後，就需要『欽圖』，那是整個神廟中最重要的東西……」

伊鐵爾講到這裡，拍了兩下手掌，巨靈立時答應了一聲，向內走去。

伊鐵爾繼續道：「看到那根石柱沒有？『欽圖』，應該放在那根石柱之上。」

伊鐵爾手向前指著，辛開林在這時才注意到，在殿堂的中心部份，多了一根約莫三公尺高的石柱。這根石柱，是早已在的，還是現在才出現的，辛開林也不能肯定。

這時候，巨靈已經從裡面走了出來，雙手高舉，托著那只木箱。

辛開林陡地吸了一口氣，多少年來，這木箱中放的是什麼，他曾猜過幾千次。現在，他已經知道箱子裡所放的，是一件叫「欽圖」的東西，但那究竟是什麼呢？仍然是完全不可捉摸的。

多少年來的一個謎，就可以有謎底了，這多少令辛開林感到有點興奮。

巨靈把木箱托到了石柱前，放了下來，伊鐵爾雙手高舉，大聲誦念著辛開林完全聽不懂的經文。李豪和所有人都跟著誦念。

然後，巨靈雙手一分，把木箱拆了開來，揭開了木箱內的麻袋，辛開林雙眼一眨也不眨地盯著。

麻袋揭開之後，他不禁發出了一下呼叫聲。

那是一塊透明的立方體！看來就像是玻璃一樣！

但那當然不會是玻璃，一塊這樣的玻璃，重量一定要重得多！那只是一個透明的立方體。

同樣的透明立方體，在那間「玻璃房間」中有很多，這一塊看來，也沒有什麼特異之處。

李豪的神情也十分訝異，失聲道：「這東西……就是最重要的『欽圖』？」

伊鐵爾道：「神的一切，不是我們所能了解的！」

李豪沒有再說什麼，辛開林也知道，伊鐵爾的話，如果從另外一個角度來解釋，也可以解釋得通。

來自外星的高級生物，科學上的成就，遠遠超過了地球上的人類，他們的一切，地球人自然無法了解。這情形，就像是把一具電腦放在原始人的面前，原始人絕對無法了解一樣。

伊鐵爾向前走去，恭而敬之，把「欽圖」捧起來，來到石柱前，由巨靈把他的身子托高，伊鐵爾將「欽圖」放到了石柱上。

伊鐵爾放好了「欽圖」，回到地面，轉頭向辛開林，道：「還是維持原來的決定。」

這時，辛開林當然有了另外的想法，可是他卻也知道，自己帶著甘甜逃走，是不能成功的，他只好吸了一口氣，語音聽來十分乾澀，道：「是！」

伊鐵爾雙手高舉，大聲道：「太陽就快升起，人類歷史上最偉大的時刻，就要到來，一位沉睡的神快要復甦，我們一起為能替神盡力而感到高傲！」

許多人隨著伊鐵爾一起叫著，辛開林抬頭向上看去，從廟頂的那個圓洞中看出去，天空已經成灰白色，天亮了！

接下來的一段時間中，廟堂中的所有人，幾乎都沉醉在宗教的迷惑氣氛之中，而當陽光自那個圓洞中射進來之際，人人屏住了氣息。

自廟頂圓洞中射進來的陽光，散了開來，照在那十八具神像上，剎那之間，嵌在神像眼部的各種寶石，由於陽光的照射，折射出奪目的光彩來。

那許多道折射出來的光彩，雖然來自各個不同的方向，但是顯然，這些方向，都曾經經過精密的計算，因為十八股令人目為之眩、神為之奪的彩光，一起射向石柱上的「欽圖」。

彩光射進了「欽圖」之後，直透進去，在內部形成了一個一個變幻不定的光環。所有的人，都被眼前這種奇異的現象弄得張口結舌。

當每一個人，都自然而然想要發出驚嘆之際，突然，自地底下傳來了一陣震動。

那是一陣隱隱的震動，連著一種聽來十分悶啞的聲響。

有幾個信徒在震動發生之際，嚇得俯伏在地上，伊鐵爾也臉上失色，不知發生了什麼事情。

但是震動很快就停歇，只有在「欽圖」的內部，各色光環仍然在不斷地旋轉，令人無法迫視。

除了甘甜之外，人人神情肅穆，甘甜卻只是覺得有趣，依她的心思，真想去摸一摸那看來瑰麗得無可形容的「欽圖」，但是她卻又不敢造次，因為其餘人的神情，太嚴肅了。

伊鐵爾緩緩轉過身，道：「甘甜，該妳去喚醒沉睡的神了！」

甘甜立時向辛開林望去，辛開林心想，事情已經這樣，也只好走一步看一步了，他向甘甜點著頭，給甘甜一個鼓勵的微笑。

然後，伊鐵爾和李豪帶著路，辛開林和甘甜手挽著手，向前走去。

其餘的人，都在廟堂之中不斷祈禱。

當他們四個人，來到那個「圓筒」中的時候，還未曾抬頭向上看，就看到許多活動的、發出各種色彩的光團。

那些光團映在他們的臉上，令得他們的臉，色彩變幻不定，看來詭異莫名。

辛開林抬頭向上看去，看到那些光團，是由「玻璃房間」之中，幾組透明立方體所發出來的。

伊鐵爾向著圓柱指了一指，甘甜向圓柱走去，來到圓柱的旁邊，雙手握住了圓柱。

辛開林忙道：「等一等！」

伊鐵爾一怔，道：「我們早就講好了的！一切全和記載中的相同，甘甜一定可以順利完成她神聖的使命！」

辛開林悶哼了一聲，道：「包括剛才那一陣震動？」

伊鐵爾陡然一呆。

辛開林逼問道：「你也不知道剛才那一陣震動是吉是凶，是不是？」

伊鐵爾緩緩地道：「是，我不知道，我已經說過，神的一切行動，我們知道得實在太少了！」

辛開林還想說什麼，李豪沉聲道：「你要是害怕，就讓甘甜一個人上去！」

辛開林的心中，混亂到了極點，黑暗中感覺到的聲音，似乎又在他耳際響起：「多為自己著想一下，少為別人打算！」

如果多為自己打算，這時候他應該怎樣？辛開林真的感到迷惑。

而在這時候，甘甜突然現出一下驚訝的神情，抬頭向上望，一面望著，一面已向上攀去。

辛開林一看到甘甜向上攀去，叫了一聲，也奔了過去，一起向上攀去。

在下面的伊鐵爾和李豪，緊張得屏住了氣息，等到辛開林和甘甜攀到了一半的時候，伊鐵爾開始喃喃的、急速的祈禱。

李豪一直抬頭向上看，他看到甘甜先到了「玻璃房間」的底部，自「房間」內射出來，絢麗色彩的光芒，幾乎將她全身都包圍在內，令得在下面仰望向上的李豪，有點看不真切，看起來，甘甜也像是成了虛幻的人物一樣。

然後，突如其來地，梯狀物體垂下來，甘甜已經向上攀上去，而緊跟著甘甜的辛開林，只相隔極短的時間，也進入了「玻璃房間」。

李豪緊張得手心在直冒汗，他心中只想起伊鐵爾的話：「對於神的一切，我們知得實在太少了！」

辛開林和甘甜兩人，進入了「玻璃房間」之後，結果會怎樣，根本是無從猜測的。

李豪竭力想看清楚「玻璃房間」中的情形，可是色彩變幻的光芒，越來越強烈，令得李豪用盡了目力，也看不清楚。

他只看到朦朧的人影挺立著不動，一共是兩個，可是他甚至連哪一個是甘甜，哪一個是辛開林，都分不清楚，至於坐在椅子上的「神」，看起來更是朦朧。

在那一剎那，他真想也沿著圓柱，攀上去看個究竟。但是他還未曾有任何行動前，伊鐵爾已經抓住了他的手臂，道：「我們該到廟堂去，等候神的降臨了！」

李豪吞了一口口水，道：「如果……和上次寇克一樣，他們需要幫助！」

伊鐵爾深深地吸了一口氣，道：「不會的，上次太魯莽了，這次，一切都依照指示進行，偉大的神一定會醒來，帶領人類進入神的領域！」

李豪再抬頭向上望了一眼，兩個矇朧的人影，仍然站立著不動，他嘆了一聲，和伊鐵爾一起走了出去。

辛開林在向圓柱上攀去的時候，比在下面更加感到色彩強烈的光芒對視線的影響，他甚至無法看到就在他上面的甘甜，以致他要不時伸手向上，去碰觸一下甘甜的腳跟，肯定甘甜就在他的上面。

越是向上攀，光線越見強烈，直到他在感覺上，那些變幻不定的光芒，簡直就像是實質一樣，將他緊緊的包在裡面。

那是一種十分奇妙的感覺，人像是陷進了實質的彩光之中！

然後，他陡然感到自已抓著的已不是圓柱，身子像是有什麼力量向上托了一下，人已進了「玻璃房間」之中！

和神一起離開地球

辛開林一感到自己已經進入了「玻璃房間」，立時伸手向旁，碰到了甘甜的手，他立刻緊緊握著。

這時，他真的只能感到自己是在「玻璃房間」之中，因為看出去，除了變幻的色彩之外，什麼也看不到。那情形有點像閉上眼睛，有許多顏色不同的光彩在閃動一樣，不過，閉著眼睛的時候，背景的顏色是黑暗的，而這時，卻只覺得明亮。

當他握住了甘甜的手之後，他想和甘甜講話，可是明明開了口，卻完全沒有聲音發出來，那使辛開林又震驚又著急。同時，他感到甘甜正在用力掙扎，想掙脫他的手。

辛開林叫著，雖然他全然聽不到自己的聲音，但是他還是叫著，他整個人，都像是陷進了一個噩夢之中一樣。

甘甜已經掙脫了他的手，他雙手掠動著，想向前摸去。

也就在這時，他聽到了一個很柔和的聲音，道：「你靜下來，不要亂動！」

辛開林喘著氣，不再動，可是他仍然道：「甘甜怎麼了？我們會怎樣？」

他竭力想看清楚眼前的情形，但是卻仍然只見閃動的光彩。

那柔和的聲音又傳了過來，道：「情形很好，你先問甘甜，再問自己。」

辛開林一時之間，不知那聲音這樣說是什麼意思，他在一怔之間，眼前突然一片漆黑，但是那種漆黑，只是維持了極短的時間，光亮又再出現，這一次，卻只是柔和的、適合於人的視力的光線。

辛開林看到，自己的確是在那「玻璃房間」之中，而且，正站在那個「神」的面前。

當辛開林看清楚這一點時，他心中的驚駭真是難以言喻。知道除了地球之外的星球上，有著高級生物是一回事，面對著他，又是另一回事！

辛開林明知道在自己面前的，是一個來自不可測的宇宙的某一處的一個「人」，可是由於雙方之間，智能上的距離實在太遠，是以他在感覺上，和面對著神並無二致。

他勉力使自己鎮定下來，深深地吸著氣。

那「人」仍然坐著，可是臉上卻已有了表情，額頭正中的那隻眼睛，正望著辛開林，他的眼睛之中，有各色的光芒在不斷變幻。

面對著這樣的一個外星人，辛開林實在不知道怎麼才好，他只感到自己全身的每一根神經，都像繃緊了的弓弦一樣，肌肉也為之僵硬。他要用盡了氣力，才能轉過頭，向站在一旁的甘甜望去。

而當他看到了甘甜的時候，他更加訝異莫名，甘甜這時，正站在一大堆透明立方體之前。

那些透明立方體之中，仍然有著變幻不定的光團在旋轉。

令得辛開林訝異的是，甘甜這時的神情，並不是一無所知，也不是單純的好奇，而是一種十分成熟，胸有成竹，像是了解了一切情形之後的安詳。

而且，她面對著那些立方體，看起來，就像是面對著什麼人，在聽對方的講話一樣，不時像是聽懂了對方的話一樣地點著頭。

辛開林叫道：「甘甜！」

甘甜像是沒有聽到一樣，仍然是專心一致地望著那些透明立方體。

辛開林心跳得極劇烈，在這裡的一切，全都太不可測了，會有什麼樣的變化，根本不是他所能想像的！

他待要走向甘甜，那柔和的聲音又響了起來：「別去打擾她，她正在接受我的指示！」

辛開林陡地吞下了一口口水，向著那人道：「你……你怎麼可以同時和兩個人講話！」

柔和的聲音道：「我不是同時向兩個人講話，而是同時使你們兩個人，感到我在對你們講話。」

辛開林並不十分明白，但是不等他發問，柔和的聲音又響起：「這一次，你們選擇的人很好，她可以完全接受我的指示！」

辛開林在極度的迷惑之中，盡量鎮定心神，道：「你在指示她，如何令你『醒過來』？」

柔和的聲音道：「是的，我會醒來，我會盡我的一切力量，代地球上的人類，扭轉惡靈給人類造成的變化！」

辛開林更加不明白，他反問：「惡靈？那……又是什麼東西？」

柔和的聲音像是有點憤怒，道：「惡靈，是我們的鄰居，宇宙中各種各樣的高等生物太多了，你其實沒有必要去一一了解他們！」

辛開林陡然震動了一下，脫口道：「惡靈，就是和你一起來自第六銀河系的……另一種人？」

柔和的聲音「嗯」地一聲，道：「我知道你已經遇到過惡靈，他甚至令你改變了心意，忘掉了自己的諾言，他要你多點為自己打算，是不是？」

辛開林感覺到身子一陣陣發涼，他思緒之中，已經有了一個模糊的概念，可是他卻仍然捕捉不到中心。他的思緒紊亂到極點，有一個很重要的問題要問，可是，那是什麼問題呢？那是什麼問題？

他拚命思索，陡然之間，他捕捉到這個問題了：「那惡靈……是和你們一起來到地球的？」

柔和的聲音發出了一下如同嘆息的聲響：「是，也可以說是我們帶來的。我們並不知道惡靈附在我們的飛船上來到了地球。直到後來，我們發現地球人開始變，變得和地球上的生物不一樣，變得那樣自私，那樣狠毒，我們才知道，惡靈隨著我們到了地球！」

辛開林悶哼了一聲：「那是你們帶來的惡果！」

柔和的聲音道：「可以這樣說，所以，當我的同伴，已經對地球人這樣容易受惡靈的影響而失望，決心回去之際，我留了下來。本來，我早就可以展開驅除惡靈的工作，但是，一個我一向信任的人，也受了惡靈的影響，做了一些對我十分不利的事，令得我的一切能力，無法發揮，這才耽擱了下來。」

辛開林聽得手隱隱冒汗，他只是急速地吸著氣，那柔和的聲音接著道：「我的信徒，作了不少努力，但是惡靈的影響似乎越來越深，只有全然不受影響的人，才能擔當幫助我的任務，這一次，他們選對了！上次來的那個人，想來也受了惡靈的影響，要對我不利，我已給了他應有的懲戒！」

辛開林的面肉跳動著，「上次那人」，當然是寇克了。

他有點囁嚅，道：「那……惡靈……是什麼樣子的？」

柔和的聲音道：「真抱歉，我也不知道，或者說，他們根本沒有固定的樣子，也可以是任何樣子──這一點，是你無法想像的，他所發出的一種能力，可以隨時隨地影響人類的思想活動，使本來純樸、忠直、善良的人，變得邪惡、自私、刻毒！他甚至會像人一樣，和穿起衣服的人一樣！」

辛開林感到十分苦澀，他第一次在曠野之中，感到有人接近他，他曾抓到了一幅像絲織衣料一樣的東西在手，那自然是「惡靈」的另一種形態下，像一個「穿著衣服的人」一樣了。

辛開林心中的迷惑越來越甚，他向甘甜看去，只見甘甜看來，像是正在迅速地領悟和記憶著什麼，全神貫注。

辛開林苦笑道：「如你所說，惡靈是這樣飄忽和神通廣大，你能用什麼方法對付他？」

柔和的聲音，聽來變得語調十分堅決，道：「那是一場天翻地覆的大變化！」

辛開林在震動了一下之後，變得沉著起來，道：「那太玄妙了，究竟是什麼樣的變化？」

聲音聽來已經不柔和，而是一種極度的堅決：「剷除惡靈的影響，在消滅惡靈的同時，使人類的心靈回復到過去一樣！」

辛開林緩緩地道：「恕我不明白，這樣子，不是要地球上的人類，倒退到好幾千年前，甚至是好幾萬年之前？」

聲音道：「可以這樣說，那也沒有什麼不好，文明可以再度發展。」

辛開林越聽越是吃驚，在這個「神」的面前，他深切地感到自己的渺小和微不足道，可是有幾句話，他還是非說不可。

他挺了挺胸膛，以增加自己的勇氣，然後道：「這樣子的變化之中，地球上的人類，要喪失多少生命？」

「神」似乎對地球人的生命，並不當是一回事，以致聲音聽來是輕描淡寫的：「現在，我還無法估計，一半？或許一半以上？或許，十分之九？」

當聲音在提到「一半」時，辛開林整個人，已經像是浸在冰窖一樣，而聽到

「十分之九」時，他的心臟幾乎要從口中直跳了出來！

他失聲道：「那樣，不是拯救人類，簡直是對人類的大屠殺！」

聲音聽來甚至有點冷酷：「除了這樣，沒有法子消滅惡靈！」

辛開林陡地激動起來，突然之間，他的思緒不再紊亂，他已經想通了一切，是以語調也流利起來，聲音也變得高亢激昂。他大聲道：「何不將你和惡靈之間的鬥爭，搬到宇宙上去？不要在地球上進行？」

聲音怒道：「什麼意思？」

辛開林更激動：「你太低估地球上的人類的能力！不錯，人心一直在變，惡靈是在憑他的能力，在影響著人類的思想和活動，但是你也要知道，人類也一直在和惡靈對抗，善和惡的對抗，一直在進行！」

聲音冷笑：「是善佔了上風，還是惡佔了上風？你們太脆弱，根本沒有力量對抗惡靈！」

辛開林幾乎是聲嘶力竭地叫著，道：「有！有！人類有能力對抗惡靈，給我們時間，讓我們發揮自己的能力，逐步戰勝惡靈！人類一定可以達到這一個目的！你一定已沉睡太久了，不知道人類正一步一步在邁向文明進步。許多凶殘黑暗，已經是歷史陳跡，早已在人的思想之中消失！有時有點死灰復燃，但那絕不是主流！人類有光明的前途，絕不需要照你的辦法，用犧牲十分之九的人類生命，使人再回到洪荒時代，才能做到消滅惡靈！」

辛開林越說越是激動，「神」的獨眼之中，射出了強烈的光芒來，令得辛開林無法向他迫視。辛開林的心中，害怕到了極點，可是，他卻鼓起了他所能聚集的勇氣，勇敢地挺立著！

「神」的聲音又傳入他的耳中：「你根本不知道你在說些什麼！」

辛開林嘶叫道：「我知道！我知道得比你清楚，我知道人類可以自己解決自己的問題。你，作為來自另一世界的神，你可以影響我們，指導我們怎麼做，把你的教義，在世上廣為傳播，但是別把地球作為戰場，別讓地球人回到洪荒時代！」

「神」的聲音聽來令人不寒而慄：「遲了！當『欽圖』受了十八種不同力量的激光照射，已經發動了我們儲存的能量，我很快就可以運用這股能量，來實現我消滅惡靈的計劃！」

辛開林不由自主，閉上了眼睛。

那一陣震動，連伊鐵爾也不知道的震動，是儲存的能力在發動！而「神」可以運用這股能量，來實現他的計劃！

辛開林緊緊地握著拳，一半或甚至十分之九的人死亡！

他真後悔為什麼不早一點打開那個木箱來，把木箱中的東西毀去，而只是像傻瓜一樣，積年累月，對著那只木箱，去猜測箱中放著什麼東西，當作是一種娛樂！

只怕那是有史以來，代價最大的娛樂了！

辛開林只覺得自己的心直往內絞，正當他不知如何才好之際，甘甜忽然道：「這股能量，可以實現你的計劃，也可以使你回到原來的星球去。」

辛開林陡然一怔，睜眼向甘甜看去，進入「玻璃房間」之後並沒有多久，可是，甘甜卻像是換了一個人一樣，整個美麗的臉龐上，充滿了智慧的光輝。

這時，她正用她那雙黑白分明的大眼睛盯著「神」，看來對於「神」，並無驚懼。

「神」陡地震動了一下，身子仍然在椅子上，可是獨眼中的光芒，不但更強烈，而且在不斷地急速地閃動。

辛開林一時之間，不知道發生了什麼事，不知道在甘甜的身上，發生了什麼變化。

甘甜繼續道：「是的，不久以前，我還什麼都不懂，是你在極短的時間內，令我懂得了一切的。現在我所懂的，已經比地球上任何一個人更多，我——」

她講到這裡，伸手向辛開林指了一指，道：「我同意他的話，讓地球人自己來處理這場鬥爭好了，人類的前途，一定是光明的，惡靈的影響會慢慢消失！」

「神」的聲言聽來是極其刺耳的，道：「妳……妳想怎麼樣？」

甘甜並不回答，只是深深地吸了一口氣，站到了辛開林的身邊。

辛開林忙握住了她的手，心中的驚喜，實在不是任何言詞所能表達的，他只是喃喃地道：「甘甜，妳怎麼了，妳怎麼了？」

甘甜向「神」指了一指，道：「他給了我智力，其中經過，慢慢說不遲，我們會有太多的時間在一起。」

她說著轉過身去，將一塊透明的立方體，轉移了一個方向。

「神」在這時，發出了一下可怕的怒吼聲來。

甘甜又轉動了另外一個透明立方體，辛開林感到了一陣輕微的震動，他不明白發生了什麼事。

甘甜又回到了他的身邊，道：「我們要和地球告別，可能以後再也見不到地球了！」

辛開林震呆了一下，更不明白。

甘甜緩緩地道：「我已經把能量轉移，使他能回去，而我們無法離開這裡，只好和他一起離開。」

辛開林張大了口，說不出話來。

甘甜道：「是的，這裡根本是一艘遠程太空船。」

甘甜向辛開林靠了一靠，聲音極溫柔，道：「我們如果不這樣做，照他的辦法，不知多少人會死亡，讓他離去，人類才能自己解決問題！」

辛開林已經明白了，明白他和甘甜、和「神」，會一起離開地球！

這時，震動已漸漸劇烈，在那剎間，他想到了不知多少事，想到了他的財產，他的地位，然而，當他和甘甜充滿情意的眼光一接觸之後，他覺得一切都不重要，最重要的是，他和甘甜在一起……不論在什麼樣的情形下，他和甘甜在一起！

辛開林自然而然地笑了起來，他笑得那麼自然，那麼歡暢，他和甘甜緊握手，道：「還是那句話，不論妳到那裡，我都在妳的身邊！」

他們一起向「神」看去，「神」的獨眼已閉上，甘甜道：「你現在應該知道，人，可以為了他人而不顧自己的，你對人類的前途，還是那樣沒有信心？」

「神」的獨眼睜開一下，但立時又閉上。

在他睜開眼來時，甘甜和辛開林，都感到「神」的目光是柔和的，充滿了鼓勵的。

震動已經更劇烈了。

在廟堂中的所有人都感到震動，他們之中，沒有人知道發生了什麼事。

而在各人都感到惶然之際，一下震耳欲聾的巨響傳來，令得人人都仆跌在地上。

當他們跌跌撞撞奔出廟堂去的時候，只看到廟前那四根大石柱中的一根，正迅速地升向天空，且石柱的尾部，噴出閃亮的火焰，石柱的頂部，則冒出如同陽光般燦爛的光芒來。

總共只是一瞥之間，震動停止，聲響消失，「石柱」上發出的光芒，混進了陽光之中，已經什麼也看不見了！

伊鐵爾和李豪不知發生了什麼事，他們在定過神來後，已無法再找到那個「圓筒」。

「神」和辛開林，甘甜，一起不見了！

他們曾見到「石柱」升空，李豪有一個模糊的概念，感到「神」、辛開林和甘甜，已經離開了地球。

他們到哪裡去了？是不是還會回來？李豪卻全然不知道。

李豪在神廟中，又足足等了一年，每天，他都抬頭望著天空，希望辛開林和甘甜會突然自天而降，可是，他卻什麼也沒有等到。

李豪無法再等下去，他帶著阿道離開，回到了原來屬於他的世界之中。

伊鐵爾仍然領導著他那個教派，寇克的情形沒有改變，雅蒂對著植物一樣的丈夫，仍然心滿意足。

尾聲

「心變」的故事完了。
「惡靈」到哪裡去了？或者有人會問。
「惡靈」當然還在地球上，運用他的能量，使人心變得醜惡。
不過，地球人也正盡一切力量，在和「惡靈」對抗。
地球人是勝、是敗，不能由「神」來決定，要由每一個地球人來決定。
每一個地球人：你、我、他，每一個地球人。
你的決定，我的決定，他的決定，就是地球人前途的決定。

〈完〉

倪匡奇幻精品集 03

非常人傳奇之心變

作者：倪匡
發行人：陳曉林
出版所：風雲時代出版股份有限公司
地址：10576台北市民生東路五段178號7樓之3
電話：(02) 2756-0949
傳真：(02) 2765-3799
執行主編：劉宇青
美術設計：許惠芳
行銷企劃：林安莉
業務總監：張瑋鳳

出版日期：2019年6月
版權授權：倪匡
ISBN ：978-986-352-704-6
風雲書網：http://www.eastbooks.com.tw
官方部落格：http://eastbooks.pixnet.net/blog
Facebook：http://www.facebook.com/h7560949
E-mail：h7560949@ms15.hinet.net
劃撥帳號：12043291
戶名：風雲時代出版股份有限公司

風雲發行所：33373桃園市龜山區公西村2鄰復興街304巷96號
電話：(03) 318-1378
傳真：(03) 318-1378
法律顧問：永然法律事務所 李永然律師
北辰著作權事務所 蕭雄淋律師

行政院新聞局局版台業字第3595號 營利事業統一編號22759935

定價：240元

國家圖書館出版品預行編目資料

非常人傳奇之心變 ／ 倪匡著. -- 初版 --
臺北市：風雲時代，2019.05- 面；公分

ISBN 978-986-352-704-6 （平裝）

857.83 108005198